Tiempo de México

Nacida en 1968 en la ciudad de México, Susana Pagano irrumpió en la literatura del modo en que lo quisieran hacer todos los escritores jóvenes: con un libro que mereció elogios unánimes y que atrajo la atención de la crítica y de los lectores. *Y si yo fuera Susana San Juan...* (publicado en 1998 por el Fondo Editorial Tierra Adentro) recibió el Premio Nacional de Novela José Rubén Romero. Contra lo que pudiera suponerse su obra no es una parodia, sino una invención autónoma, inquietante y fantástica que se da el lujo del guiño cultural y la referencia libresca. Escritora que sabe lo que quiere, y sabe cómo decirlo, es parte ya de la renovación narrativa mexicana. Con este, su segundo libro, confirma y mejora los méritos de su escritura.

Trajinar de un muerto

El día siguiente

Trajinar de un muerto

Susana Pagano

OCEANO

EDITOR: Rogelio Carvajal Dávila

TRAJINAR DE UN MUERTO
Este libro fue escrito con el apoyo del Fondo Nacional para la Cultura y las Artes

© 2001, Susana Pagano

D. R. © EDITORIAL OCEANO DE MÉXICO, S.A. de C.V.
    Eugenio Sue 59, Colonia Chapultepec Polanco
    Miguel Hidalgo, Código Postal 11560, México, D.F.
    ☏ 5279 9000   5279 9006
    ✉ info@oceano.com.mx

PRIMERA EDICIÓN

ISBN 970-651-463-5

IMPRESO EN MÉXICO / PRINTED IN MEXICO

A mis padres,
por haberme dado la vida

A Erinna,
por su gran sensibilidad

A Eugenia,
por su generosidad amorosa

A Carlos Julio,
por ser quien es

Eres un ingrato, primo querido. El cortejo camina lentamente por callecitas laberínticas, retorcidas y llenas de basura, hojas secas y almas juguetonas que se esconden, murmuran, ríen y vuelven a esconderse en sus tumbas un tanto carcomidas y sucias. Hoy tenías que buscar a Cholita ¿acaso ya se te olvidó? Natalia va a la cabeza del cortejo, vestida de negro de pies a cabeza y lentes oscuros para cubrir sus ojos hinchados de tanto llorar. La siguen sus hijas Natalita y Ricarda, a un lado van Gloria Manón y Florencia Ruiseñor de Tocino. Las gemelas no lloran, Florencia tampoco. Sobre los hombros de Francisco Tocino, Lolito y Hortensio Manón, Ramiro Pérez, Aguinaldo Misiones y Jaime Cocinero se apoya el féretro con los restos mortales de Lolo Manón. Me hiciste una trastada; siempre hiciste de las tuyas y ahora desapareces del mapa para no dar la cara, ¿acaso eres un cobarde? El cortejo se detiene frente a la fosa abierta de la tumba familiar en el Panteón Español. Los sepultureros esperan apoyándose sobre sus palas de cavar y con caras de hastío y cansancio. Si serás tarugo, te mataron y ni pío dijiste; eres muy capaz de haberlo hecho a propósito, para dejarme solo con mis desgracias, con este dolor tan grande que llevo dentro, ¿qué le voy a decir ahora a Cholita?, ¿cómo podré darle alguna vez la cara? Tú te ibas a encargar de todo, me lo dijiste hace apenas una semana, me lo prometiste, me lo juraste por todos los santos. El ataúd desciende a la fosa en manos de los enterradores. Natalia se abraza de sus hijos Lolito y Hortensio; llora a mares, se desgañita, plañe como si quisiera irse a la tumba junto con el marido asesinado. Las gemelas se abrazan y lloran más por la madre que por el padre muerto. Los hijos consuelan a la madre pero no sienten ni un nudo en la garganta. Gloria Manón se retuerce las manos, se abraza de Aguinaldo Misiones, aúlla como gato en celo por el hermano fallecido. Florencia se enjuga de los ojos dos lágrimas imaginarias. Eres un egoísta, me dejas morir solo. A ti ya qué puede importarte cómo me siento. Los enterradores avientan palazos de tierra sobre el ataúd. Gloria Manón lanza una rosa sobre la caja de su hermano con el típico gesto melodramático de una típica mujer melodramática, y por un momento está a punto de caer junto con la rosa si no es porque Aguinaldo Misiones la rescata de un jalón que le desgarra el vestido dejándole la regordeta espalda al desnudo. Florencia se tapa la boca a tiempo para no soltar una carcajada y finge llorar amargamente. El cemento envuelve el ataúd y Natalia está a un paso de desmayarse; Lolito la retiene entre sus brazos y la lleva a sentarse en la lápida de algún desconocido, pero Natalia se niega horrorizada al imaginarse que el muerto ahí sepultado pueda sacar una mano y pellizcarle las posaderas. Jaime Cocinero se persigna respetuosamente y se retira sin ser notado. Los demás asistentes al sepelio empiezan a desaparecer en completo silencio. Aguinaldo Misiones se desembaraza de Gloria Manón que lo ha vuelto a atrapar como tigre a su presa y se va sin más contemplaciones. Gloria Manón lo sigue convulsionada por el llanto. ¿Qué voy a hacer ahora con mi conciencia? No te vayas primo, no me dejes así, no quiero cargar yo solito con tanta culpa. Lolito arrastra a Natalia que se niega a dejar el cementerio. Las gemelas se ponen a curiosear los nombres de lo sepulcros y sus epitafios, hacen cuentas, suman, restan: éste tenía quince años, este otro sesenta y cinco; Hortensio las coge del brazo y se las lleva. Francisco Tocino sigue parado frente a la fosa que los sepultureros continúan llenando de tierra. Te cargó la chingada, primo, y a mí junto contigo. Florencia Ruiseñor ve a su marido que sigue ahí parado como estatua y lo jala del saco. Vámonos Francisco, le dice Florencia, el muerto al pozo y... nosotros a la cantina. El cementerio queda tan vacío y desolado como siempre, con sus criptas, lápidas e inscripciones a la intemperie del tiempo y el olvido. Lolo Manón en su caja de muerto está más solo y más muerto que nunca. Todos los miembros de su cuerpo han empezado a pudrirse poco a poco; con todo y sus dieciocho puñaladas.

Yo llegué a vivir a esta su humilde casa hace un resto de años, cuando estaba por nacer la última de mis hijas. En ese entonces todavía se podía respirar tranquilo; no como ahora que además de esmog, se tragan miserias y miedos, muchos miedos. Ya ve usté cómo terminó sus días mi amigo Lolo, ¿quién lo iba a decir? Bueno, es que cuando llega la flaca, pus llega y ni modo, ¿verdá?

Yo soy de un pueblo de muy lejos, en el meritito trópico, en donde las palmeras son de verdá y los cocos saben a coco. De chamacos siempre nos andábamos subiendo a los cocoteros de don Rafa pa' robarnos toditos los que pudiéramos. Ahí tiene usté a don Rafa corre y corre tras el chamaquerío pa' darnos de palos, pero no nos alcanzaba. Don Rafa era el dueño del rancho y quesque mi papá, y el de todos los escuincles de la ranchería. Pero nunca nos trató como papá, a lo mejor nomás cuando nos gritaba hijos de la chingada.

Me vine para acá por lo mismo que todo el mundo. Allá en mi tierra se volvió imposible de vivir, a veces de plano no había ni pa' los tacos de los escuincles. Todos los días mi señora me reclamaba diciendo: ya no hay frijoles, Aguinaldo; dame pa' las tortillas, Aguinaldo; ya te retrasaste otra vez con el gasto, Aguinaldo. Y Aguinaldo por aquí y Aguinaldo por allá. En cambio, en esta ciudá me hice de un oficio para ir saliendo del agujero y, mal que bien, tengo un techito sobre mi cabeza y un par de bolillos en el cogote.

¿Los hijos? Ya casados o juntados, como si uno los hiciera pa' que luego se larguen. La más mayor se embarazó de diecinueve años y luego se jue a casar con uno de esos patanes que, en volviéndola a embarazar, se largó a las cantinas, al billar y a gastarse hasta las perlas de la Virgen. Cuando ya se cansó de m'ija, se hizo de humo y nunca más volvimos a saber de él, gracias a Dios.

Con los demás, la historia se ha repetido más o menos; ellos les pegan, las embarazan y las dejan; ellas lloran, maldicen su suerte y luego se juntan con otro igual o peor. Mi hija la más menor tiene cuatro hijos, todos de diferente marido, ¡figúrese usté! En total, fueron cuatro escuincles y tres chamacas. Los cuatro me salieron cabrones y las viejas golfas; pues sí, habían de salir a su mamá, ¿a quién más?

A mi mujer la conocí un día de juerga. Ella andaba fichando en la cantina y, quién sabe cómo, me embarcó y al ratito ya le había dicho al cura que sí agarraba a María Candelaria de mi esposa. A mi pobre mamacita casi le da el supiritaco cuando le presenté a mi señora con cinco meses de encargo y el ojo moreteado por andar de ofrecida otra vez. A puñetazo limpio le quité lo perdida; al menos eso creo, pero supongo que sí, porque después de los veinticinco kilos que se echó en el embarazo, ya ni quién hubiera querido echársela a ella. Pero mire usté nomás si no son canijas las mujeres, en aliviándose de la última niña, se me murió María Candelaria de placenta precoz o algo así, y me enjaretó el paquetito de los hijos. Como ya me andaba por irme y dejarle al chamaquerío, se murió en venganza.

Después me volví a matrimoniar para tener una mujer al cargo de esos menesteres. Nomás imagíneme usté cambiando pañales y limpiándole las polainas a los escuincles. Afortunadamente, ya conocía a Gloria, la hermana de Lolo, y llevábamos meses con nuestras relaciones íntimas. Pero el casorio con Gloria casi ni duró. Ella sabía que yo tenía otras viejas y, como no le pareció, en desquite, se enredó con un funcionario de esos del gobierno. Por eso la mandé a la chistorra, no le iba yo a aguantar eso, ¿verdá? Luego me rogó que la perdonara pero pus está canijo perdonarle los cuernos a nadie, ¿no? La muy vivales me quería enjaretar al hijo del funcionario, ¿de qué me había visto cara la muy méndiga?

Pero Lolo y yo seguimos siendo muy amigos y, si mencionábamos a Gloria, era pa' burlarnos de ella y de su chamaco albino que tuvo. Ahí me pagó con creces sus amoríos con el monigote funcionario.

El aria de la muerte de Madame Butterfly se escucha a todo volumen en el departamento del alemán. Lolo Manón se cubre la cabeza con la almohada tratando de apagar los estruendosos alaridos de una vieja loca gritando su última agonía. Natalia, acostada en la cama, trata de concentrarse en la apasionante lectura de *Jazmín*. Durante un buen rato, Lolo se debate entre las sábanas por conciliar el sueño.

—¡Carajo!, ¿es que ese maldito nazi no va a dormir como buen cristiano?

—A lo mejor es judío.

—A lo mejor es un pendejo.

—No seas así, Lolo. El alemán es una buena persona, medio jetón, pero buena gente.

—Qué va a ser buena gente. ¿No te has dado cuenta de cómo nos mira de arriba-bajo como si le debiéramos la vida? Yo no le debo la vida ni a mi madre porque yo no le pedí acostarse con mi jefe. Más bien, yo creo que nos desprecia por no tener ojo azul y piel color nalgadebebé, como él.

—Estás exagerando, pero sí estoy de acuerdo en que sólo a él se le ocurre poner esa música tan rara y a todo mecate, ¿no crees?

—Sí caray, a ver si ya matan de una vez a la gritona esa, porque parece que la están matando.

—Pues yo prefiero oir los alaridos del alemán que los tamborazos del vecino del seis. Ése de verdad no deja dormir, a mí hasta pesadillas me dan.

Lolo se levanta de la cama, hace ejercicios de estiramiento muscular mientras se soba la gigantesca barriga; luego se dirige al refrigerador en busca de una cerveza.

–¿Por qué diablos no hay cerveza? Es el colmo que teniendo toda una señora tienda de abarrotes, no haya chelas en esta casa, ¿es que me quieres matar de sed?

–Toma agua.

–No puedo tomar agua porque me oxido.

–¿Y eso qué te preocupa?, de todas formas eres pura chatarra.

–Aunque lo fuera, no quiero agua.

–Pues ve a la tienda por ellas.

–¿Por qué no vas tú?

–Yo no tengo sed y, si tuviera, tomaría agua o leche.

–¿Leche?, ¿me crees un escuincle meón? Ya ni las gemelas toman leche —Lolo se vuelve a sentar en la cama y observa a su esposa que, absorta en su lectura, ni siquiera lo mira. ¿Por qué siempre estás leyendo esa basura?

–Por lo menos leo algo, en cambio tú ni las etiquetas de lo que bebes todos los días.

–Yo no estoy para tarugadas. Eso de leer es pura perdedera de tiempo. En lugar de eso, podrías estar limpiando esta casa que parece jacal de puercos.

Natalia lo ignora, ha llegado al clímax de la historia y no está para seguir escuchando los reclamos de Lolo. Luisa, la protagonista, no tarda en encontrarse por fin con el ser amado. Natalia suspira, ¡qué guapo es Carlos Mendizábal!, ¡qué novela más bonita!, ¡qué diera yo por vivir una historia así de emocionante! Carlos corre a toda velocidad en su caballo blanquísimo para estrechar entre sus brazos a Luisa, tan bella, tan radiante. ¿Por qué no viví yo algo parecido? Natalia mira a Lolo y vuelve a suspirar. Si alguien me hubiera dicho que mi marido se pondría así de gordo y feo, otro gallo me chiflaría...

–Te estoy hablando...

–Sí, ahorita voy.

–¿A dónde vas?

Carlos frena su montura haciendo relinchar su caballo. Luisa abre los brazos embriagada de emoción y felicidad; en sus ojos brilla el éxtasis del amor y la dulzura. "Luisa", "Carlos". Los brazos de ambos se entrelazan en un eterno y candoroso estrujón lleno de promesas y de excitantes planes para el futuro. "Te amo", dice Luisa enceguecida de amor. "Te amo", dice Carlos.

–¿Y ora?, ¿por qué chillas?

–Es la historia de amor más bonita que he leído.

–No seas payasa. En todas lloras y en todas dices lo mismo.

–Tú no entiendes el corazón de las mujeres.

–¿Ya te vas poner cursi? Cuando empiezas con tus vaciladas ni quien te soporte. Te voy a prohibir esas cochinadas.

–¡Ah no!, eso sí que no. Es mi único entretenimiento y ¿me lo vas a prohibir?, pídeme cualquier cosa menos eso.

–Estás loca, mujer, peor que el alemán.

–¿Qué me estabas diciendo hace rato?

–Ya se me olvidó... ¡ah sí! Voy a necesitar quinientos pesos.

–¿Otra vez?

–Sí, ¿qué tiene?

–¿Y los que te di antier?

–Pues me los gasté, ¿qué querías?

–¿En qué te los gastastes?

–Ése es asunto mío.

–De seguro en la cantina con Francisco Tocino y Aguinaldo Misiones, ¿no?

–¿Me los vas a dar, sí o no?

–Ai voy, hombre.

Natalia deja a un lado la novela, va hacia el baño y cierra la puerta. En cuanto da vuelta a la llave, Lolo se levanta de la cama de un salto. Trata de espiar por el ojo de la cerradura pero la llave del otro lado se lo impide. Me lleva la rejodida. Pega la oreja a la puerta tratando de adivinar los movimientos de Natalia pero no se oye nada; exasperado, regresa a la cama y se sienta, prende un cigarro y piensa en la güera de minifalda y pelos parados que conoció ayer. ¿A dónde la llevaré mañana?, ¿al Monarca o al Saratoga? Mejor al Monarca, ése no está tan pinche, después de todo. La vieja esta me va a pelar si sigue con sus caprichitos pero vale la pena, está rebuena la canija.

–No tengo nada.

–¿Qué?

–Ayer pagué tus llamadas de larga distancia, hoy la luz que ha subido muchísimo y mañana las colegiaturas de las niñas, ¿te parece poco?

–Pues saca quinientos de las colegiaturas y ya está.

–Eso ni lo sueñes.

–No va a pasar nada si te atrasas tantito con el pago, no seas así.

–Olvídalo.

–Necesito quinientos pesos para mañana, por favor Natalia.

–Ya te dije que no —Natalia se acuesta sobre la cama y retoma su lectura.

–¿Cuatrocientos? Bueno, trescientos, con trescientos me conformo.

–No insistas.

–No seas canija, por lo menos doscientos, ándale, doscientos no es casi nada, no hay que ser.

–Dije que no y ya déjame leer.

–Bueno, cien, es mi última palabra, cien y te dejo seguir leyendo.

Con un prolongado beso los amantes cierran para siempre su lazo de amor, ese lazo que nunca nada ni nadie logrará romper. Natalia cierra la última página de la novela y vuelve a abrirla desde el principio. Parecía ser un día tranquilo y hermoso, sin una nube en el cielo que opacara la belleza del paisaje. Luisa respiró muy hondo para retener en sus pulmones ese maravilloso olor de la campiña inglesa...

He oído decir que al alemán no le gustan las mujeres, pero no tiene nada de raro; en estos tiempos, los hombres prefieren a los hombres y a las mujeres que nos lleve Judas. El otro día me lo encontré en el pasillo del edificio. Ni siquiera me saludó, llevaba mucha prisa e iba con su amigo de siempre. En las tardes, se quedan platicando mucho rato, con la música a todo volumen. Me gusta esa música porque me hace pensar en las películas de la tele, muy trágicas pero muy bonitas. Todos dicen que el alemán está medio loco, a lo mejor por ser europeo y los europeos son seres de otro planeta. Nadie en el edificio lo entiende, ni a él ni a la parejita del siete porque a esos también les da por la música clásica. Mis papás me matarían si se me ocurriera poner una ópera o algo así, o me llevarían otra vez al hospital. Les gusta llevarme al hospital para deshacerse de mí pero no me importa; en realidad, me da igual, es lo mismo estar allá que aquí.

Cuando yo tenía como diez años, vi a mi mamá con otro hombre, uno que no es mi papá. Yo no le dije a nadie porque mi mamá me hubiera roto los dientes. Esa vez yo estaba castigada en mi cuarto porque había roto las lámparas y los adornos de la sala escapando de un hombre con cabeza de dragón que me estaba persiguiendo para hacerme crecer un hijo. Por supuesto, mis papás dijeron que estaba yo endemoniada y me encerraron en mi habitación. Yo hasta me sentí mejor porque así el hombredragón no podría hacerme ningún mal. En mi cuarto nadie puede hacerme daño, sólo si abro la puerta y doy la señal de entrada. Entonces me quedé mucho más tranquila y me puse a jugar con mi teatro guiñol.

—Te voy a cortar la cabeza, príncipe encantado —le decía la ranarené al príncipe del castillo.

—No, ranita. No, por favor. Haré lo que tú me pidas.

—Quiero que saques a la princesa del calabozo y me la traigas ahorita mismo.

—Sí, ranita, ai voy pero ¿para qué quieres tú a la princesa? —preguntó el príncipe con mucho miedo.

—Para casarme con ella.

—Tú no puedes hacer eso, ella es mía.

—¡No me digas! ¿Y de quién crees tú que son las ranitasrenés que tuvo anoche?

Así estaba yo jugando cuando oí que alguien llegaba a la casa y pensé que era mi papá y mi papá es muy bueno conmigo; de seguro él me iba a levantar el castigo. Abrí la puerta de mi cuarto muy poquito, casi nada. Oí voces. Era mi mamá y hablaba con un hombre. Salí del cuarto muerta de miedo porque si mi mamá me cachaba, de seguro me volvería a encerrar con llave sin dejarme salir en tres días.

Me asomé tantito para ver si el hombre en la sala era mi papá. Mi mamá estaba sentada en las piernas del señor y se estaban dando unos besotes que ni en los cuentos que leía yo en esa época; ni siquiera como los que le daba la ranarené a la princesa del calabozo. Pensé: Ése no puede ser mi papá. El señor le metió la mano por abajo de la falda y mi mamá se reía y se reía como estúpida. En ese entonces me preguntaba qué podría tener de gracioso que le metieran la mano a una por debajo de la falda. Ya no me lo pregunto. Después, mi mamá se empezó a desabrochar la blusa delante del señor y movía las caderas como si estuviera bailando la lambada esa que ahorita está tan de moda. Definitivamente no es mi papá, pensé. ¿Quién será?, a lo mejor ni lo conozco pero no puedo verlo desde aquí porque me lo tapa mi mamá. Y entonces mi mamá hizo algún movimiento raro y por fin lo pude ver.

—¡Tío Lolo! —grité y salí corriendo para saludarlo. Yo quise mucho a mi tío cuando era niña porque era muy simpático conmigo y muy cariñoso. Me aventé en sus brazos y, en el camino, empujé a mi mamá que fue a dar hasta quién sabe dónde con la blusa en la mano y todo. Ya ni me acuerdo de la insultiza que me puso, pero segurito hasta la despedida me dijo. Y luego, durante tres horas, me tuvo adentro de la tina de baño con el agua bien helada. Me dio pulmonía y por poco no la cuento.

Se podría cortar la tensión con un cuchillo, se podría rebanar en pedacitos la ira, el desconcierto, la congoja. Aguinaldo Misiones da grandes pasos a todo lo largo y ancho de la sala, no mira a sus siete hijos que, sentados en hilera en el sillón grande de la sala, esperan caer una tempestad sobre sus cabezas de un momento a otro. Pero ninguna angustia se compara a la de Carmen, la mayor de los siete.

Con la cabeza agachada y los ojos enrojecidos y abultados, espera la sentencia de su muerte, quizá algo peor. Aguinaldo sigue caminando sin decir esta boca alguna vez fue mía. Eso es lo más torturante para Carmen que espera el peor de los castigos, el pase seguro al infierno, y se estruja las manos haciéndose daño pero qué más da, si el dolor que siente en el alma es más grande que cualquier tortura en la tierra o en el inframundo. Aguinaldo Misiones se detiene frente a ella. Es una mocosa, qué bárbaro, piensa Aguinaldo y sigue su rito de dar vueltas como rehilete. Sus siete hijos, con las cabezas gachas casi hasta las rodillas, esperan con paciencia la lluvia de insultos y cachetadas que de seguro caerá sobre ellos.

–¡Chingao! —es la única palabra que sale de los labios de Aguinaldo. En realidad no sabe qué decir. ¿Debe azotar a su hija hasta matarla?, ganas no le faltan. No seas pendejo, piensa, pinche mocosa estúpida, ¿por qué me habías de hacer esto a mí, carajo, a mí?

–¿Cuánto tienes? —Carmen se sobresalta, espera un bofetón, una retahíla de insultos, un par de cinturonazos, no una pregunta tan estúpida. Los seis pares de ojos de sus seis hermanos se posan sobre ella al mismo tiempo; es el centro del caos, de la tragedia, el motivo mismo del próximo fin del mundo.

–¿Cuánto tengo de qué?

–No te hagas pendeja, ¿cuánto tienes de encargo? —Aguinaldo quisiera fulminarla con los ojos. Además de zorra, me salió estúpida.

–Cuatro meses —la voz de Carmen casi no se oye, Aguinaldo tiene que hacer un gran esfuerzo para escuchar su respuesta.

–¿Qué?

–Que tengo cuatro meses de embarazo —Carmen casi grita, ve los ojos de su padre, se pone a temblar.

–¿Llevas cuatro meses y apenas me lo dices?

–Sí.

–¿Y por qué hasta orita, chamaca estúpida?

–Es que no sabía qué hacer.

–¿Y cómo hacemos pa' darle solución a tu domingo cuatro?

–Siete.

–¿No que cuatro?

–Es que se dice domingo siete.

–No cambies el tema, chingao.

–Ta' güeno.

Carmen mira a su padre con ojos de espanto.

–Te voy a llevar con un brujo.

–¿Para qué?

–Pa' que te lo saquen.

–Yo no quiero que me lo saquen.

Una mosca está a punto de meterse en la boca de Aguinaldo, de tan abierta que la tiene. Mira a Carmen con ojos fulminantes, asesinos, con ganas de estrangularla ahí mismo. ¿Qué se ha creído ésta?, ¿está endemoniada y apenas me doy cuenta?

–No es lo que tú quieras. ¿Primero la haces de chía y luego sales con tu limonada? Se va a hacer lo que yo diga. Ora dime quién es el papá porque si no te lo pueden sacar, ai se lo haiga —Aguinaldo espera una respuesta, las siete cabezas de sus siete hijos miran hacia el suelo, como si se estuvieran admirando unos zapatos nuevos y relucientes. Carmen no contesta, le tiemblan las manos y la voz—: Te estoy esperando —la hija no se atreve a levantar la vista, mucho menos responder a la pregunta—: Respóndeme, ¡chintetes! —el grito de Aguinaldo la hace brincar.

–Es de Lolo, de Lolo Manón.

El silencio cae sobre la sala como un aguacero de piedras. Aguinaldo Misiones se queda petrificado como si estuviera jugando a las estatuas de marfil. Los hijos no se atreven a verlo, ni a hacer el más mínimo ruido, ni siquiera murmurar una sílaba. La tensión crece como una tormenta que se acerca a miles de kilómetros por hora. Aguinaldo siente el palpitar de su pulso en las sienes, los latidos de su corazón, el ronroneo de sus tripas. Se sienta en el sillón frente a sus hijos. Se mira las manos, las uñas sucias y sin cortar.

¿Qué significa lo que Carmen acaba de decir? No lo puede creer, la idea no acaba de entrar a su cerebro obnubilado, cegado, estupidizado. ¿Su hija Carmen, la mayor de los siete, la más bonita, la más prometedora, la más estudiosa está encinta de ese bueno para nada, de ese mequetrefe que podría ser su padre? No. Seguramente escuchó mal, su sentido auditivo se está deteriorando y está escuchando visiones. ¿Se pueden escuchar visiones?

–¿Qué dijistes? —la pregunta le sale sin proponérselo, sin siquiera haberse dado cuenta. Carmen no responde, se le nubla la vista, grandes lagrimones le escurren de los ojos que no se cansan de llorar—: ¿Estás... estás preñada de Lolo Manón?, ¿eso dijistes?, ¿traes de encargo un hijo de mi amigo Lolo Manón?

Carmen sigue sin responder y piensa que lo mejor sería estar muerta y enterrada a muchos metros de distancia de la superficie, así no podría escuchar la voz temblorosa y llena de ira de su padre. Aguinaldo Misiones no sabe si explotar de una vez como bomba de tiempo y azotar a su hija contra las paredes y el piso y los muebles de la casa o si meterse un plomazo por la oreja para ya no oir más disparates. Entonces, un sentimiento aún peor lo inunda: se siente terriblemente humillado. Con que eso se proponía Lolo, piensa, hacerme sentir a su mercé pa' burlarse; debía matarlo al hijo de puta. Pero Aguinaldo sabe que no lo hará. No puede enfrentarse a Lolo porque se siente más débil que él, más poquita cosa, más vulnerable. Ésta no se la perdono al hijo de la chingada. Aguinaldo sale de la casa azotando puertas, sin decir más. Carmen y sus hermanos respiran de alivio, hoy por lo menos no desquitará sus odios con golpes, con insultos.

Aguinaldo no regresó a dormir esa noche. Al día siguiente, sus hijos lo vieron entrar al departamento como un fantasma. No les dirigió la palabra en todo el día, a ninguno de los siete. Los más chiquitos no entendían qué pasaba, por qué su papá ni el saludo les dirigío; después de todo no recordaban haber hecho una travesura tan gorda últimamente. Su hermana Carmen tenía la respuesta pero callaba.

Durante varios días, Carmen y su padre visitaron médicos aborteros por media ciudad. Todos dijeron lo mismo: no hay nada que hacer; su vida correría peligro. Ninguno quiso tomarse el riesgo y Aguinaldo terminó por resignarse. Pinche escuincla, era lo único que decía. Carmen no contestaba, siempre con la mirada baja y los labios temblorosos. Dos semanas después, llegó Aguinaldo con Crescencio, un muchacho apenas dos años mayor que Carmen y apariencia de vaguito.

–Ponte un vestido que se mire decente —le dijo a Carmen—, en dos horas nos vamos al Registro Civil.

–¿A dónde?

–Al Registro Civil, ¿además de puta, sorda? Deja de chillar y obedece.

–¿Pa' qué vamos al Registro Civil?

–Te vas a casar con éste. Se llama Crescencio.

–¿Cómo me voy a casar con él si ni lo conozco?

–Necesitas un pendejo que le haga de papá de tu escuincle, ¿no?

En su cuarto, Carmen lloró una hora completa. Sus hermanas trataron de consolarla pero sólo conseguían deprimirla más. Quiso rebelarse a los deseos de su padre pero su vergüenza se lo impidió.

Dos horas después, cuando Aguinaldo tocó a su puerta, Carmen lo esperaba con su mejor vestido y un poco de maquillaje para disimular las ojeras. Sin una sola palabra, siguió a su padre hasta el Registro Civil, firmó su acta de matrimonio y, en un abrir y cerrar de ojos, estaba casada con un perfecto desconocido que se convertiría en su peor martirio y el pago de todos sus pecados pasados y futuros.

Usted comprenderá, licenciado, que éstos han sido días muy difíciles, muy negros. El destino siempre ha sido caprichoso conmigo y ahora se ha ensañado más, como si yo le debiera algo y se estuviera cobrando viejas deudas. A lo mejor fui muy mala en mi otra vida, o vaya usted a saber. ¿Por qué, licenciado? Dígame usted por qué si yo siempre he sido una buena cristiana; trabajo de un sol al otro para sacar a mi familia del hoyo, para que los hijos tengan estudios y nunca les falte nada. Siempre traté de ser una buena esposa, una madre cariñosa, una mujer recta y ahora ¿ve usted cómo me paga Dios todos mis esfuerzos? Así ya no le quedan ganas a uno de seguir luchando. Desde que empezó todo este embrollo, no duermo, no tengo apetito y sólo pienso en cuánto extraño a mi marido. Me hace falta, ¿sabe? No era muy trabajador, es cierto, prefería estar en la cantina con sus amigos; sin embargo, uno se acostumbra a la gente, se vuelve dependiente de las pequeñas cosas de la vida. Yo lo quise mucho y no miento si le digo que él también me quiso, después de todo soy la madre de sus hijos, ¿no?

Crecí en un pueblo de Hidalgo pero llegué muy joven a la capital y más bien me considero chilanga. Lolo me robó cuando yo tenía trece años; luego de quitarme lo virgen, nos casamos y me trajo para acá. Desde entonces, no he regresado a mi pueblo, ni siquiera para ver a mis papás porque se murieron al poquito tiempo. De mis hermanos, que fueron un montón, no he vuelto a saber; los recogió un tío que se los llevó a un rancho en Zacatecas, y Zacatecas está muy lejos. Yo nunca he salido de la ciudad, sólo para ir a Acapulco de vez en cuando; pero eso ha sido en los últimos años, cuando Lolito y Hortensio ya se podían quedar a cargo de La Covandonga, mi tienda de abarrotes. Antes ni a la esquina; quizá sólo a La Marquesa en algún día festivo, con la familia; pero como ni siquiera los domingos cerramos la tienda, estamos siempre aquí, cuidando de ella.

Recién nos casamos Lolo y yo, sufrimos muchas penurias; había días en que no teníamos ni para un atole. Fueron naciendo los hijos y la situación era cada vez más tremenda, los gastos crecían y las necesidades aumentaban el titipuchal. Lolo se empeñó en que los niños debían ir a escuelas particulares porque las de gobierno son una mierda... perdón, así decía él. Entonces, las cosas se pusieron de a centavo. Era terrible porque el poco sueldo de Lolo se nos iba completito en renta y colegiaturas. Un tiempo después de que tuve a las gemelas, heredé un dinero de un tío que nunca conocí, y hasta la fecha no sé quién es. Gracias a eso, pudimos poner La Covadonga. Bueno, en realidad, Lolo no quería ponerla; se empeñaba en hacer un viaje y en que gastáramos el dinero en tonterías. Yo nada más le dije que sí. Él empezó a organizar el viaje a Estados Unidos; quería ir a Disneylandia, a Jóligu, a San Diego y a San Francisco. Pero un día llegué yo y le dije que no íbamos a ningún lado.

—¿De qué estás hablando, mujer? —me dijo bien enojado.

—Ya no tenemos dinero para hacer ningún viaje.

—¿Qué diablos hiciste con él?

—Me lo gasté.

—¿Cómo que te lo gastaste? No me vengas con estupideces y dime la verdad.

Yo estaba muy envalentonada por fuera; pero por adentro, no paraba de temblar. Sabía que en cualquier segundo me iba a romper los dientes; no porque me pegara muy seguido, pero ya le conocía ese tonito de voz y estaba esperando el primer trompazo.

—Compré una tienda de abarrotes muy cerquitas de aquí —le dije, y antes de que soltara el primer golpe, me fui corriendo a mi cuarto y me encerré a piedra y lodo; hasta puse la cama contra la puerta para que no pudiera romperla a golpes.

—Ábreme, hija de la guayaba (con perdón de usted, pero eso dijo, tal cual), te voy a matar.

–Pues ¿por qué crees que no l'abro?, ¿acaso me crees tan taruga?

–Que abras, te estoy diciendo.

–¿Para que me mates?, ni loca, fíjate.

–Sí estás loca. ¿Cómo se te ocurre desobedecer mis órdenes? Te dije que no nos íbamos a gastar el dinero en ese estúpido caprichito tuyo; no puedes hacer con él lo que se te dé la gana.

–Resulta que ese dinero era mío; y a mí me dio la gana de comprar una tienda porque a mí me da la gana de darle de comer a mis hijos, y me da la gana de pagarles sus estudios, y de vez en cuando me da la gana de comer un pollo y no tortillas con frijoles, y me da la gana de vivir como gente decente.

–Se te subió el dinero a la cabeza, pero yo soy tu marido y tengo derecho de hacer con el dinero de mi mujer lo que a mí me convenga.

–Pues no soy tan tonta como parezco. Primero me consulté un abogado y él me dijo que, como estamos casados por bienes separados, lo mío es nomás mío, y tú, como no tienes ni caja en qué caerte muerto, no tienes derecho a nada. Y además, para que te lo sepas, ni siquiera matándome podrás tener la tienda porque hice testamento; no se te fuera a ocurrir mandarme con San Pedro.

–Te crees muy lista pero esto te va a costar muy caro. Te vas a arrepentir, te lo juro por la Virgencita de Guadalupe. Y ni creas que te voy a ayudar en lo más mínimo.

Nunca me arrepentí, aunque cumplió su promesa. No sólo nunca me ayudó a despachar o a comprar la mercancía; desde entonces, se dedicó a beber con sus amigos, a ir al billar, a tener otras mujeres y nunca más buscarse un trabajo. Pero no me importó, yo así pude darles educación y comida a mis hijos y, de paso, no le veía la cara a Lolo más que en las noches o cuando me iba a pedir dinero para sus borracheras. De ahí pa'l real llevé una vida más tranquila y en paz. Según él, se vengó de mí, pero al contrario, me hizo un favor porque así me lo quité de encima.

No, licenciado, no me mal interprete, yo sí quise mucho a mi marido, lo que pasa es que en esas cosas era medio tremendo; en cambio, nomás puse La Covadonga, la situación cambió entre nosotros y ya no volví a preocuparme por el dinero. Yo le daba gusto en dejarlo con libertad de hacer sus diabluras y él me dejaba tranquila en mi negocito. Así vivimos en paz muchos años.

Lolo se mira de refilón en el espejo y sonríe. El cabello aún no comienza a escasear; el abdomen no ha empezado a abultarse por el exceso de cervezas, mezcal y comida grasosa; y las arrugas de la frente no han hecho aparición todavía. Soy un macho hecho y derecho, piensa. Coge su botella de cerveza y se sienta a la orilla de la cama. Mira a su alrededor sin ver, muy atento a los sonidos del baño. Me gustan las mujeres, todas las mujeres. No soy muy exigente, ¿para qué?, todas sirven para lo mismo, ¿no? Sólo Natalia no sirve para un carajo, es como un muñeco de trapo, sin iniciativa. Sí, me gustan todas las mujeres, menos la mía. Se escucha la llave del agua, una boca haciendo gárgaras y escupiendo en el lavabo, unos pasos que van y vienen de un extremo al otro, un suspiro, un bostezo. Después, nada. Silencio. El silencio total de la expectativa. Lolo Manón se pasea inquieto por el cuarto, con el miembro dolorido por la espera. Revisa otra vez su silueta en el espejo. No estoy nada mal, dice en voz alta, para romper el silencio. Podría estar birolo, tener nariz de perico enjaulado y cuerpo de lombriz ahogada. Prende un cigarro sólo por matar la espera. Desde hace rato ya no se escuchan ruidos en el baño. ¿Qué demonios le pasa a ésta? Parecía tener tantas ganas como yo. Ha d'estar indispuesta. Comió huevos rancheros con demasiada salsa picosa; igual y tiene diarrea. Enciende la televisión y apaga el cigarro. Empieza a sentirse molesto. Es como todas, le gusta hacer esperar para que, cuando salga, uno esté reventando y con ganas de violarla. En el canal dos, *Los Polivoces*, con sus malos chistes y sus jorongos cochinos; por eso los gabachos nos hacen todavía debajo del nopal. En el cinco, *Los Intocables*; nunca me ha interesado. En el trece, las noticias; qué aburrido, de todas formas siempre se están matando; es como ver la misma película en diferentes versiones. En el cuatro, *El Superagente Ochenta y Seis*; tan estúpido y mediocre pero cómo me hace reír el idiota. Apaga la tele, se asoma por la ventana. La ciudad está tranquila, qué raro. ¿Qué se está pensando esta Juanita... Lupita?, ¿cómo se llama la vieja esta? No importa, su nombre es lo de menos, de todas formas, ya se me quitaron las ganas. Pinche vieja. Se acerca a la puerta del baño, pega la oreja. Nada. ¿Juanita?, ¿ai sigues?, ¿a qué estamos jugando? Sal de ahí, ¿quieres? Lolo se impacienta, da tres vueltas por la habitación, regresa, vuelve a pegar la oreja. Ni un ruido. Voy a entrar, Lupita, ya me la hiciste cansada. Da vuelta a la manija, empuja la puerta, entra. Juanita (o Lupita) está sentada en un rincón del baño, entre el excusado y la tina. Tiene los ojos cerrados y la piel cobriza excesivamente pálida. Su boca permanece abierta y un hilito de baba espesa fluye hasta el vestido mojándolo, impregnando la tela de una viscosidad repugnante. Lolo no tiene tiempo de pensar, o de preguntarse qué diablos ha pasado, o cómo ha sucedido. Juanita no se mueve, parece estar muy tranquila, como si fuera lo más normal del mundo sentarse a descansar en medio del excusado y la tina de baño. Nada en ella tiene movimiento, ni vida. Pero hace un momentito estaba la mar de cachonda, y era toda sonrisas, y me decía: Vámonos a otro lado, primor, aquí no se puede platicar a gusto. Y ai 'stá tu tarugo: Cómo no, princesa, te llevo al castillo de Buquinjan orita mismo. Y luego, encima de que me haces venir hasta acá, tuve que pagar el cuarto por adela. ¿Ora quién me va a devolver mi lana? Ya Lupita, deja de hacerte la payasa; mira, en la tele hay una película porno buenísima. Lolo Manón la sacude por los hombros, le da un par de cachetadas, no muy fuertes, para que luego no se las vaya a regresar lo triple de duras. Le sopla aire por la boca como ha visto que hacen en las películas gringas, pero no demasiado cerca para no embarrarse los labios de baba. Trata de abrirle los ojos a Lupita. Estás más tiesa que un muerto, desgraciada... ¡Ay chingao! Lolo suelta la cabeza de Juanita-Lupita que se estrella contra el filo de la tina. Lolo Manón sale corriendo del baño; se pone a dar de vueltas en el cuarto sin saber dónde dejó los pantalones. Hija de su pelona, pero ¿a quién se le ocurre, carajo? Los encuentra y se los pone sin haber hallado primero las trusas. Veinticinco años en las Islas Marías a trabajos forzados y todo por andar de caliente. ¿Qué va a pensar Natalia? Ay Natalia, perdóname. Te juro por Diosito que es la última vez. Se mal abotona la camisa, se calza a medias y sale huyendo empavorecido. Me lleva el diablo, ora sí me cargó la chingada...

Yo soy estilista de profesión y cocinero de corazón. Qué bonito verso, ¿verdad? Me inicié en la cuestión del corte desde muy joven. Siempre me gustó ver a mi madrecita cuando se cepillaba el pelo por las noches y luego se hacía unas trenzas grandes, gruesas y muy negras. Hasta el día de su muerte tuvo el cabello negro azabache y de una sedosidad *incroyable*. Como no tuvo hijas y yo fui su único retoño, de chiquillo me ponía unos vestidos monísimos, de organdí y encajes y toda la cosa. Luego me plantaba unas pelucas maravillosas, de rizos dorados y peinados super sofis. Eran unos tiempos lindísimos aquellos. En ocasiones, jugábamos al salón de belleza. Ya desde entonces yo quería tener mi estética y crear peinados portentosos y cortar el pelo a la última moda. Pero, ¿sabe?, siempre jugábamos a escondidas porque un día nos cayó la fiera de mi padre (que en realidad era mi tercer padrastro) y nos ha puesto una tunda como las de antes. A mí me dejó las asentaderas rojas, rojas de tanta nalgada, y a mi pobre madre le floreó la nariz a puñetazo limpio. Dijo que no quería mariconerías en su casa, y para la próxima nos podíamos despedir de él y de su dinero y de su casa y de su coche y de todas las comodidades. No, pues, entonces teníamos muchísimo cuidado, no nos la fuera a hacer efectiva y vernos de patitas en la calle. El caso es que nos encantaba jugar a las princesas británicas y mi mamá se iba a casar con el Prince of Wales y yo con algún conde o duque con mucha lana para comprarme muchos vestidos como de Cinderella. Total, pasaron los años y los jueguitos se tuvieron que terminar porque me dijo mi mamá que ya chole de andar soñando y que me fuera consiguiendo un hombre de verdad, no un príncipe azul de cuento de hadas. Se me acabaron los juegos pero se me quedó lo maricón.

Había que empinarse mucho por el agujero para ver el fondo del pozo. A Lolo le daba un poco de miedo pero sólo un poco; a los doce años ya se es todo un hombre y los hombres no tienen miedo nunca, así los estén a punto de matar. Pero el pozo era tan hondo y negro que difícilmente se podía ver el final y eso era lo tenebroso del asunto, no tanto caerse por el agujero y ya no salir nunca jamás amén.

—Dejen de asomarse al pozo —les decía la tía Graciana—, ¿no ven que ahí moran las ánimas de los matados en la Revolución? Y tú Gloria, estás demasiado chiquita y te puedes ir hasta el fondo y ¿sabes qué te va a pasar?, las ánimas esas te van a comer viva hasta dejarte los puros huesitos. ¿Es eso lo que quieres?; no, ¿verdad? Pus órale, muchacha del demonio, deje de meter las narices donde nadien la llama.

Pero seguían los tres sin hacer caso de sus mayores. ¿Quién le hace caso a los mayores? Pues nadie, ellos no entienden la aventura de hacer lo que no se debe, lo prohibido, lo peligroso. Y ahí estaban, aventando piedritas para oir, después de mucho tiempo, plac, plac, plac.

—¿Oíste Francisco?, eran como alitas, han de ser murciélagos —le decía Lolo a su primo, abriendo mucho las orejas para poder oir mejor.

—No, qué va, son las ánimas que las estamos asustando.

—A mí me dan miedo esas cosas —decía Gloria.

—¿Cuáles cosas?

–Pus las ánimas.

–Las ánimas no son cosas, son espíritus que siguen aquí porque no se han podido ir al infierno —le decía Lolo a Gloria como si fuera alumna de la fundación Down.

–Peor tantito.

–O al cielo.

–¡Ay!, Francisco, el cielo no existe, nomás el infierno.

–¿Tú crees?

Allá arriba, como a tres kilómetros del pozo y del rancho está el pueblo fantasma. Hay que subir por un camino de tierra empinadísimo para descubrir, entre matorrales secos y árboles escuálidos, un montón de paredes que parecen hechas sin ton ni son. Los edificios no tienen techos y sólo la iglesia parece haber sido una iglesia hace muchísimos años, antes de la Revolución, y eso pasó hace siglos y siglos, si acaso alguna vez hubo una.

–¿Cuándo fue la Revolución, mamá? —preguntaba Lolo.

–Uy mijito, hace un demonial, tú todavía no habías nacido, figúrate.

–¿Por qué fue hace tanto tiempo?

–Yo qué sé, a lo mejor se les antojó hacerla en esos años y no en estos. Cuando yo nací, nació también la Revolución, el mismito día, imagínate nomás; y fue entonces cuando empezó la danza de los muertitos. Fueron años muy difíciles, muy llenos de dolor, de sangre, de venganzas. La venganza no es buena, Lolo, eso métetelo bien en la cabeza. Uno no debe vengarse de las gentes por mucho que las odie porque luego se nos revierte y por eso vienen las tragedias.

–¿La Revolución fue una venganza, mamá?

–Pueque sí, no sé, yo no entiendo de políticas, sólo sé que a unos no les pareció esto y ¡zas!, se pusieron a matar; y luego, a los otros no les gustó aquello y ¡zácatelas!, a echar cañonadas y escopetazos y a colgar a los cristianos de los árboles. Fue muy terrible.

–A mí me hubiera gustado estar en la Revolución.

–¿Por qué dices esas tonteras?

–Ha de ser emocionante.

–Ni creas que tanto. ¿Te hubiera gustado ver a tus hermanas violadas o a tu familia hecha pedacitos a puro culatazo?

–No, pus eso sí que no. Pero a mí me hubiera gustado ser como ese Pancho Villa.

–No digas eso, Lolo, Pancho Villa era el mismísimo demonio encarnado.

–Pues, por eso.

Luego jugaban a la revolución Francisco, Lolo y Gloria. Gloria era Adelita, Francisco, Zapata, y Lolo, Pancho Villa. Y ahí andaban por todo el pueblo armados hasta los dientes con palos de escoba, trinches, sartenes, botellas de refresco; matando a medio mundo, colgando a los traidores y "si Adelita se fuera con otro la seguiría por tierra y por mar". El mejor sitio para jugar a la revolución era el pueblo fantasma porque ahí luchaban contra los espíritus de los revolucionarios. Los hallaban detrás de un poste, adentro de una zanja que alguna vez fueron los cimientos de un caserón o arriba de un árbol. Dentro de la iglesia encontraron muchos porque ahí creían las almas que estarían seguras de los agresores, pero no contaban con que los revolucionarios eran bien sagaces. Adelita cocinaba el almuerzo recogiendo hojas y ramitas de árboles; las condimentaba con rebanadas de nopal y a veces con un poquito de jugo de pitaya. Los caudillos se tomaban su descansito a la sombra de un árbol enclenque para tomarse el almuerzo.

–Le falta el picante, Adelita —decía Emiliano.

–Si quieres le pongo espinas de nopal para que pique mucho.

–No seas taruga, Adelita; debiste de haber traído unos buenos chiles de casa, de los que acabamos de matar en la hacienda —decía Pancho.

–No se me ocurrió.

–Vamos a matar a Adelita por sonsa —decía Emiliano.

–Óyeme no, Emiliano; y después ¿quién va a cocinar para los revolucionarios, o sea, para nosotros?

–Sí, ¿verdad?

Pero la verdad no era ésa, sino que se divertían horrores haciendo barbaridad y media en el pueblo de los aparecidos, como ellos lo llamaban, aunque nunca se les apareció nadie. Jugaban horas enteras a que mataban gente y luego la echaban de cabeza por el pozo; pero lo mejor de todo era cuando nevaba. Sí, en ese pueblo nevaba en invierno porque está muy alto, en un cerro allá en el norte, digamos que por San Luis Potosí. Y las nevadas eran fenomenales y los tres niños se aventaban bolas de nieve revuelta con lodo. A veces, los trancazos eran duros, pero valía la pena. Y luego, cuando llegaban a la casa ensopados de pies a cabeza, doña Graciana, la mamá de Francisco, se ponía hecha un furor: Pero miren nada más cómo vienen, canijos escuincles, mi hermana me va a matar si los ve así. Pues, ¿qué diablos han estado haciendo? Los voy a castigar, van a ver si no. Pero nunca los castigaba, al ratito se le pasaba el enojo y hasta se le olvidaban las diabluras. Carlota sí era más enérgica, ella no se andaba con rodeos y los agarraba a palos a los tres juntos: a los dos suyos y al sobrino. Pero ni a palos entendieron y seguían haciendo de las suyas, sobre todo Lolo que le encantaba meter las narizotas en cualquier lado e inventar toda clase de fechorías.

–Ora vamos a jugar a las estatuas de marfil. El que se mueva tantito, tiene que meterse a nadar al lago sin nada de ropa.

–Pero hace mucho frío, Lolo –decía Gloria.

–Ése es el chiste, si no, no sería divertido.

–A mí no me parece divertido –decía Francisco.

–No seas maricón, vas a parecer niña si no lo haces.

–Pero yo soy niña –decía Gloria.

–Pues como si fueras niño.

Siempre perdía Gloria, que tenía que meter su cuerpecito al agua helada del lago. Pues le dio pulmonía, laringitis, bronquitis y toda clase de enfermedades respiratorias. Eso le costó a Lolo veinte varazos y el resto de las vacaciones sin salir ni a la esquina. Carlota también le dio sus varazos al sobrino pero Graciana le levantó el castigo, después de todo era la mamá de Francisco y ella podía decidir si se le castigaba o no. Pero para Francisco ya no fue lo mismo, ¿a qué podía jugar él solito si Gloria estaba enferma y Lolo castigado?

Al siguiente año, volvieron a las andadas; y al siguiente y al siguiente y quién sabe cuántos otros porque, además, iban en las vacaciones de invierno y en las de verano. En una de esas vacaciones, Lolo conocería a Remigia Santos.

🔖

Mi hija Ernestina nació un día de mucha lluvia y relámpagos, de a tiro como en película de terror. Era de esas veces en que uno piensa que se le va a caer la casa encima de tanto aguacero. Empecé a sentir los dolores del parto ya muy en la noche. Francisco, mi marido, andaba en las cantinas con Lolo Manón, para variar. Yo estaba sola y sintiéndome de la cachetada. Cuando me di cuenta de que ya era hora, le hablé a Natalia y agarramos un taxi para ir al hospital, a dos cuadras de la casa. El idiota del taxista me imaginaba pariendo en su coche y no me quería llevar.

–Está aquí cerquitas –le dije–, no sea usted imbécil y apúrese, porque si no, entonces sí que voy a parir aquí mismo, en el asiento de esta tartana.

Llegamos al hospital y no me querían recibir porque no había yo hecho cita con el doctor y él no estaba en ese momento.

—Pues háblele ahorita mismo, que no estamos para contemplaciones —dije yo.

—No se puede, señora, usted no programó tener a su bebé en este hospital y no la podemos atender.

—¿De cuando acá los niños se programan para nacer? Mire, señorita, así como me ve de panzona, soy de muy mal genio y con estos dolores no tengo ganas de discutir, o me lleva a la sala de partos o aquí nos la partimos.

—Usted ha de ser primeriza porque está muy nerviosa. Regrésese a su casa y, cuando llegue el doctor, le digo que le hable.

—¿Y a poco mi niño se va a quedar junto al teléfono esperando la llamada del médico?

—Cálmate, Florencia, vamos a sentarnos tantito aquí en la sala de espera y yo busco al doctor.

—¿No quieres también tomarte una tacita de café con unas galletitas? Este condenado se me va por la tubería y, si no viene alguien a nacérmelo, él no le va a pedir permiso a nadie para partirme en dos.

—Está bien, señora, la voy a llevar a la sala de partos, pero si no llega el doctor, luego no me diga que no se lo advertí.

—¿Qué clase de hospitalucho es éste?, ¿acaso no hay un médico de guardia para las emergencias?

—¿En un hospital de gobierno?, ¿está usted bromeando?

—Sí cómo no, tengo mucho sentido del humor cuando estoy a punto de parir, son muy agradables estas punzadas del carajo. ¿Me va a llevar a la sala de partos sí o no?

—Ya le dije que sí.

—Pos órale.

Así, sin más, me llevó al quirófano. No me preparó, ni me dio alguna pastilla, nada. Nomás me aventó una batita que no me tapaba ni media barriga y caminando llegamos a la sala; la muy mula no fue ni para llevarme en camilla o, de perdis, en silla de ruedas. Yo no sé ni cómo pude caminar. Cuando llegamos a la puerta, la enfermera le dijo a Natalia que se fuera a su casa porque ella ya no tenía vela en el entierro.

—Óigame no —le dije muy enojada. ¿Usted se va a quedar conmigo mientras grito y sudo como en las películas? No, ¿verdad?, pues, Natalia se queda conmigo porque, si me he de morir, quiero que, cuando menos, alguien me agarre la mano.

—Aquí nada más puede entrar el paciente y el personal calificado.

–¿Calificado para qué?, ¿para desearle a uno buen viaje? No chula, Natalia aquí se queda o armo un tango como no se imagina.

–Haga lo que quiera, pues.

–Na' más faltaba.

¿No se hubiera puesto de mal humor? Usted no se imagina sentirse bien cerca de la muerte sin un cristiano que le tienda la mano. Yo me creía morir y sólo pensaba en liar el petate de una vez para dejar de tener esos retortijones tan espantosos. Si tener hijos no es enchílame otra, es un mal que no le deseo a nadie, ¡qué bárbaro! Por fin, Natalia pudo comunicarse con el mentado doctorsucho mientras yo pegaba de alaridos. Cinco horas después, llegó el médico y yo en un grito.

–Pero si no tiene ni tres centímetros de dilatación, ¿cómo va a dar a luz ahorita? Váyase a su casa, señora, todavía le falta un buen rato. Dése un baño calientito y procure no hacer nada de movimientos bruscos para que no le vaya a salir el niño espantado.

–Espantado lo voy a dejar a usted si no me arranca esta fiera de una buena vez. Ábrame la barriga o hágale como quiera, pero ya no soporto estos dolores de la retiznada.

–Cuide su lenguaje, señora, éste es un hospital decente.

–Déjese de pendejadas y a lo que le truje.

–Doctor, doctorcito, mi prima no puede esperar ni un minuto más, lleva horas con los dolores, no es posible que le falte más tiempo.

–Yo conozco mi profesión, señora. Su prima no está todavía para dar a luz, lo que sucede es que es muy escandalosita y le gusta quejarse mucho.

–Si usted conoce su profesión, yo soy la Virgen María; se nota que es un pobre diablo y nunca en su vida ha parido ni caca.

Natalia logró encontrar a Lolo y a Francisco. Pero mi marido estaba tan embriagado todavía que Lolo lo dejó en la casa. Y fue mejor, porque el pobre es bien bestia. Total, para no alargarle el cuento, llegó Lolo más enfurecido que yo.

Se oyeron unos gritos afuera de la sala de partos y unos como golpes y en eso entró Lolo echando ajos y cebollas y mentadas de madre.

–¿Qué diablos está pasando con mi prima?

–Aquí el doctor dice que Florencia todavía no está lista para dar a luz.

–Y ¿usted cómo sabe?, ¿cuántos partos ha tenido en toda su vida? Si mi prima dice que va a nacer su niño, pues va a nacer y ya está. Déjese de tarugadas y ayúdela, en lugar de estar diciendo tonterías.

—Usted no me va a decir cómo manejar una situación como ésta. A la señora le faltan más de diez horas para estar lista.

—No me la haga cansada, usted no sabe de lo que soy capaz.

En eso, llegó otro doctor, uno de a deveras. Se puso hecho un energúmeno cuando se enteró de cómo me habían tratado. Dijo que yo tenía que haber dado a luz desde hacía más de nueve horas, y se puso a preparar todo rapidísimo. Resulta que mi cuello de mi matriz no quería dar de sí; estaba apretado apretado sin dar su brazo a torcer. Me hicieron cesárea pero fue tarde, Ernestina ya había tenido algún trastorno en su cabeza por esperar tanto tiempo a ver la luz. No la dejaron nacer antes y por eso ahora vive pensando que la van a encerrar otra vez, que la van a meter en un cuarto muy negro y sin oxígeno para que entonces nunca más vuelva a respirar.

?

—El amarillo te sienta mejor, hijito, pero no el amarillo huevo sino el amarillo canario. Eso vas a parecer, un canarito de andar gracioso y voz angelical.

—A mí no me gustan los canarios, mamá, prefiero a los cisnes. Así es que me voy a comprar el blanco porque quiero parecer una princesa y no un canario.

—Tienes razón cariño, tienes toda la razón del mundo —Valeria le mide el vestido blanco de olanes a su hijo Valerio. Te sienta a la perfección, te ves preciosa, hijo.

—Señora, el departamento de niños está del otro lado, junto a las escaleras —dice la dependienta, una mujer del tamaño y medidas de un ropero antiguo, con ojos de perro cansado y mejillas abotagadas.

—¿Acaso le pregunté en dónde está el departamento de niños? —pregunta la señora Valeria sin dejar de revisar el vestido blanco por todos lados.

—Señora, usted no le puede comprar un vestido de niña a su hijo.

—¿Está usted casada, señorita?

La mujer-ropero se le queda mirando desconcertada y, casi sin querer, niega con un movimiento de cabeza apenas perceptible.

—Me lo imaginé. Valerio, cariño, mira qué hermosos bordados tiene esta preciosidad, pruébatelo.

–¡Ay!, mamacita, pero mira este otro. ¿Con cuál de los dos crees que le vaya yo a gustar más al Príncipe de Orange?

–Con cualquiera, hijito, si de por sí ya está que se muere por tus huesitos.

Madre e hijo sueltan risillas de complicidad. La dependienta los mira horrorizada y les arrebata los vestidos de las manos.

–Esto es una perversión —exclama en el colmo del azoro.

–Mire, señorita —dice la señora Valeria, y le arrebata de nuevo los vestidos. No es mi culpa que sea usted frígida. ¿No le da vergüenza tratar a los clientes con esos modales de verdulera?

–El Puerto de Liverpool es una tienda departamental para gente decente.

–¿Qué, le pagan por hacer anuncios baratos?

–No me falte usted al respeto, señora.

–Es usted la primera en faltármelo.

–Voy a llamar al gerente.

–Ya se está tardando. ¡Ay!, Vale, ven por aquí a ver estas falditas tan primorosas.

–Prefiero los vestidos, mamá, mis curvas se ven mejor con vestido que con falda.

–¡Dios me libre! —la mujer-ropero se aleja despavorida a punto de gritar.

–¿Estás seguro, Vale?

–Es que, para usar falda, tendría que ponerme corsé, mamá, y ya no están de moda.

–Sí, es una desgracia, una verdadera desgracia.

–¿Te imaginas, mamá, cuando compremos mi vestido de novia?

–¡Ay!, mijito, me voy a volver loca, no voy a saber cuál escoger.

–Se te olvida que ése lo escojo yo.

–Pero me vas a pedir mi opinión, ¿verdad, cariño?

–Claro que sí, mamacita, tu opinión es importantísima para mí.

Regresa la dependienta con el gerente a quien trae prácticamente arrastrando del brazo. La mujer-ropero gesticula, se queja, casi llora con el gerente que tiene cara de velorio y color de muerto.

–Buenas tardes, señora.

–Buenas.

–Me parece que se han ustedes equivocado de departamento, la ropa para niño está...

–...del otro lado, junto a las escaleras. Aquí la señorita amabilidades me hizo el favor de indicármelo, gracias —la señora Valeria ni siquiera los mira, no quita los ojos de los vestidos, descuelga tres más de sus ganchos y los aparta. ¿Qué te parecería un rosita pálido como éste?

–Quizá, también es muy bonito. Pero ya me decidí por este otro y por el de los bordaditos en las mangas y por el de encaje en el cuello.

–Y también el rosa, nomás faltaba.

–Creo que usted no ha entendido, señora...

–Me parece que el que no ha entendido ni jota es usted, señor gerente —los ojos de la señora Valeria están a punto de escupir rayos y centellas. El gerente da un paso hacia atrás y las pupilas se le dilatan detrás de los lentes de fondo de botella. Si quisiera comprar ropa de niño, ¿supone usted que estaría aquí?, ¿me cree tan estúpida? Mire, mi estimadísimo gerente, usted no tiene ni idea de con quién está tratando. Yo compro en esta tienda miles, óigalo bien, miles de pesos en mercancía cada mes y si no voy a hacer mis compras a París es porque le tengo terror a los aviones; de lo contrario, ¿usted cree que me tomaría la molestia de comprar esta basura de quinta? Y para que se entere, mi esposo es uno de los accionistas mayoritarios de tiendas como El Palacio de Hierro, El Puerto de Liverpool, París Londres y muchas otras que ni siquiera me he tomado la molestia de averiguar sus nombres. Si yo quiero, con mover un solo dedo, escúcheme muy bien, con un solo dedo, usted y la frígida de su empleada, se quedan de patitas en la calle. Así es que será mejor que no se meta en donde nadie lo llama. Ahora, hágame mi cuenta de estos cinco vestidos si no quiere que me vaya sin pagar y se los cobren a usted; y por favor, quite esa cara de muerto, de sólo verlo, me dan náuseas.

El gerente y la dependienta huyen como de la peste, hacen la nota, se equivocan, la rompen, la vuelven a hacer, las manos les tiemblan, sudan a mares y le entregan a la señora Valeria la nota por los cinco vestidos.

Valeria e hijo salen del Puerto de Liverpool muy contentos con sus nuevas compras.

–¿Es verdad todo eso, mamá?

–¡Ay!, mijito, por supuesto que no, pero una debe mostrar carácter con esta gentuza corriente y de modales tan groseros.

–¿Entonces mi papá no es dueño de esas cosas?

–Si fuera el dueño de tantas acciones, no viviríamos en una

casa rentada, hijito. Cuando tú te cases, usa el cerebro y escoge a un hombre por sus atributos monetarios, no por sus atributos físicos, porque esos, tarde o temprano, se acaban.

Mi nombre es Jaime Cocinero para servirle a usted y a Dios. La última vez que vi a Lolo Manón con vida fue antes de irme a Quiroga, de eso hará ya un mes. Fui a ver a mi mamá porque, para variar, se andaba muriendo. Pobrecita, desde hace muchos años está agonizando, según ella. Me tuve que ir luego luego, pues a uno no le queda más remedio cuando a la madre le entra por morirse. Ya estando allá, me di cuenta de que no era para tanto, como siempre; lo que pasa es que ya se le frustró la muerte una vez. Verá usted, cuando yo todavía era muy joven, a mi mamá le dio una enfermedad muy rara y los médicos no le daban mucho tiempo de vida. Durante los dos meses de convalecencia, mi papá no se separó de su lado ni un minuto, aterrado de que se le muriera. No se murió, pero le quedó la maña de morirse para tener a mi padre bien amarrado a sus enaguas, pues decía que ya no se ocupaba de ella, que andaba con otras tantas, que ya no le daba para el gasto, que estaba harta de ser su tarada y así se la pasaba lamentándose, quejándose por todo. Pero también, ¿cómo le iba a hacer caso si se la vivía embarazándose? Para uno como hombre, y me va usted a desmentir si no digo la verdad, las mujeres deben estar siempre muy chulas, arregladitas para el marido, limpiecitas, de buen humor y todo eso. En cambio, de buenas a primeras, se ponen fodongas y gordas. Entonces, cuando se percató de que mi papá ya no le hacía caso como antes, le dio por la enfermedad y a cada rato pensábamos que se nos moría. Han pasado cuarenta y tantos años y ya ve, tan vivita como usted o como yo. Se murió primero mi papá, ¿qué le parece?

Allá en el pueblo me pasé casi un mes porque a mi mamá le entró por morirse, "ahora sí en serio", justo el día que yo ya me iba a regresar. Tantito se reponía cuando otra vez pácatelas, en cuanto yo mencionaba algo de volverme para México. Hasta que le agarré sus manos y le dije:

—Ya me voy, mamacita, si se va usted a morir, pues que sea de una vez, porque si no me voy ahorita mismo, me quiebra el changarro.

—Ándele pues m'ijo, que Dios lo bendiga.

Y entonces fue cuando me pude regresar y ni se murió ni nada. Ya ve, mejor se vino a morir mi vecino Lolo Manón; y ése no perdió el tiempo porque se encargó de entregar todo el equipo; en cachitos pero completito.

Es como si Natalia estuviera teniendo un mal sueño, o como si hubiera comido alguna sustancia mágica que provoca las visiones con los poderes del más allá. Los dolores son intensos. Podría ser una intoxicación pero no comió nada malo, ni siquiera ha merendado porque el pleitazo la dejó sin apetito, sin ganas de moverse, sin razones para seguir rumiando en este mundo. Quizá es el golpe en la cabeza. Ha de ser por eso que me dan estos mareos. Pero también me duele el estómago, me duele mucho. Natalia Madera de Manón intenta sentarse en la cama pero pierde el equilibrio y cae al suelo sentada. El embarazo no ha abultado su vientre y por eso tiene más agilidad en el cuerpo y no cae boca abajo sino sentada. De todas formas, ya es muy tarde, la vida que se formaba dentro de su cuerpo, ha detenido el reloj de su existencia, ha preferido desentenderse de una vez, antes de que sea demasiado tarde. El niño-feto no ha resistido el primer golpe, la primera ofensa contra su ser y ha decidido marcharse a un lugar más agradable, sin papás gruñones ni madres sumisas. ¿En dónde estará ese lugar?, se pregunta Natalia. ¿A dónde te irás, pequeño? Pero el niño-feto no le contesta, ha emprendido el viaje y tiene mucha prisa. Natalia permanece tumbada en el suelo con las piernas extendidas hacia los lados, dejando las puertas abiertas a ese hijo que pide su libertad. No voy a llorar, sólo me quedaré aquí esperando la muerte. Hijo, llévame contigo, no seas malito. Se escuchan gritos y voces angustiadas. Hay alguien más en la habitación pero a Natalia no le importa; da lo mismo que sea Dios o el demonio. Escucha los chillidos de Lolo pero no alcanza a distinguir media palabra de tan atolondrada que se siente. Estará maldiciéndome, como acostumbra. Después se oyen otras voces y muchos gritos. ¿No se pueden callar?, me van a dejar más mensa con tanta escandalera. Pero no importa, llévenme a donde ya no exista la luz, ni la oscuridad, en donde ya no exista yo ni mis hijos. Se dejan de oir las voces y Natalia siente cómo se le mete el silencio hasta las entrañas. Qué bonito es el silencio, la paz, aquí me voy a quedar toda la vida... o la muerte.

Lolo y yo crecimos juntos. Nuestras mamases eran hermanas y se llevaban muy bien, por eso siempre nos tenían en el mismo corral, en la misma casa, en el mismo jardín y hasta en la misma carriola; bueno, yo así me lo imagino porque no me acuerdo. Pero sí me acuerdo que íbamos juntos para todos lados desde muy chavitos. Estudiábamos en la misma escuela, estabamos en el mismo año y en el mismo salón; pasábamos las vacaciones en el mismo pueblo y hasta dormíamos en el mismo cuarto. Crecimos más que como hermanos, como siameses. Pero el del ingenio era él, a Lolo se le ocurrían las travesuras más disparatadas. Yo era bien pacífico y no andaba dándole vueltas a la cabeza para ver qué nueva aventura podíamos hacer y no me gustaba meterme en líos; pero yo hacía todo lo que Lolo me dijera, no me quedaba otro remedio porque, si me negaba, podía pagarlo muy caro. Lolo siempre fue más grande y pesado, más fuerte y bravucón. Si no hacía lo que él me pedía, me daba de cachetadas, patadas, zapes, pellizcos, etcétera. Además, me decía: maricón, cobarde, pareces vieja, se te va a caer la mano. Y como no me gustan ese tipo de insultos, pues ya me ve usted dándole con la resortera a las nalgas de las señoras, rompiendo los cristales de los coches, tirándole los sombreros a los señores. Luego, el castigo era para los dos, aunque yo hubiera hecho todo eso obligado por mi primo. Había cosas que sí me gustaba hacer, ésa es la puritita verdad; como meterle mano a las sirvientas. Ellas, muy de rancho, muy de rancho, pero bien que se dejaban, nada más mordían el rebozo y se reían como pajaritos. Había una muchacha, apenas un par de años mayor; le decíamos la bizcochita porque se le iba un ojo de paseo pero, con todo y eso, era muy bonita y muy simpática. Con ella me fui al parque una noche, nos sentamos en una banca y nos dimos un beso. Era la primera vez que besaba a una mujer y yo creo que para ella también porque se quedó tiesa como palo. Yo me le acerqué y le puse la boca sobre la de ella y así nos quedamos un rato esperando que pasara quién sabe qué. Hasta me acuerdo lo aburrido que se me figuró eso de andar besando a las muchachas, ni se sentía nada. Pero entonces ella se puso a mover la trompita, abriendo y cerrando, abriendo y cerrando y fue cuando me empezó a gustar el asunto de besar a las muchachas.

Lolo era más avispado para esas cosas; él se quitó lo niño a los trece o catorce años, en cambio yo, me tardé hasta los veintipico, y eso porque Lolo le pagó a Florencia para quitarme lo virgen y lo pendejo. Pero sólo consiguió quitarme lo virgen porque, con esa experiencia, me volví más pendejo. Me daba un resto de pena acercarme a las mujeres, tratarles de hacer la plática y luego llevármelas al hotel pero, si no lo hacía, Lolo me insultaba diciéndome: Se te va a caer el aparato, te vas a volver joto. No pasó ninguna de las dos cosas y, con un poco más de tiempo, me fui haciendo de algo de experiencia y ai me ve usted diciéndoles: Mira qué chula te ves con ese vestido; qué bonitos ojos tienes, son los más hermosos de la tierra; me encanta tu pelo negro y rizado; te veo y el corazón me late tan recio que me siento morir y todas esas burradas que las mujeres nunca creen pero les encanta oir. Así, por fin, me pude llevar a unas cuantas a la cama, pero nunca volví a sentir tan bonito como con Florencia; por eso le digo que me volví más pendejo, porque ella se encargó de guardar en su cuerpo mi alma de hombre; toda enterita se la quedó, la muy ingrata.

La estética de Valerio Cuadra se ubica en Frontera, a una calle del eje vial. Es un lugar tranquilo y sin mucho ruido, a pesar de encontrarse en el mero centro del escándalo, la violencia y la contaminación. La carnicería de Francisco Tocino, El Oso Yogui, está a una cuadra hacia la derecha y el edificio San José hacia la izquierda, de donde salen Lolo Manón y Aguinaldo Misiones dando traspiés y risotadas de borracho.

Valerio, sentado en un pequeño taburete, lee *A sangre fría*, de Truman Capote. Linda, su asistente, hace la limpieza de la estética. Es un martes sin mucho trabajo y más bien aburrido, como si los martes las señoras no necesitaran embellecerse y los caballeros tuvieran el pelo lo suficientemente corto como para no necesitar de las tijeras. En la puerta de cristal, hay un letrero que dice: unisex, y varias fotos de modelos de ambos sexos mostrando orgullosamente sus cortes sofisticadísimos y sus peinados utópicos.

Lolo y Aguinaldo interrumpen la lectura de Valerio justo cuando Dick Hickok está a punto de violar a Nancy, y entran a la estética haciendo un ruidero de los mil diablos. Lolo se tropieza con una de las sillas y está a punto de caer.

–¡Carajo! —exclama y se soba la espinilla.

–¡Qué grata sorpresa! —Valerio se levanta de su asiento y camina hacia los recién llegados. Es un placer tenerlos en la estética pero, si mal no recuerdo, hace poco se cortaron el cabello.

–¡Amigo mío! —grita Lolo al ver a Valerio, y lo abraza. Valerio se desconcierta pero responde al abrazo—: Hace mil años que no te veía, viejo, ¿qué te trai por aquí?

–Aquí trabajo, don Lolo, ¿ya se le olvidó?

–Pinche Lolo... —dice Aguinaldo que casi no se puede soste-

ner y se sienta en uno de los sillones de espera con una sonrisa de oreja a oreja.

–¿Ah, sí? —Lolo mira a su alrededor y suelta una carcajada.
Pero si seré güey, de veras.

–A lo que te truje Lolo, no me gusta estar en lugar de viejas.

–Sí, hombre, sí. ¿A qué venimos?

–A que te rapen.

–¡Ah!, sí. Órale Valerio, mete navaja y córtame hasta el último
pelo, que al fin no te va a costar mucho trabajo —Lolo se mira en el espejo la pronunciada calvicie.

–Ay, don Lolo —dice Valerio con cara de consternación—,
¿en serio quiere raparse? Yo creo que un corte a cepillo le quedaría
muy bien, un poquito más largo de acá para afilarle el rostro y muy
cortito de los lados para rebajar las facciones; de atrás muy cortito
también para estar a la moda...

–Dije a rape.

–Está bien, como usted guste, don Lolo, pero así no se va a ver
muy guapo que digamos.

–¿Qué insinúas, eh? A mí no me echa los perros ningún per-
vertido, ¿oíste?

–Después de tantos años de conocerme, ¿todavía cree que le
voy a tirar los canes? Usted no es para nada mi tipo, don Lolo.

–Menos mal, porque mi amigo Lolo tiene su buen genio —dice
Aguinaldo entre eructos y sonrisitas maliciosas.

–Dígamelo a mí...

–Entonces, ¿qué?, ¿me vas a rapar?

–Si usted quiere... supongo que no me queda de otra, pero le
puedo preguntar...

–Hicimos una apuesta aquí mi amigo Misiones y yo. Es un
asunto de machos que tú no entenderías.

–Tiene usted toda la razón; el machismo y yo no nos llevamos.
Me parece *disgusting* —responde Valerio casi en un susurro.

Valerio cierra los ojos con los dedos en las sienes para concentrarse en su trabajo, suspira y pone manos a la obra.

–¿Shampoo?

–¿Pa' qué lo quieres lavar?, ¿para que no se te ensucie el piso?

–Por costumbre, supongo.

Valerio le pone una toalla alrededor de los hombros y la bata
de plástico rutinaria; le moja el pelo con agua perfumada y empieza
a cortar... Lolo se ha quedado profundamente dormido.

–Oiga, don Aguinaldo, ¿está seguro...? —se oyen los ronquidos de Lolo Manón y luego los de Aguinaldo Misiones, como si estuvieran teniendo una amenísima charla a base de ronquidos. Valerio se alza de hombros y continúa con su trabajo.

En una hora, el cráneo de Lolo brilla sin un solo pelo de más. Valerio le da una palmadita en el hombro para despertarlo. Lolo se estira en su asiento y abre los ojos como si le pesaran toneladas. Al ver en el espejo su nueva imagen, se levanta de un brinco y se acerca más a la luna observándose con ojos de plato.

–¿Y ora?, ¿qué me pasó?

–Usted me dijo que lo rapara.

–Híjole mano, pareces Kojak —Aguinaldo da un enorme bostezo y se talla los ojos.

–Yo no te pude haber dicho eso, maricón de mierda. ¿A qué pendejo se le ocurre raparme?

–Te gané la apuesta Lolo, ¿no que tenías los calzones bien fajados? Me debes mil pesos.

–Yo no te debo ni madres —la bata de plástico y la toalla salen volando de un manotazo y mil pedacitos diminutos de cabellos quedan flotando en el aire. Ora sí te pasaste de tueste, pinche Valerio, te voy a romper tu madre.

–Yo no quería raparlo pero ustedes me lo pidieron y al cliente se le complace.

–¡Ah!, ¿sí?, pues te voy a pedir que te rebanes los pelos de los güevos a ver si eso te parece.

–¡Quién te manda andar de hocicón, Lolo! Ora te aguantas como los machos y me pagas.

–Y son veinte pesos del corte.

–Qué corte, ni qué la chingada.

Frascos de shampoo, acondicionadores, aerosoles, cepillos, secadoras de pelo, barnices de uñas y todo lo que Lolo encuentra a su paso, aterriza en espejos, puertas, piso, techo, sillones, banquitos de los pies, mesitas de manicure, hasta lograr que la estética parezca un campo de bombardeo.

Natalia tuvo que echar mano de los ahorros de años para pagar, hasta el último centavo, los destrozos de su marido; incluyendo los veinte pesos del corte.

❓

A Lolo lo conocí en llegando a este barrio; desde entonces nos hici mos muy amigos porque a los dos nos gustaban el jolgorio y las mujeres. Nos íbamos de juerga con Francisco Tocino a las cantinas y a los congales. Eran tiempos bien felices aquellos porque todo nos importaba un reverendo comino. Con los años, la cosa fue cambiando; ya no aguanta uno igual, y a Lolo le creció una barriga tremenda que, hasta su muerte, nunca se le desinfló. Fuera de las paseadas, Lolo era bastante responsable en su trabajo, aunque en un par de ocasiones lo llegaron a correr de la chamba por llegar todo borracho, fachoso y sin bañarse. Yo siempre dije que era una exageración pero sus patrones no pensaban igual. Por eso se le ocurrió poner La Covadonga, pero nunca trabajó en la tienda; desde el mero principio, se la dejó a su señora, pa' que ella se encargara de todo a todo. Medio güevón el Lolo.

¿Yo?, pues verá; de lunes a viernes, me voy con mi carrito a pasearme por las mejores zonas de la ciudá y mendigar ropa usada y chácharas. No, no soy ropavejero porque no les compro las cosas, yo nomás hago como si viniera de una institución de caridá; ellas me regalan los cachivaches, y luego, de viernes a domingo, vendo la mercancía en un puestito del mercado. No, mi comandante, no lo vea usté así, como una transa; yo soy la institución de caridá que beneficia a los pobres vendiéndoles barato. Sólo así yo puedo seguir rumiando en este mundo, tener un humilde techito sobre mi cabeza y un modesto carrito en el cual poder mover mi mercadería, ¿ve usté? Es una forma de ayudar a la comunidá y, de paso, no morirme de hambre. Total, esas viejas ricachonas terminan por tirar todo a la basura, o lo arrumban en un baúl hasta que se pudra, o se lo coman las ratas para al final de cuentas, tirarlo al muladar.

De eso he vivido todos estos años y así he sacado adelante a mi familia. Yo diría que es una forma bastante honrada de sobrevivir. Además, es un trabajo bien fatigoso. No, si no estoy tratando de excusarme, yo nomás le digo las cosas como son.

Jaime Cocinero llega del trabajo con un cansancio de los mil diablos. Avienta el portafolios y el saco en el sillón de la sala y da grandes bostezos. Su esposa sale a recibirlo, le da un beso en la mejilla, recoge el portafolios y el saco para ponerlos en su lugar.

—¿Ya está lista la cena, vieja?

—Sí, Jaime. Pero antes, tengo que hablar contigo.

—Ahorita no. Tengo mucha hambre y quiero descansar un poco. Tuve un día de perros en el trabajo.

–Lo entiendo, Jaime, pero se trata de algo importante.

–¿Qué puede haber más importante que los problemas de la oficina?

–Tu hija, por ejemplo.

Jaime se deja caer en el sofá con toda la pesadez de un hombre harto de andar correteando clientes morosos, proyectos que se caen y problemas sin resolver.

–¿La volvieron a correr de la escuela?

–No, la escuela no tiene nada que ver.

–Mira, ya bastantes broncas tengo todos los días en la agencia como para tener que venirte a resolver tus problemas. Tú eres la mamá y la responsable de meterla en cintura, ya te he dicho que la has mal-educado mucho.

–Es algo más grave que eso...

–¿Qué puede ser peor que sus malas calificaciones, sus repor-tes en conducta y sus caprichitos de niña consentida?

–Que no sé en donde está; ¿te parece lo suficientemente gra-ve?, ¿o quieres que te diga que la machucó un camión?

–¿Qué quieres decir con eso? —Jaime Cocinero pone cara de empezar a interesarse en los asuntos de su mujer y su hija. ¿Cómo que no sabes dónde está? ¿No fuiste por ella a la prepa?

–Por supuesto que fui a recogerla, pero si me dejaras explicar-te sería más fácil que entendieras lo que quiero decirte desde hace horas.

–Habla, pues.

–Llegué por ella a la escuela y una de sus amiguitas me dijo que habían salido antes y que Lucero ya se había ido. Supuse que estaría aquí y me vine directo. Pero no estaba y no ha llegado hasta ahorita.

–Se ha de haber ido a casa de alguna compañera, ¿para qué te preocupas tanto?

–Ya hablé a casa de todas sus amigas y no está por ningún lado.

La señora Cocinero se sienta al lado de su marido con cara de soltarse a llorar en cualquier momento.

–Nadie sabe en dónde está —dice.

–¿Ya hablaste a Locatel?

–No, quise esperar a que tú llegaras.

–Pero mujer, ¿todo te lo tengo que arreglar yo? Si hubieras ha-blado a Locatel, ellos ya la hubieran encontrado, yo estaría muy tran-quilo cenando y Lucero estaría en su cuarto castigada.

–¿Cómo puedes hablar así?

–¿En dónde dejaste mi saco? Bueno, no importa. Tú habla a Locatel y yo voy a tratar de averiguar algo.

Jaime Cocinero se levanta como resorte, sale de su departamento asegurándose de azotar la puerta tras él; como ésta no hace el estrépito suficiente, la abre y vuelve a cerrarla, logrando esta vez el efecto deseado. Y entonces se queda parado a mitad del pasillo preguntándose qué demonios debe hacer. ¿Por dónde empezar? De joven no leyó más que un par de historias de Sherlock Holmes y lo único que recuerda es: Elemental, mi querido Watson. Pero eso no le va a ser de gran ayuda ahora. Intenta recordar alguna película de detectives pero hace como veinte años que no pone un pie en el cine.

–¡Carajo! —piensa—, y ahora ¿qué fregados hago?

Camina de un lado al otro del pasillo sin conseguir que se le aclaren las ideas. En ese momento ve a Hortensio salir de su casa.

–Oye, ¿tú sabes cómo buscar a una persona desaparecida?

–¿Quién se le perdió, don Jaime?

–Mi hija Lucero.

–¡Ah! —exclama Hortensio y sonríe. Búsquela en algún barecito de esos que están de moda, o en una disco.

–¿Cómo crees que se va a ir a meter a un antro?

–Eso es lo que yo haría. Y con gusto lo llevaba a varios que conozco pero tengo que irme. Ai nos vemos, don Jaime.

Hortensio baja las escaleras sin darle tiempo a Jaime Cocinero ni de despedirse.

De puerta en puerta, Jaime pregunta a todos los vecinos del edificio San José y nadie sabe darle razón de su hija... excepto Aguinaldo Misiones, a quien se topa en la puerta del edificio.

–¿De verdad quiere saber dónde está su hija? —pregunta Aguinaldo con malicia.

–Por supuesto, de no ser así no estaría yo preguntándole a todo el vecindario y estaría merendando muy a gusto en mi casa.

–Es que no le va a gustar, vecino.

–No estamos hablando de mis gustos personales, señor Misiones.

–Pero luego no me venga a reclamar, ¿eh? Hace un par de horas la vi entrar al hotel ese que está en Álvaro Obregón, junto a los bísquetes. Iba bien acarameladita con un muchacho, sólo que a él no le pude ver la cara.

–¿Qué está diciendo?

–Lo mesmo que oyó.

–Usted se está confundiendo, mi hija Lucero es incapaz...

–Le dije que no le iba a gustar...

–No es posible, pero... ¿en qué cuarto están?

–¿Qué pasó?, ¿de qué me vio cara? Yo nomás los vi entrar pero no los seguí... bueno, a decir verdá, están en el veintisiete.

Jaime Cocinero camina hasta Álvaro Obregón con miles de pensamientos confusos en la mente y sintiendo un enorme agujero en el estómago.

Lo demás fue fácil: llegar al hotel; dar enormes pasos hasta el cuarto; abrir la puerta de un golpazo sintiéndose un rambo desarmado; sacar a Lucero a medio vestir y de las greñas; llevarla de regreso a casa, aventarla a los brazos llenos de angustia de su madre, sentarse a la mesa del comedor, ordenarle a su mujer que le sirva la cena y comer los sopes y quesadillas entre leperadas de arrabalero y amenazas de muerte.

Mi mamá siempre me está repitiendo que me gusta andar golfeando, pero sólo estoy tendida en esta cama para huir de los hombres, pues no dejan de perseguirme para robarme todas mis riquezas. Sin embargo, yo nunca cargo ni un centavo porque mi mamá tiene guardado todo mi dinero y mis joyas, y nunca me da ni para cigarros porque, según ella, me lo gastaría en andar puteando. Qué palabra más horrible. La verdad, yo no soy como ella dice; si me acuesto con los hombres que me lo proponen, es porque no tengo nada mejor que hacer. Es más, a mí ni siquiera me gusta; me irritan la piel con sus manos rasposas y sucias. Después, necesito meterme a la tina muchas horas. Con el agua bien caliente me saco las caricias, y con una fibra de cocina me desprendo los besos.

Mi mamá se acuesta con todos los hombres que puede, sólo que a ella sí le gusta; hasta se pone de buen humor y trata a mi papá como si se llevaran muy bien. Francisco no es mi papá de verdad, ése quién sabe dónde quedó. Pero yo prefiero que Francisco sea mi papá, es mucho más cariñoso de lo que hubiera sido uno de verdad. Antier compró una rosa en el puesto de la avenida y me la regaló; yo nada más le sonreí pero no le dije nada porque yo nunca hablo con la gente, ni siquiera con mis papás; esa maña se me quitó desde muy chica, cuando me di cuenta de que no resolvería nada y la vida seguiría igual de todas formas. Sólo hablo conmigo porque yo sí me escucho y me gusta lo que digo. No tendría ningún caso hablar con los demás, cada quien oye lo que le gusta oir. Por ese motivo, mis papás me llevaron al médico. Él me revisó y no me encontró nada malo. Luego me llevaron con el loquero y ésa fue la primera vez que me metieron al hospital. Cuando el psiquiatra trató de hacerme hablar, sólo consiguió darme un ataque de risa loca y ese mismo día me mandó de regreso a mi casa, alegando que todo mi problema era un caprichito de adolescente rebelde y que, con el tiempo, se me quitaría. Ya han pasado un montonal de años y el caprichito no se me ha quitado. Ellos no comprenden que, sencillamente, no me interesa hablar. Si la gente habla, es sólo por costumbre y para decir pendejadas.

?

Con un tambor, la maestra de ballet va marcando los tiempos. Hay niñas de varias edades, desde siete hasta catorce años. Las niñas, con sus leotardos color de rosa y en segunda posición de brazos y piernas, ejecutan un *demi-plié*, un *plié* y un *grand-plié* para, después, pasar a la tercera posición y continuar con los pasos. La maestra va indicando los ejercicios con voz inflexible y autoritaria. Ellas se dedican a obedecer sin parpadear y completamente concentradas en su rutina. La maestra camina de un lado al otro del salón de ballet para corregir, regañar y estimular a sus pupilas.

–Mete la panza, Margarita. La espalda recta, Constanza. No eches la cabeza para atrás, Georgina, que te va a dar tortícolis —la maestra no deja escapar ni un solo detalle, le gusta la perfección, la armonía, la belleza. Eso es, Laurita, muy bien, pero dale un poco más de gracia a tus manos y esconde bien esos pulgares, eso es. Sonrían un poco, niñas, parece que estuvieran en un campo militar. Las quiero ver contentas, así está mejor.

Francisco Tocino observa desde la calle y a través de los vidrios la clase de ballet. Parece muy interesado en los movimientos de las aprendices, en sus pasos elegantes, en la delicadeza de sus cuerpos apenas en formación. Y a su mente viene el recuerdo de Florencia cuando se conocieron. Ella era muy joven, quizá no tanto como estas niñas, pero lo suficiente para ser hermosa, vital y con cara de ángel, a pesar de todo.

Florencia trabajaba en una callecita oscura de la Merced. Su cara aparentaba diez años más de los que en realidad tenía de tanto maquillaje y pestaña postiza que usaba. Las minifaldas y los escotes pronunciadísimos eran parte de su uniforme. Nunca faltaba quien la insultara o los muchachitos ansiosos tratando de agarrar lo que se pudiera sin antes pagar su debida cuota. Florencia nunca prescindía de su navaja filosísima para ese tipo de casos. Después, se reía de lo lindo con sus compañeras de trabajo cuando los mocosos en cuestión salían corriendo asustadísimos.

–Niñitos cabrones —decía Florencia muerta de risa.

Lolo Manón y Francisco Tocino pasaron por esa callecita un día, cuando Lolo andaba buscando una buena hembra que le quitara lo virgen y lo pendejo a su primo. En cuanto Francisco la vio, le dijo a Lolo que ésa era, que con ella quería hacer el amor por primera vez.

–Con las prostitutas no se hace el amor, Francisco, no seas ridículo.

–Bueno, con ella quiero hacer el sexo.

–¡Hacer el sexo! —Lolo no pudo contener la risa. ¡Ay!, primo, ¿cuándo aprenderás a hablar bien?

Se acercaron a Florencia. Francisco no pudo quitar sus ojos de los de ella. Lolo arregló la tarifa con Florencia porque Francisco se había convertido en un muñeco de cera.

Después, Francisco no recordaría ninguna experiencia postcrior. Para él, sólo existía esa primera y única vez con Florencia. Nunca olvidaría el olor de su perfume barato, ni el liguero de encaje que le sostenía las medias, ni el sabor amargo de su piel sudorosa. Habían sido dos hambrientos animales que se amaron sin amarse y eso a Francisco se le había quedado grabadísimo en la memoria.

La voz chillona y amargada de la maestra de ballet lo sacude violentamente, erizándole los pelos de todo el cuerpo.

–¿Qué diablos hace ahí parado, eh? ¿Cree que no me he dado cuenta de que lleva horas espiando a mis niñas? Viejo asqueroso, lárguese de aquí si no quiere que llame a una patrulla.

Francisco observa a la mujer completamente enmudecido por la sorpresa. ¿Quién se cree ésta, si yo nada más estaba pensando en mi mujer?, piensa Francisco sin poder defenderse del horrible ataque de la vieja histérica.

–Pero rapidito, cochino raboverde. Esto no es estriptís para gentuza corriente como usted. Lárguese ahorita mismo.

La gente que va pasando por la calle se le queda viendo a Francisco con ojos de reprobación y asco. Por fin, Francisco logra salir de su atarugamiento y se aleja lo más rápido que puede, no vaya a ser que la bruja esta lo convierta en sapo.

–Pinche ruca, ha de estar menopáusica —dice Francisco en

voz alta, pero la maestra de ballet ya no lo escucha; Francisco ya está
a muchas cuadras de distancia de la Academia Duncan.

No sé cómo me enamoré de él; quiero decir, en qué momento o con
cuáles palabras porque, eso sí, era muy bueno para embaucarla a una
con sus expresiones bonitas y rebuscadas. Así como tenía mucha ha-
bilidad para insultar y decir groserías, también era bueno para endul-
zarle el oído a una. Después del pleito que tuvimos por lo de la tienda,
se volvió más mansito y ya no me pedía las cosas a gritos y a regaña-
dientes sino suavecito; sabía que, de esa manera, podía sacar de mí lo
que quisiera, así que él también salió ganón.

Entonces le decía yo que no recuerdo bien cómo fui a enamo-
rarme. Lolo no era guapo, ni de joven; más bien siempre le tiró a feo
pero, cuando se trataba de conquistar, era un galanazo. Así caí yo, re-
dondita, como muchas escuinclas que con un: "qué chula estás", caen
como maripositas. N'ombre, si para tarugas, las mujeres. Todo nos
tragamos, todo nos creemos. Dígame usted si no somos brutas. Yo,
por eso, a mis niñas les aconsejo que no le crean nada a los hombres,
pues, cuando les sale echarle una flor a una mujer, es para llevarla a
la cama o, en el mejor de los casos, para meterle una buena sobada.
Así me pasó a mí, al primer "me gustas mucho", "estás rebonita", ya
estaba yo bien flechada y con la baba caída por Lolo.

Como yo era muy jovencita entonces, mis papás no me iban a
dar permiso de casarme con Lolo, por eso me robó. Al rato de casados, se murieron mis papás, a lo mejor de pura nostalgia. ¡Imagínese
nomás!, a los quince años ya estaba yo casada y en estado interesante.

Quizá usted piense que me veo demasiado vieja para tener
tan poquitos años pero la vida deja muchas huellas profundas, muy
profundas. Vivir con Lolo, tener cuatro hijos y trabajar todo el santo
día, lo acaban a uno. Los huesos se ablandan, la mente se vuelve pe-
rezosa, la piel se deja caer y secar. Mire mi cara llena de arrugas, cada
una de ellas es un disgusto, una preocupación, una angustia por tener
que darle de comer a los niños con la despensa vacía, una noche en
vela esperando al hijo que no llega. Muchas veces le pedí caridad a algún amigo, a una vecina, al padre de la parroquia. No se crea, la vida
se hace amargosa y hasta llega uno a pensar: ¿para qué seguir?, ¿para
qué aguantar tantas penurias? Pero una sigue de necia mal viviendo
y aguantando al mismo marido jodón; cuando menos debería uno de
varearle un poquito, ¿no cree, licenciado?

—Este verano yo no voy.

—¿Por qué no?

—Porque ya estoy harto de ir.

—Mira, Lolo, no hagas que se me suban los malos genios. No te puedes quedar aquí solo y sanseacabó —dice Carlota sin dejar de menear los frijoles.

—¿Por qué no me puedo quedar?

—Te conozco y todavía no te puedes cuidar tú solo.

—Ay, mamá, ya tengo catorce años, ya soy un hombre.

—Qué hombre ni qué tu abuela en patines. Ni siquiera te ha salido la barba; ese día, y cuando ganes tu dinero, hablamos.

A Carlota ni quien se le pusiera al brinco. Dos días después se fue toda la familia en un camión guajolotero, dando brincos y oyendo rancheras a todo volumen.

Remigia Santos se hospedaba en un cuarto de la misma casa, en donde iba a parar toda la familia de Lolo. Ella iba nada más con su mamá, así que se quedaban en un cuarto de la planta baja, chiquito y con pocos muebles. Era un año mayor que Lolo y tan delgada como una rama seca. A Lolo le fascinó. Se hicieron amigos y luego novios. Lolo le compraba helados y Gloria se enfurecía porque a ella no le compraba nada.

—Cómpratelos tú, que para eso tienes tus domingos.

—¿Es que a ella no le dan su domingo?

—Ella es mi novia.

—Pero yo soy tu hermana.

—Consíguete un novio que te los compre.

—La odio, ¿oíste?, la odio y a ti también.

Gloria hizo el berrinche de su vida; dejó de comer y, si la obligaban, vomitaba todo. Carlota creía que estaba grave y ya la iba a llevar a un médico.

—No tiene nada, es una mocosa caprichuda. Yo la voy a hacer que se componga, vas a ver —le dijo Lolo a Carlota.

Lolo le prometió a Gloria un helado y una rebanada de pastel. Desde entonces, cada vez que le compraba algo a Remigia, le tenía que comprar lo mismo a Gloria, así que el noviazgo le salía lo doble de caro, pero valía la pena.

—Estoy enamorado —le dijo a Francisco.

—¿Cómo, si tú dijiste que eso no te iba a pasar?

–Ya ves.

–Pero Remigia está un poco feíta, ¿no?

–No seas imbécil. Ya quisieras tener una novia así de guapa.

–Si tú lo dices...

–Y además, es muy buena; dice que sí a todo y nunca se enoja. Me voy a casar con ella.

–¿Estás loco?

–A lo mejor, pero cuando uno se enamora, se casa y ya, ¿no?

–Tú no estás enamorado, estás encaprichado nomás.

–Dices eso porque nunca te ha pasado y lo más seguro es que nunca te pase, tú no tienes madera para el amor.

–¿A poco hay que tener madera?

–Claro.

–¿De caoba o de pino?

–Idiota.

–Idiota tú que caíste en las garras de esa flacucha insípida.

Antes de terminar la frase, Lolo ya lo había mandado a volar de un puñetazo. Se arrastraron por el suelo dándose de trancazos, patadas, codazos y arañones. Carlota quiso castigar a Lolo encerrándolo el resto de las vacaciones pero esta vez Lolo se rebeló, se puso al tú por tú e hizo su santa voluntad.

Remigia le curó el ojo morado y lo apapachó hasta que Lolo se sintió como nunca en su vida se había sentido, ni se volvería a sentir; con todo y los moretones y la tremenda mordida que Francisco le plantó en un brazo.

Para Lolo fueron las mejores y más tristes vacaciones de su vida. Todos los días se iban, él y Remigia, a pasear por el campo de futbol (si es que a ese terreno baldío se le podía llamar así); subían por la colina hasta el pueblo de los aparecidos, regresaban al pueblo de los no aparecidos y, por horas enteras, callejoneaban, visitaban la mina, la plaza de toros abandonada, el cementerio semiabandonado, la iglesia atiborrada de santos y hasta al museo iban. Se acabaron las asomadas al pozo, las estatuas de marfil, los juegos revolucionarios. Gloria quería seguir siendo Adelita y Francisco, Emiliano Zapata. Ya estás grandulón, le decía Lolo, mejor consíguete una novia. Francisco lo veía con rencor y se llevaba a Gloria al pueblo de los aparecidos; ahí se quedaban horas tratando de jugar cualquier cosa y aburriéndose de lo lindo. Mugrosa flaca fea, decía Gloria y suspiraba. Ella podría ser Adelita, si quiere. Entre los cuatro sería muy divertido, ¿no, Francisco? Sí, sería muy divertido. Pero Lolo y Remigia no estaban para andar matando y colgando cristianos de los árboles, ni para hacer como que se comían los guisados de lodo y hojas secas de Gloria-Adelita; ellos estaban muy contentos así, agarrados de las manos, viéndose a los ojos y diciéndose cantidad de cursilerías.

—¿Ya le metiste mano? —le preguntó un día Francisco.

—¿De qué estás hablando, imbécil?

—¿Pos no que muy macho?

—Remigia es mi novia, no una cualquiera. Yo no la voy a tocar hasta que nos casemos, así que mejor no abras el hocicote.

—'Ta bueno.

Pero no se casaron. No hubo boda, ni anillo de compromiso, ni vestido blanco, ni ramo, ni azahares, ni arras, ni invitados, ni siquiera pedida de mano. En cambio, sí hubo velorio, rosarios, misa, novenario y entierro. Remigia fue al pueblo de los aparecidos a morirse y nunca supieron cómo ni por qué. Así la encontró Lolo una mañana, en donde siempre quedaban de verse después del desayuno. Ahí estaba, sentadita en una barda a medio caer, con sus ojos cerrados y expresión ni de alegría ni de enojo, sino de dormida. Lolo quiso despertarla con un beso en la frente. Sin embargo, Remigia no despertó con ese beso, ni con ningún otro, ni nunca más.

No sé por qué pero tengo muy fijo ese día en mi memoria; después de todo no fue hace tanto tiempo. Me levanté muy temprano a hacer mis aerobics como todos los días. De regreso del gimnasio, me bañé; desayuné, como siempre, ligero y sano; y puse la videograbadora, pues siempre la dejo puesta para que me grabe el programa de Chepina en su cocina. No está usted para saberlo ni yo para contarlo pero adoro cocinar. Me fascinan tanto la alta cocina, como la repostería. Desde niño veía yo a mi abuelita hacer los platillos más exóticos que pueda usted imaginarse. Gracias a ella aprendí cómo se hacen las cogujadas al asador, los cangrejos a la gascona, los sesos de buey en salsa aurora o los mamones de almendra y ajonjolí. Yo le ayudaba a la abuelita a hacer los buñuelos de camote para fin de año, el pavo de clemole de cilantro o las rosquillas revolcadas. Ya sé que estos nombres parecen sacados de *Picardía mexicana* pero no. Lo que sucede es que, en mi familia, tenemos una tradición culinaria que data de mediados del siglo pasado; así es que no me mire con esa cara.

¿Sabe?, estoy juntando un dinerito para irme a París y estudiar el Cordon Bleu y a especializarme en mi carrera de estilista; aquí ya estoy muy estancado y necesito aprender cosas nuevas. ¿Usted ha ido alguna vez a París? Es la ciudad más bella que se pueda imaginar, con todas esas calles tan primorosas, cuajadas de edificios como para quitarle el aliento a uno. Con razón Porfirio Díaz trajo tanto artista europeo a que le diera una ajuareadita a esta ciudad; uno de ellos era mi bisabuelo que se llamaba...

Sí, discúlpeme, no quise desviarme tanto del tema. Entonces, me fui a la estética, ¿a dónde más? Ese día hubo mucho trabajo porque los sábados son días de mucha actividad y, por lo mismo, no salí para nada. Cerré el negocio a las siete, pero yo todavía me quedé hasta las ocho para hacer algunas cuentillas atrasadas por lo de la remodelación de la estética.

Usted pensará que no es una muy buena coartada pero es la verdad y no tengo nada que esconder. Yo bien podría decirle que estaba con Clau, mi marido, y él no lo negaría nunca, pero no es correcto decir mentiras.

En cuanto cerré la estética, me fui directo para mi casa, le hice de cenar a Clau y me quedé viendo las telenovelas de la noche y el programa de Chepina. Por cierto, en esa ocasión, la receta estuvo buenérrima; era un pollo en salsa de chipotle con nueces de lo más exquisito. Ayer lo hice y me quedó *délicieux*, para chuparse los dedos. Lo que hice después ya no puedo decírselo porque sonaría pornográfico.

–Me tienes hasta el cepillo, ¿me oíste?, hasta el cepillo.

–¿Cuál cepillo? ¡Natalia!, ¿qué clase de lenguaje le enseñas a los haragancitos de tus hijos?

–Quiero decir, que estoy hasta la madre de ti.

–¿Qué tiene que ver tu madre con un cepillo?

–¿Quieren dejar de pelearse?, no me dejan concentrar en mi lectura —Natalia se pregunta cómo pudo Miguel Ángel Buenrostro dejarse embaucar por esa mujerzuela.

–A ver si ya dejas de leer esa mierda y me haces caso.

–No le hables así a mi mamá, bato.

–Mucho cuidadito cómo me hablas tú a mí, todavía soy tu padre y me respetas.

–Valiente padre. Eres un mantenido, carnal. A mi jefa nomás le hablas para pedirle lana o chelas, pero se te acabó tu roc an rol. De ora en adelante, a ver si alguna de tus viejas te da un par de varos de vez en cuando porque con nosotros ya no cuentas.

Flor Gabriela Rincón y Gallardo estrujó contra su pecho la carta de despedida de Miguel Ángel y su corazón le dijo que aquella mujer inmoral había conseguido, por fin, arrebatarle al ser amado. Natalia da vuelta a la página con brusquedad. ¿Cómo se atreve ese idiota a hacerle algo así a Flor Gabriela?

—¿Y tú quién eres para decirme lo que debo hacer?

—La mamá de los pollitos, maestro, y quien te mantiene el pico, porque aquí nada más le camellamos nosotros.

—Te crees muy salsa ¿no?

—Simón.

—Eres un pobre pendejo, eso es lo que eres.

—Seré un pendejo pero a mí nadie me mantiene, broder. Así que te voy a advertir una cosa: es la última vez que te sacamos del hoyo, a la próxima te vas a quedar de patitas en la calle.

—A mí nadie me corre de mi propia casa y mucho menos uno de mis hijos.

—¡Ya basta! —Natalia da un manotazo en la mesa con todas sus fuerzas. ¿Qué no se dan cuenta de que Miguel Ángel ya se fue con la otra y Flor Gabriela está destrozada?, ¿por qué no se van a pelear a otro lado y me dejan saber qué pasó?

—Es que éste no tiene perdón de Dios, jefa. Ora sí se pasó de la raya, me cae. ¿Por qué no se pone a trabajar y paga su desmadre?

—Porque no se me hinchan los güevos, así de simple.

—Si los tuvieras, ya se te habría caído la jeta de vergüenza por lo que hiciste en la estética, y estarías haciendo algo para pagarle a Valerio.

—Dejen de discutir. Me tienen harta con tanto pleito. ¿No pueden vivir en paz y dejarme leer? Lo roto, roto está y ni modo. De alguna forma lo tendremos que pagar y ya, pero no quiero más pleitos.

—¿Por qué le pasas todas sus chingaderas...?

—Ya cállate, Lolito. ¿No puedes hablar como la gente decente? Así no hablaría nunca Miguel Ángel Buenrostro, por muy desgraciado que sea. De seguro no te lavé la boca con suficiente sosa cuando eras chiquito. Ten un poco más de respeto por mí y por tu padre, ¿quieres?

—¡Chale jefa! ¿Cómo puedo tenerle respeto a este miserable?, ¿acaso alguna vez ha hecho algo para merecerlo?

—Es tu padre y eso es suficiente.

—Bien dicho, soy tu padre y eso te debería bastar para hablarme como Dios manda.

–Tú también ya cállate Lolo Manón, y ahora largo de aquí los dos. ¡Fuera!

Lolo y Lolito, padre e hijo; gordo y viejo uno, alto y delgado el otro; se miran hasta el fondo del alma, más allá si se pudiera. Se respiran odios, rencores acumulados como pila de periódicos viejos, golpizas grabadas en la mente, envidias por la juventud que se ha marchado, distancias cada día más insalvables. Lolo es el primero en desviar la vista; en el fondo, sabe que su hijo tiene razón y prefiere huir. Siempre lo ha hecho, nunca ha dejado de escapar de sí mismo y de los demás. Se siente cansado. ¡Qué vida de mierda!, piensa.

Lolito respira profundo y baja los ojos, se sienta en un sillón al lado de su madre, que lee *Amor en tinieblas* de Corín Tellado. Maldito viejo, maldito carcamán jodido, piensa. Lolito quisiera sacudir a Natalia con violencia y hacerle entender que su marido es un ordinario de quinta. Que su padre es un patán hijo de puta. Lo odio, lo odio más que a cualquier otra cosa en la vida, piensa. ¡Cómo me gustaría enfriar a este cabrón! ¿Por qué no revienta de una vez? ¿Por qué no se muere, carajo?

Cómo voy a saber quién lo mató; de seguro fue un loco de esos que andan por ahí. Hoy en día vive uno con el Jesús en la boca, esperando a ver a qué horas te asaltan, te roban, te violan o te matan. Si bien te va, nada más te quitan la bolsa y se echan a correr. Ya no puede una andar con tranquilidad en estas calles atestadas de locos, borrachos, mendigos y demás. A esta ciudad un día se la va a cargar la tostada, si acaso no se la cargó ya. Con eso de que nos devalúan la moneda, y se andan con tratados, y metiendo al bote a cuanto político pueden, y que el país ya está saliendo de la crisis, y que la situación va a mejorar muy pronto y toda esa basura, nos seguimos muriendo de hambre. Los quintos de una ya no alcanzan ni para mal vivir. Por eso hay tanto méndigo ratero; lo malo es que no se conforman con robar, también se ensañan con el prójimo como si uno tuviera la culpa de cómo están las cosas. Yo no creo que a Lolo lo mataran por venganza o por deudas, si la pobrecita de Natalia siempre le andaba saliendo al quite pagándole sus deudas, su vicio y hasta sus viejas. Que si había un marido celoso queriéndose cobrar venganza, ahí tiene a Natalia yendo a calmarle el orgullo herido con unos billetes y a otra cosa mariposa. No, por ese lado no fue el asunto. Más bien fue un desequilibrado. Yo no creo que ninguno de los de por aquí tuviera motivos para matarlo:

Mi marido y él se llevaban rete bien, desde chamacos; el vecino del uno, Jaime Cocinero, apenas si nos saluda; de los güeritos del siete, ni sus nombres sabemos; el alemán, lo dudo porque es muy recto, de mente muy cuadrada, muy alemán, pues; el peluquero Valerio Cuadra, no creo porque a ése se le cae la mano si mata una mosca; de Aguinaldo Misiones está por verse porque tiene tan poco cerebro que jamás se le hubiera ocurrido algo así; y Natalia y yo andábamos en los Bísquetes Obregón para reponernos del susto que nos dio Ernestina en el parque. Búsquele por otro lado, señor; a pesar de todo, nosotros somos gente buena y, si nos fuéramos a llevar un cristiano, pues por lo menos sería con muy buenas razones.

Ora que lo pienso bien, desde hace varios años, Aguinaldo y Lolo tenían algunas cuentas pendientes. Es que también, ¿cómo se le ocurre al idiota irse a meter con la hermana de un energúmeno como Lolo?, nomás a Aguinaldo que tiene un solo dedo de frente. Verá usted: hace muchos años, quizá veinte, Aguinaldo conoció a Gloria, la hermana consentida de Lolo. ¡Ah!, cómo se querían esos dos; ¿no vio usted a Gloria en el funeral, hecha un mar de mocos? Lolo se la presentó como si fuera una joya (y ¡vaya que era una joyita, la canija!). Fíjese, todavía Lolo le dijo: Ni se te ocurra echarle el ojo a mi hermana porque te quedas tuerto. Pero, el muy animal, lo primero que hizo fue enredarse con ella. Al principio, Lolo ni cuenta se dio, hasta que un día los encontró bien acarameladitos en la casa de Aguinaldo. Y mire usted si no es cínico Aguinaldo; metió a la Gloria en su casa teniendo a su mujer, María Candelaria, muriéndose de parto a dos palmos de distancia. Lolo se puso, como era de imaginarse, hecho una bestia. Primero, le acomodó tremenda zoquetiza a Aguinaldo y por poco ahí mismo lo deja tieso. Luego, cuando se murió María Candelaria, obligó a Aguinaldo a casarse con Gloria. Pero en eso no quedó el asunto; un tiempo después, Gloria se embarazó y no se sabía si el hijo era de Aguinaldo o de un empleado del gobierno que la andaba enamorando desde hacía tiempo. Por aquello de las dudas, Aguinaldo la puso de patitas en la calle de muy fea manera; se divorció de ella y se negó a reconocer al niño. Lolo nunca se lo perdonó. Lo amenazó con matarlo, con matarle a los hijos. Aguinaldo tuvo que reconocer al albinito y pasarle a Gloria una pensión al mes. Pero Lolo era canela pura y no se conformó nomás con eso; en cuanto la mayor de las hijas de Aguinaldo estuvo en edad de merecer, se la conquistó. Le hizo la ronda hasta que, la muy sonsa, cayó hecha una estúpida y se embarazó. Estamos a mano —le dijo Lolo a Aguinaldo. Ora sí, güey, tan cuates como siempre. Aguinaldo le tenía muchísimo miedo a Lolo y ni pío dijo, se tragó todito su rencor. Por eso, no me extrañaría que, después de tantos años de estar odiándolo y siendo su amigo a la de afuerzas, le haiga llegado el agua hasta los aparejos. Pero todo esto son suposiciones mías, yo no estoy acusando a nadie porque no me consta. Nomás sí le pido de favor que no le vaya con el chisme a Aguinaldo de todo lo que le conté.

¡MUERE NARCOTIZADA!
PSICÓPATA SEXUAL LA DROGÓ PARA SATISFACER SU LUJURIA
por Virginia Morales

México, D.F.- Guadalupe Rosas González fue hallada sin vida en el interior de un cuarto de hotel de esta ciudad, víctima de una sobredosis de nembutal administrada por un asqueroso malviviente.

La exuberante chica de 22 años de edad murió al filo de las 18 horas cuando al endemoniado mozalbete que pretendía rebajarla a toda clase de vejaciones, se le pasó la mano en la dosis de nembutal que pretendía administrarle para subyugarla a sus más bajos instintos.

Familiares de la occisa declararon que dos meses antes habían levantado el acta No. 26874254 ante el Ministerio Público por la desaparición de la jovencita.

Vladimir Rosas, padre de Guadalupe, declaró ante los reporteros de *Alarma!* que su hija desapareció el 30 de abril pasado después de un altercado familiar entre padres e hija por haberse negado ésta a cumplir con sus obligaciones dentro del seno familiar; dichas obligaciones no quisieron ser reveladas por el acongojado padre de la víctima.

Mauricio Guzmán, afanador del Hotel S..., declaró haber encontrado el exánime cuerpo de Guadalupe en comprometedora posición sobre la cama del cuarto núm. 10 y sin prenda alguna sobre su escultural cuerpo. Ante el obsceno hallazgo, el señor Guzmán apresuróse a dar parte al administrador del hotel, quien dio aviso a la policía una hora después ya que se encontraba en extremo conmocionado por la visión de la hermosa Venus.

Se presume que Guadalupe Rosas fue interceptada por un nauseabundo y cínico psicópata sexual quien, después de narcotizarla, la hizo ingresar al hotel de dudosa reputación para ahí hacerla objeto de sus bajas pasiones impensables para cualquier ser humano normal. El agresor, al darse cuenta de que su víctima agonizaba entre espasmos demoniacos, huyó cobardemente de la escena del crimen, demostrando así muy poca hombría y mala educación.

Pues, ¿qué le puedo decir? A mí Lolo Manón no me caía mal, ni tampoco bien; ¿cómo le diré?, yo sólo lo trataba de vecino y nada más. No teníamos ninguna relación y apenas si el saludo nos dirigíamos. Yo no sé decirle más, nunca me ha gustado meterme con mis vecinos; sólo veía a Lolo Manón de vez en cuando, en la calle, platicando con los de su tipo, o simplemente ahí sentado con el del puesto de periódicos, echándose sus alcoholes. Que yo sepa, no se metía con nadie, ni nadie se metía con él, y no tenían para qué, pues se la vivía borracho; por lo menos yo, siempre lo vi hasta las manitas. También por eso nunca entablé una relación amistosa con él, a mí los borrachos me caen muy mal.

Me acuerdo que un día vi a Lolo saliendo de la cantina de Álvaro Obregón; junto con él, venían Francisco Tocino y Aguinaldo Misiones, los tres bien borrachos. Se hacían para un lado y para el otro, se morían de risa y ya casi los atropella un coche que venía como alma que lleva el diablo. Entonces, Francisco, de tanta risa y risa, que se mea en los calzones.

–Pinche Francisco —le dice Lolo Manón bien enojado—, yo no soy tu pilmama para andarte aguantando estas pendejadas, ai te quedas. Y se fue dejando a Francisco Tocino y a Aguinaldo Misiones doblados de la risa. Así se llevaban esos tres: ahorita se pelean, mañana se contentan y luego se mientan la madre y luego tan amigos como si no hubiera pasado nada. Fuera de eso, yo no sé darle más razón acerca de ese tipo.

Después de haber llorado horas enteras, de haberse sentido chinche, de haber maldecido al hombre por el que juró amor eterno ante el altar, Natalia se levanta de la cama y va hacia la cocina por unos hielos.

Los niños, Lolito y Hortensio, regresan de la calle después de haber jugado toda la tarde a los mafiosos, a los terroristas, a los busca pleitos y a los violadores de la Roma. Natalia no ve a sus hijos de frente sino que todo el tiempo les da la espalda, no quiere evidenciar al padre de sus hijos; pero Lolito es muy listo, no se le va una y es fijadísimo.

–¿Qué te pasó en el ojo, mamá? —le pregunta como si nada, como si fuera parte de la vida cotidiana tener un ojo morado.

–Nada hijito —responde la madre con la voz temblorosa—, me golpié con la puerta: hacía un airazo terrible y pues se me regresó y me dio en las narices —trata de reír aparentando que es muy chistoso que la puerta se te atraviese en el camino y te deje el ojo como Rocky en su primera película.

Lolito mira a su madre con cara de: ¿crees que todavía me chupo el dedo? Y eso que sólo tiene doce años, pero es muy abusado y a él nadie lo engaña.

–Qué curioso —dice el niño al mismo tiempo que destapa una coca—, hoy no hizo nada de aire en la escuela ni en la calle, ¿cómo es que aquí sí hubo aironazo?

–Pues ya ves —responde Natalia, que sigue temblando y le da coraje sentirse nerviosa por las preguntas de su hijo, sabiendo que ya no lo puede engañar con mentiritas estúpidas.

Hortensio no oye la conversación; como un sonámbulo, se va a su cuarto y se encierra; le tiene sin cuidado si sus padres se matan a golpes. Él sólo piensa en Tinita.

En cambio, Lolito observa a su madre mientras da algunos tragos a su refresco.

–¿Ora por qué te pegó?

–¿La puerta?

Lolito no responde, se le queda mirando. ¿Qué clase de contestación estúpida es ésa? Natalia baja los ojos, avergonzada de querer seguir fingiendo ante el exhaustivo interrogatorio.

–¿Por qué te pegó? —insiste el hijo implacable, como el juez ante la culpabilidad del criminal.

–Eso no tiene importancia...

–No, supongo que le volviste a planchar los calzones en lugar de las camisas —Lolito no le despega los ojos de encima. Natalia ya no sabe ni para dónde voltear—: ¿Por qué te pegó? —el hijo insiste, de seguro se va a dedicar a hacer interrogatorios en la PGR cuando sea grande.

–Pues..., porque sí.

–Contéstame, mamá.

–Porque estoy embarazada —la voz le vibra como de viejita y las manos le tiemblan como si tuvieran mal de Parkinson.

–¿Qué? —Lolito casi vomita el trago de coca-cola que se le atraganta y lo hace toser un poco.

–Estoy embarazada; se lo dije y me pegó porque dice que no estamos como para mantener otro hijo.

–Pero sí está bueno para montarse arriba de ti en las noches, ¿verdad?

–¡Lolito! —Natalia está a punto de escupir los ojos de tan grandes que los abre. ¿Cómo te atreves a hablar así?

–Y ¿cómo se atreve él a pegarte? ¿Por qué te dejas, mamá?, ¿por qué?

–No puedo hacer nada, él es así y, pues, ni modo...

–Híjole mamá, de veras, ¿eh? Yo no sé quién está peor, si él por pegarte o tú por dejada.

–No me hables así.

–Es que me da coraje que te dejes de ese pendejo.

–No hables así de tu padre.

Lolito la mira con cara de desprecio, y esa mirada es para Natalia aún peor que los golpes de su marido. Esquiva los ojos del hijo, ya no puede verlo de frente. Por primera vez, se siente en el límite o, cuando menos, al borde del límite de su paciencia. Un día de estos terminaré con todo, lo juro por la memoria de mi mamacita, piensa Natalia sabiéndose observada por su hijo.

–Me dan asco —el hijo le da la espalda a su madre, y se aleja para dejar de enfrentarse con sus propios sentimientos. Natalia se queda sola en la cocina, con el ojo adolorido por los golpes del esposo y el alma hecha camote por las palabras del hijo. En ese momento escucha la puerta de entrada que se abre sigilosamente.

Lolo Manón entra al departamento como perro, con la cola entre las patas. En su mano derecha lleva un raquítico ramo de claveles rojos; en la izquierda, un pequeño pastel de mil hojas, y en la cara, la expresión de la culpa. Natalia lo mira entrar y se queda viendo el pastel.

–¿No había de chocolate? —le pregunta Natalia, y se dispone a salir de la cocina para encerrarse en su cuarto.

–No te vayas vieja, espérate tantito —le dice Lolo mientras revisa el pastel por todos lados y se pregunta qué tiene de malo el pastel de mil hojas, si es tan bueno.

–¿Qué quieres? —pregunta Natalia.

–Pedirte perdón.

–¿Ah sí?

–No sé qué me pasó, han de haber sido los alcoholes porque yo no te quería dar tan recio.

–No, me lo imagino —Natalia le quita de las manos el ramo de claveles y los pone en un florero con tantita agua. Y tampoco me querías traer un pastel que no me gusta; de seguro, también fue culpa de los alcoholes.

–No sabía que no te gusta —Lolo se sienta en la mesita de la cocina con el pastel todavía en las manos. Nada más te lo traje para que veas que todavía estoy arrepentido.

Natalia coge un plato de la alacena y un cuchillo. Parte una rebanada de pastel y se la da a Lolo.

–¿Por qué siempre te tienes que arrepentir después?, ¿no podías arrepentirte antes de soltar el primer karatazo?

–No volverá a suceder, te lo juro. ¿Me pasas una cucharita?

Natalia le da lo que pide y se sienta a su lado. Con una mano, toca ligeramente el ojo lastimado.

–¿Te duele mucho? —pregunta Lolo con la boca llena de pastel.

–¿Tú qué crees?

–No sé, nunca me han puesto un ojo morado.

–No es muy bonito que digamos.

–¿Ya me perdonaste? —Lolo hace la pregunta sin dejar de comer.

–Todavía lo estoy pensando.

–Y ¿si te traigo uno de chocolate? —Lolo deja de comer, toma entre las suyas las manos de su esposa y las besa. Natalia las retira y se las limpia en el delantal.

–Me estás embarrando de crema, Lolo.

Él no hace caso y vuelve a cogerle las manos.

–Te quiero, Natalia, de veras. Sólo que a veces me paso de bruto, pero me cae que estoy compungido —Lolo se levanta de su asiento; se acerca a ella y le da un beso enmielado en la frente.

–No sé por qué te pasas de gacho conmigo —dice Natalia limpiándose la frente con una servilleta.

–No pus, la mera verdad, yo tampoco. ¿Me perdonas?

Natalia baja los ojos y la cabeza. Lolo le da un ligero beso en la boca, la toma de la mano y la lleva al cuarto, en donde terminarán de limarse las asperezas, los enojos y los arranques de ira.

En su cuarto, Lolito se ha dado cuenta de todo y siente su rostro enrojecido de rabia. Sabe muy bien que ésta no es la primera vez, ni la última, en que las asquerosas manos de su padre acariciarán el cuerpo amoratado de su madre en un afán por borrar las afrentas. Y después... la historia comenzará de nuevo y se repetirá por los siglos de los siglos...

¿Le digo la verdad? No tengo idea de por qué me casé con Florencia. Un día llegó y me dijo:

—Estoy embarazada.

—¿Tú? Pero si yo creía que ya no te cuecías al primer hervor.

—Pues sí, me fallaron los cálculos y ora alguien tiene que dar la cara.

—Pues dile al papá, a mí no me vengas con exigencias.

—¿Cómo sabes que no eres el papá?

—¿Cómo sabes que sí?

—Tú te acostaste conmigo y ora me respondes.

—¿Cuándo, pues?

—¿Cuándo qué?

—¿Cuándo te quieres casar?

—¿Quién te dijo que me quiero casar contigo?

—No, si el asunto no es conmigo; sólo digo que váyamos por el responsable para casarlo a punta de pistola.

—Yo no me voy a casar con ningún cabrón; todavía no ha nacido el gandul que me merezca.

—Entonces, ¿qué diablos quieres?

—Que me pases una pensión al mes, vivas conmigo por eso de las malas lenguas, y reconozcas al hijo como tuyo.

—Eso sí no, yo no voy a vivir bajo el mismo techo con una desconocida. Si quieres vivir conmigo, que te mantenga y que reconozca al chavito, nos casamos y punto.

—Ta' bueno, pero prontito porque llevo tres meses de encargo.

—Arregla todo y me avisas, yo no pienso mover un dedo.

En esa época, ella era un poquito menos fiera y a veces me obedecía; nomás nos casamos, le salió lo pantera encabronada. La noche de bodas no dejó ni que la tocara y se puso a dar de gritos como si la fuera a violar.

—¿Qué pasó? —le pregunté—, ¿no quedamos en que eres mi mujer ante la ley y ante Dios?

—Ante la ley sí y ante Dios también, pero tú no eres ni la ley ni Dios, así que no me tocas.

—No seas ranchera. No soy el primero ni el único, si eres buena de coscolina.

–Coscolina tu madre. A mí no me insultas, animal. Soy tu esposa y me respetas.

–Por ser mi esposa me vas a cumplir. Ándale, quítate la ropa porque ya me anda.

–Si tanto te anda, ve al baño, que para eso existen los escusados. Y ya déjame dormir porque estoy muy cansada. Este condenado embarazo me tiene a mal traer.

–Pero mañana, si no te dejas, te violo.

–Te lo corto.

A la tercera vez que quise hacerla mi mujer, me agarró a sartenazos, a palazos, a mentadas de madre. Con todo y embarazo, tenía unas fuerzas la desgraciada y unas ganas de correr, que pa' qué le cuento. Hecha una loca se salió a la calle a dar de gritos y a correr y a correr dándole de vueltas a la manzana. "Vas a escupir al criaturo", le gritaba yo. "Prefiero escupirlo, pero a mí no me tocas." Yo pensé que esa actitud de ella era por su estado y creí que, cuando naciera el niño, se le quitaría. Ernestina, m'ija, ya anda por la treintena y Florencia todavía no me deja tocarla, ¿cómo ve? Quizá por eso sigo de necio con ella, sin haberme divorciado; tratando de conquistarla, empeñado en un día llevármela a la cama. Ya hasta las ganas se me deberían de haber ido pero soy necio como cuarenta mulas juntas. Pasan los años y yo sigo queriendo que dormamos en la misma cama. No es que esté enamorado de ella, la verdad nunca me enamoré, pero con una sola vez que hicimos el amor antes de casarnos, me dejó bien amarradito a sus caderonas y a sus pechos redondos y grandotes. Un día le voy a hacer el amor otra vez, de eso puede usted estar seguro.

No, nunca he saciado mis ganas con otra mujer, ésas me las quito yo solo, pensando en ella, en su cuerpo tan chulo. A veces, la espío mientras se está bañando, porque ni siquiera me deja verle el cuerpo aunque yo me lo sé todo de memoria. Le hice un agujerito a la puerta del baño, que tengo bien camuflado para que ella no lo vea. Desde ahí, me paso el rato viendo cómo se quita la ropa; primero la blusa, luego el chichero y en ese momento es cuando se me agarrota el corazón imaginándome mi cara entre el medio de sus pechos. Después, se quita la falda o los pantalones, dependiendo. Un buen rato se queda medio en cueros, se toca las caderas, se exprime los puntitos negros, se soba el busto, se depila el bigote y se acaricia el... bueno, ahí. Usa liguero, nunca le han gustado las medias modernas y a mí me vuelven loco sus ligueros. Los usa de muchos colores: rojos, azules, morados, negros. El negro es el que más me gusta. Cuando m'entra la nostalgia, que es casi todos los días, voy y lo saco del cajón de su cómoda y lo acaricio como si fueran las piernas robustas y hermosas de Florencia. Luego de un rato, ahí en el baño, se desabrocha el liguero y se saca las medias. En ese momento, me empiezo como a desmayar, con el corazón haciéndome tum, tum, tum. Pero la muy ingrata nunca se quita los calzones hasta que está dentro de la regadera, porque ahí los lava. No me extrañaría que lo hiciera a propósito.

Lolo Manón y Florencia Ruiseñor de Tocino fueron por Ernestina al hospital. Francisco Tocino no pudo ir porque en las mañanas atiende la carnicería y no hay quien despache más que él.

Lolo le da un beso en la frente a Ernestina y una nalgada; Florencia la abraza como si hubiera regresado de la Tierra del Fuego y la llena de besos. Ernestina la hace a un lado y se sigue hasta el coche del tío Lolo, un vochito tan viejo como las mentadas de madre de Florencia. Lolo Manón se ve todavía más feo con el pelo tan cortito; apenas le empieza a crecer de la rapada que le dio Valerio.

Siempre que Florencia recoge a su hija del hospital, se pone a hablar como loro. Quizá ella también debería internarse de vez en cuando, piensa Tinita cada vez más convencida.

—Estamos haciendo muchas reparaciones en la casa, hija; te va a gustar, ya verás. En la estancia pusimos una alfombra divina y tapizamos las paredes con un papel de flores rojas, precioso. Mañana va a llegar la sala nueva que hace juego con el papel tapiz. ¿Qué crees, Tinita? Los muchachitos del departamento siete tienen unos invitados en su casa muy raros, han de ser extranjeros porque no se les entiende ni jota. El otro día tembló a las ocho de la mañana, ¿no lo sentiste? Te iba a hablar al hospital para ver si no te habías asustado mucho, pero luego me acordé que no puedes hablar. Tu papá y yo nos salimos corriendo a la calle y ai tienes a todos los vecinos yendo de un lado para otro asustadísimos. Los güeritos salieron en pijama y sus amigos extranjeros también, tenían cara de haber visto al diablo; de seguro en su tierra nunca hay temblores. Hace una semana hubo un tiroteo en la esquina de la calle, por donde está la tintorería. Al muchacho, el de los tatuajes, le dieron como diez plomazos en todo el cuerpo y todavía está en el hospital. Había helicópteros como moscas por todos lados y las patrullas llegaron haciendo una escandalera que pa' qué te cuento pero, para variar, llegaron cuando los delincuentes tenían horas de haberse largado.

–Te invitamos unas chelas, Tinita, ¿quieres? —dice Lolo, harto de oir tarugadas.

–Ernestina no toma.

–Bueno, nosotros nos echamos unas chelas y ella una daier cou. Tengo la garganta seca.

–Estás crudo.

–No es novedad.

–Órale pues. ¿En donde siempre?

–¿Dónde más?

Al llegar a la cantina Santa Lucía, sobre Álvaro Obregón, Tinita se baja del vochito y se va para su casa. ¿Quién podía tener ganas de tomar cerveza a las once de la mañana?, y mucho menos coca de dieta; a esas horas produce indigestión, piensa.

–¿A dónde vas, hija?

–¿Para qué le preguntas, si no te va a contestar?

–Vete con cuidado, Ernestina.

Pues verá, mi comandante; no me acuerdo muy bien en dónde estaba yo en ese momento porque mi memoria, a estas alturas, ya está bastante gastada, como todo en mi cuerpo. Usté sabe, las cosas a mi edá se empiezan a menoscabar y una de ellas es la memoria, al grado de que a veces no sé si voy o vengo. Entonces, como le decía, no me recuerdo bien a bien dónde andaba, pero sí sé que no había yo visto a Lolo como en una semana, más o menos. Ese día tan terrible me lo encontré a eso de las siete de la noche en la cantina, borracho y agresivo.

–¡Quiubo, Aguinaldo! —me dijo. ¡Échate unas chelas conmigo!

Pero yo me di cuenta de que estaba a un segundo de ponerse insoportable, así que nomás le di la vuelta, o sea, lo saludé, me hice tarugo y me fui pa' casa de una amiga y ahí pasé la noche. Al día siguiente, cuando venía de regreso, me topé con todas esas patrullas y ambulancias en la puerta del edificio. Han de estar filmando una película de Lola la Trailera, pensé.

¿Cómo? Bueno, sí, es cierto, pero a la mera hora sí me acordé dónde andaba yo cuando mataron a Lolo. El nombre de mi amiga no se lo puedo decir porque es evidenciarla con su marido. Bueno, si usté insiste, pero luego no se sosprenda si ella lo niega; su marido es rete celoso y no lo culpo, yo también sería así con una esposa tan bonita. Quizá a usté, que todavía está joven, no le parezca tanto, pero a mi edá no se pueden pedir milagros.

Conocí a Rosita en la feria anual de la colonia. Ella estaba comiéndose un helado de tres bolas mientras nos veía a mí, a Lolo y a Francisco Tocino, jugar al tiro al blanco. Se miraba rechula con su vestidito rabón y sus tacones bien altos; tenía la boca toda llena de helado y la mirada muy fija en el blanco donde estábamos disparando. Iba sola. Le pregunté si quería intentar con mi rifle, ella sonrió y dijo: "Prefiero mi helado". Y se fue caminando y moviendo las petacas como le hacen las mujeres cuando saben que alguien las mira. Me fui tras ella sin pensarlo.

–¿Cómo te llamas? —le pregunté cuando se sentó en una banca.

–Rosita —me senté a su lado de ella y me le quedé viendo. La muy pispireta se dejaba mirar pero no quitaba sus ojos del helado, no hablaba, estaba bien concentrada, lame y lame.

–Te invito a merendar —nomás levantó los hombros sin decir ni sí, ni no. Me quedé atarantado y mejor tomé su respuesta como un sí.

–¿Dónde paso a recogerte?

–Nos vemos aquí el viernes, a las ocho.

Se levantó y se fue sin preguntar mi nombre siquiera. Dijo eso y se esfumó. Yo me quedé un rato ahí sentado. ¿Quién entiende a las fregadas viejas? Nomás eso me pregunté porque, después de tantos años de etsperiencia, ni quien las conozco. Por eso mejor no trato de saber cómo son o qué esperan de uno. Me basto con tomar de ellas lo que me den y mejor ni viriguo, no vaya yo a acabar con el cincoanalista.

Así fue como nos empezamos a ver; pasaba por ella a las ocho todos los viernes en el mismo lugar, ya sin feria ni nada. Íbamos a cenar a algún changarrito y luego a algún hotelucho de malos piojos. Se enteró de mi nombre porque yo se lo dije; nunca me lo preguntó, nunca me pregunta nada. Yo, pa' no entrar en confidencilidá, sólo le digo lo que debe saber, ella se conforma y se calla. Así, bajita la mano, ya llevamos dos años. Yo no sé gran cosa de su vida, ni ella de la mía. Sólo una vez me enteré que su marido agarra camino los viernes a pasar el fin de semana a un pueblo de por aquí, para estar con su otra mujer. A Rosita eso no le importa, pues, me lo dijo así, sin más remilgos ni tonteras de vieja amargada. Las cosas de hombres le vienen guangas, se le resbalan; no le importa si yo me veo con otras, si tengo mujer de planta o si estoy casado o arrejuntado. No se crea, mi comandante, a veces eso a uno le llega aquí dentro, después de todo, uno sí tiene sus sentimientos y pues eso cala, no mucho pero sí cala.

Natalia se sienta en la silla del comedor, de otra manera, sus piernas no la sostendrán un minuto más. Tiene la mente suspendida en un tiempo inexistente y se pregunta por qué creyó que Lolo nunca le pondría los cuernos, si está bien demostrado que los hombres no le pueden guardar fidelidad ni a su propia madre. Se siente demasiado joven e inmadura aunque envejecida, cargando los años que todavía no tiene.

Lolo Manón la observa desde el otro lado del comedor, sus ojos revelan desasosiego y algo de culpa. No le importa tanto que Natalia se haya enterado de lo de Juanita-Lupita, sino de cómo diablos va a resolver ese problema. Seguramente la policía viene pisándole los talones, esperando el mejor momento para enterrarle sus colmillos de perros rabiosos. Natalia hace un esfuerzo espantoso por no llorar, por no gritarle que es un desgraciado, maldito, hijo de su tal por cual. Lo mira a los ojos, Lolo rehuye su mirada y eso la hace sentirse aún peor. Natalia se siente adolorida, lastimada, pero no se atreve a hacer reproches, ni gritarle a la cara que es un malnacido, cochino, que va y se revuelca en camas ajenas en donde, de seguro, ni las sábanas han de lavar. Lolo se sienta al lado de su mujer y coge su mano fría y sudorosa.

–¿Me vas a ayudar, Natalia? —Natalia no contesta, mira hacia otro lado, lucha por controlarse. Respóndeme, por favor. Eres mi esposa, ¿no?, si me casé contigo es porque te quiero. Eres la madre de mis hijos, la única de verdad. Esa mujer... esa Lupita no significa nada para mí, de veras. Es más, estaba rejodida; tenía un lunar lleno de pelos en la punta de la nariz y la boca medio torcida. Jamás podría compararla contigo, en serio.

–Entonces, ¿cómo pudistes acostarte con ella si estaba tan fea?

–Pero si ni siquiera alcanzamos a hacer nada porque se le ocurrió empastillarse antes de que yo pudiera...

–Pero ésa era la intención, ¿no?

–Bueno sí... ésa es la mera verdad... Es que... a veces, pues, uno la riega y uno es hombre y... ¿Me vas a ayudar sí o no?

–¿Qué quieres que haga?

–Que le digas a la policía que ayer estuve contigo todo el tiempo y que hoy en la mañana me fui a provincia por asuntos de la oficina, pero no sabes en dónde estoy exactamente.

–¿Y si te ven aquí?

–No me van a ver porque me voy a Guerrero, con la familia de Aguinaldo. Ahí me voy a estar hasta que se arregle el asuntito este.

–¿Te vas?

–No me queda de otra.

–Y mientras, ¿de qué vamos a vivir?

–Voy a chambiar allá y te voy a mandar dinero; además, ahí está Francisco, él te va a echar una mano siempre que lo necesites. Tranquilízate, mujer, todo va a salir bien, te lo prometo.

–Nada está bien, Lolo; me rompistes el corazón en un resto de cachitos.

–No te me pongas dramera, Natalia. La regué, es cierto, pero no vayas a empezar con sentimentalismos tontos porque entonces sí me vas a hacer enojar. Ya te dije que te quiero y lo de la Lupita era algo pasajero, sin la menor importancia.

–Para mí, sí tiene importancia. Se siente bien horrible que el marido te ponga los cuernos con una criada tan fea.

–No empieces, ¿eh? Mira, mejor ve a hacerme la maleta mientras yo arreglo otros asuntos.

Lolo sale a la calle dejando a Natalia aún más desconcertada que antes. Durante mucho tiempo, Natalia se queda ahí sentada, sin moverse un milímetro, sin pestañear siquiera y con los ojos secos de lágrimas y la mirada resentida. Por primera vez siente cómo se le escapa el amor y se le escurre de las manos. Ya nada volverá a ser como antes, y ¿cómo era antes?; seguramente igual pero Natalia no se había dado cuenta. ¿Cuándo habrá sido la primera vez que me engañó?, piensa Natalia, porque ésta no es la primera aunque él lo haya dicho. ¿Cómo creerle ahora, si todo han sido mentiras? Y además, se larga, seguramente aprovechará la distancia para volver a las andadas. Me será infiel siempre, siquiera debería buscarse una chamaca más chula que yo. Y luego se atreve a decir que no tiene importancia, ¿qué puede saber él?, ¿cómo se pondría si yo me largara con otro todavía más panzón, calvo y feo que él?, de seguro me mataría porque eso sí tendría importancia.

Después de mucho tiempo, Natalia logra levantarse e ir al espejo de la cómoda. Observa su reflejo con mucho cuidado. Analiza sus ojos cafés de mirada caída, su nariz medio achatada, sus labios extremadamente delgados y sin color alguno. Después de varios minutos de mirarse cada pedacito de piel, saca unas pinzas de depilar y, uno a uno, se arranca los rizados y largos vellos que tiene en la verruga de la mejilla derecha.

Me siento incómoda con esta ropa de hospital. Apesta. No sé si huele a miedo o a putrefacción. Todo aquí está podrido, apesta a diablos. Las otras internas están locas, yo no. Ellos piensan que lo estoy pero ¿quiénes se han creído para decidir quién está loco y quién no?

La señora de la cama de al lado pega unos gritos horrendos por las noches, eso a mí me da risa, muchísima risa porque parece un cachorrito de oso amarrado a su madriguera. Está gordita, por eso se me figura un osito. Anoche le pusieron una inyección para hacerla callar, ¿por qué no vienen y se la ponen hoy?; también hoy está dando de alaridos. De día es buena gente y me cae bien. Se llama Gustaviana. Gustaviana, con razón está loca. Ayer estuvimos jugando con mis títeres hasta la hora de la comida. Gustaviana estaba feliz viendo cómo la señorita Socorro le daba de puntapiés, cachetadas, pellizcos y zapes a su psiquiatra. Cuando sonó la chicharra para ir a comer, ella se negó, quería seguir viendo cómo Socorro molía a palos al doctor Nomehallo. Entonces la obligaron a ir al comedor y se empezó a poner primero verde y luego morada. La tuvieron que encerrar en uno de esos cuartos acojinados.

Otra de las locas se cree la Llorona, todas las noches se pone a llamar a sus hijos, sus pobrecitos hijos; a veces también a pleno día. Eso es muy divertido porque se quita la bata de loca y empieza a correr desnuda por todo el patio gritándole a sus hijos. El pabellón de los hombres se convierte en una jaula de loros alborotados, se cuelgan de la tela de alambre y se bajan los pantalones dejando al descubierto sus cochinos miembros de ratón asustado. No es tan malo estar aquí, después de todo; en ningún lugar del mundo se pueden ver cosas tan chistosas. Lo malo es la comida de perro y los escusados; si no fuera por eso, quizá pediría quedarme aquí y no regresar a casa, nunca más.

La Llorona me regaló un pastel de cumpleaños la vez pasada que estuve aquí. Yo soy de las de entrada por salida y la Llorona es de las de planta. Es feliz llorando por sus hijos y haciendo sus pasteles de cumpleaños. Lo malo con sus pasteles es que generalmente se le confunden los ingredientes y les pone harina de nixtamal o sal en lugar de azúcar. Yo le di las gracias con una sonrisa pero no me lo comí. Se lo di a Conchita, la enfermera, quien seguramente lo tiró a la basura. Todas en el hospital sabemos la clase de pasteles de la Llorona porque, para eso, las locas no están tan locas.

El hospital es un edificio viejo, de techos altísimos con cielo raso. Tiene un patio muy grande; hace muchos años debió ser un jardín muy bonito, con muchas plantas y árboles. Ahora no queda nada de eso porque, en esta ciudad, la gente se empeña en destrozar las cosas bonitas; tala árboles y quita jardines para meter cemento y canchas de basquet. De niña, yo iba a una escuela en donde también quitaron el jardín para aplanar todo con cemento. ¿Quién les ha dicho que a los niños les gusta romperse los dientes en el pavimento? La gente es egoísta. Odio a la gente. Me gusta este lugar porque aquí no hay gente; aquí hay locas y las locas no son personas, son seres humanos. Es una pena que ya no haya jardín aquí; podríamos sentarnos en el pasto a tomar el sol o ver el atardecer recargadas en algún árbol cuajado de peras; de vez en cuando una pera me caería sobre la cabeza. Gustaviana empezaría a llorar de la risa y la Llorona por sus hijos. Hay bancas de madera sin respaldo, en donde te puedes sentar como si estuvieras en el parque, pero con la diferencia de que aquí no puedes ver a la gente paseando a sus perros estúpidos, que levantan la pata trasera para echar su chisguete a cada poste que se les atraviesa en el camino. Los machos siempre han sido estúpidos; me imagino a los hombres echándole un chisguete de orín a cada esquina de su casa para marcar su territorio.

Según las enfermas, aquí espantan por las noches, sobre todo cuando hay tormentas y cosas así. Se imaginan almas en pena que vagan por los pasillos haciendo un escándalo espantoso con sus cadenas y sus gritos desgarradores. No se dan cuenta de que se asustan con sus propios gritos y lamentos. Hace un par de meses me harté de la Llorona porque no me dejaba dormir. "Ay, mis hijos, mis pobrecitos hijos, mis desdichados hijos". Me levanté de la cama y le di un par de cachetadas.

—Ya cállate, pinche Llorona. ¿No ves que no nos dejas dormir? —eso lo dijo otra persona a través de mi boca porque a mí no me gusta hablar.

—¡Ora tú!, ¿qué te trais?

—¿No podrías llorar por tus condenados hijos a una hora más decente?

—Es que yo maté a mis hijos.

—Tú sólo matas el sueño y ya me hartaste. Vete a dormir, chingao.

La llevé a su cama, la acosté, la cobijé y ya me iba cuando se me agarró del camisón con todas sus fuerzas.

—No me dejes, manita. Mis hijos me necesitan.

La abracé muy fuerte y lloró un buen rato en mi hombro. Pero ya no lloraba con esos lamentos espantosos que le ponen a uno la carne de gallina. Lloraba como una niña y sentí pena por ella. Se quedó dormida y yo también. Me despertó una de las enfermeras dándome de palazos en las piernas.

–Eres una cochina, loca y lesbiana. ¿Qué diablos haces en la cama de la Llorona?

–Es por mis hijos —decía la Llorona. Vino a decirme que yo no maté a mis hijos.

–¿Y por eso se quedó a dormir contigo? Además, ésta es de las locas mudas, no pudo haber venido a decirte nada.

–De veras, estuvimos llorando las dos mucho tiempo y luego nos ganó el sueño.

–Lo que se han ganado es un baño de agua helada, par de cochinas.

Nos manguereó como en las películas policiacas y nos dejó sin comer todo el día. A mí no me hizo ni cosquillas porque ya estoy acostumbrada a los baños fríos y la comida es asquerosa; así que me quedé como si nada. La Llorona agarró una gripa de caballo y las ganas de llorar por sus hijos le dieron con más fuerzas que nunca.

Ramiro Pérez revisa las bolsas de los sacos, de los pantalones, de las blusas, y por último, de las faldas; cuenta todas las prendas, las anota, hace el recibo y se lo entrega a la señora de la farmacia. Lolito Manón se recarga en el mostrador, prende un cigarro y fuma distraído, como si cada uno de sus movimientos fuera mecánico o muy estudiado. Revisa con los ojos las piernas de la señora de la farmacia cuando da las gracias.

–Qué buen jamón tiene la ruca, ¿no? —dice Lolito mientras fuma.

–Dos tres. De seguro tuvo muy buenos tiempos hace algunos añitos —Ramiro cataloga la ropa, la divide por tipo de prenda, la etiqueta y se recarga a un lado de Lolito.

–¿Qué te dijo el Carroña?, ¿ya colocó los estéreos? —pregunta Lolito con la mirada fija en la calle.

–Niguas. Anda preocupadón por la banda de los Macacos y los tiene escondidos.

–Y ora, ¿qué se traen esos gandallas?

–Dicen que estamos trabajando en su zona. Hay que irse con cuidado con esos güeyes.

–Bah, nos hacen los mandados, apenas son unos principitos.

–Ni tanto, Pelón; los Macacos están amafiados con la tira y eso nos pone en desventaja. Cada semana le atoran con una lana y así los tienen muy contentitos; en cambio nosotros, nos hemos estado apendejando.

–¿Qué nos pueden hacer? Ellos apenas son cuatro o cinco, cuando mucho. Nosotros, en cambio, somos un resto.

–Pero tener a los cuicos de su lado los hace mucho más fuertes. Tú no me quieres creer, pero la cosa se está poniendo fea desde hace dos meses que vinieron a armarla de pedo por primera vez —Ramiro atiende a una clienta que viene por su ropa. La mujer le da el recibo a Ramiro, Ramiro entrega tres ganchos con dos faldas y una blusa, la clienta paga y se va. Ramiro y Lolito se quedan callados un rato, fuman, piensan, ven a la gente que pasa por la calle.

–No es para tanto, broder. Quizá deberíamos de ponerles una buena madrina para tranquilizarlos y que dejen de joder.

–Pon las patrullas en la tierra, pinche Pelón; con eso sólo vamos a conseguir que se nos eche la tira encima.

–Entonces, podríamos unirlos a la banda.

–Ni en tus sueños más guajiros, carnal; ellos ya se creen los dueños de la colonia y, lo peor de todo, es que cada día ganan más terreno. Más bien, deberíamos cambiar de zona.

–Eso ni se te ocurra, aquí se trabaja de pelos y es nuestra colonia desde mucho antes de que esos pendejos se hicieran llamar los Macacos, y no son más que eso, unos pinches changos. Déjalos que se hagan ilusiones, que se sientan los jefes del universo y vamos a ver quién las puede.

–Luego no me digas que no te lo advertí.

–No te me arrugues, carnalín; tú ten fe en la banda y ya verás que todo va a salir de pelícanos.

–¿Por qué no mejor les damos una corta a los mordelones?, igual y así ellos nos protegen a nosotros en lugar de a los Macacos —Ramiro prende un cigarro, el veinteavo del día.

–Nos pedirían un chingo de varos. De todas formas, voy a hablar con el Carroña, a ver qué se puede hacer.

Llegan más clientes a la tintorería, Ramiro los atiende: entrega ropa, hace notas, cobra, recibe colchas, edredones, trajes de caballero, vestidos de noche. Lolito fuma como chimenea y la tintorería vuelve a quedar desierta.

–¿En dónde escondió los estéreos el Carroña?

–Creo que en la bodega de su carnal. A mí me preguntó si yo los podía guardar en mi casa pero mi jefa me ha estado acatarrando con muchas preguntas últimamente y no quiero que se dé color.

–¿Y qué ha estado preguntando? —Lolito apaga el cigarro.

–Antier que llegué a las dos de la mañana, con los espejos y los tapones del Chevy, me agarró con las manos en la masa y me empezó a bascular y luego me preguntó; ya sabes, ¿de dónde vienes?, ¿de quién es eso?, ¿de dónde lo sacaste? Yo le dije que eran del Carroña, que me los había dado a guardar mientras le entregan su coche del taller. ¿Y por qué los traes tú?, ¿qué él no tiene dónde guardarlos?, me preguntó. Yo me azorrillé y le dije una cantidad de estupideces que, por supuesto, no me creyó.

–¡Ah!, cómo eres animal.

–Es que no conoces a mi jefatura, parece como si tuviera un radar escondido en el coño y no es fácil verle la cara.

–Pues, a ver cómo le haces para vérsela, porque las mamás preguntonas se convierten en tus peores enemigos. Deberíamos rentar un depto e irnos a vivir ahí toda la banda, así no habría ojos metiches y preguntones.

–No sería mala idea —Ramiro arroja a la calle la colilla del cigarro—; oye mano, ¿has visto a Ernestina?

–Estuvo en el hospital otra vez, pero eso ya no es raro —Lolito mira a Ramiro con ojos de complicidad. ¿Qué, te la sigues abrochando?

–De vez en cuando.

–Está rebuena, ¿verdad?

–La neta sí me pasa un resto tu prima.

–Pues cásate con ella para que seamos primos —Lolito se ríe de su propio chiste.

–No manches, güey. Ernestina está buena para el acostón pero se le barre el seso gacho.

–Sí, carnal. Pobre vieja, está piradísima —Lolito ve el reloj de pared y se estira perezosamente. Ya me voy, bato. Mi jefa se pone muy pesadita cuando llego cinco minutos tarde a la tienda.

–¿Nos vemos hoy donde siempre?

–A wilson. Hoy va a haber mucha chamba por el numerito ese de Casa Lamm, vamos a tener mucha mercancía de lujo, de primera —Lolito sonríe con malicia. Por cierto, háblale al Marrano, hoy lo vamos a necesitar también a él. Ai te ves, carnal.

Lolito se va y Ramiro se queda solo en la tintorería pensando en estéreos, molduras, rines, tapones, espejos retrovisores, salpicaderas, faros. También piensa en Ernestina, en su cintura de avispa, en sus caderas voluminosas, en su boca sensual. Su mente se va, empieza a volar lejos para recordar el olor de Tinita, la firmeza de sus pechos, sus ojos de mirada distraída. A los clientes que llegan, los atiende con las manos en las piernas de Ernestina, con la boca besando los labios de Tinita, con los ojos consumiendo el cuerpo entero de Ernestina. Después, no puede recordar nada. La oscuridad completa se apodera de él, de todos sus pensamientos, de todos sus deseos. Hace un terrible esfuerzo pero a su mente no viene absolutamente nada, sólo un velo negro que se cierra delante de sus ojos. Trata de regresar a su memoria un rostro, un gesto, un grito, una detonación. Nada. Sólo eso, la nada y después el hospital, las enfermeras, los tubos saliendo por todos lados de su cuerpo, el dolor en el pecho, en el vientre, en la ingle; las preguntas de la policía y las de su madre y las de su hermano. Quiero irme a casa, es lo único en lo que puede pensar.

En cuanto Lolito se enteró del tiroteo, empacó sus cosas y se fue a Ciudad Juárez sin decir nada, sin despedirse de nadie. Sólo a Hortensio le dijo que regresaría en un par de días, que hiciera lo posible porque Natalia no se preocupara ni hiciera demasiadas preguntas. El siguiente balazo podría ser para él, y esta vez quizá dieran en el blanco.

Tuve un aborto, hace muchos años, entre Hortensio y las gemelas. Yo no me lo provoqué pero tampoco fue natural. No es algo muy agradable de platicar, como podrá usted suponer, y ni siquiera sé por qué se lo estoy contando, quizá nomás para que sepa quién era Lolo, porque eso es lo que usted quiere, ¿no?; saber cómo era mi marido para así enclarecer quién lo mató, ¿verdad, licenciado?

Yo tenía cuatro meses de embarazo y estaba muy achicopalada pensando en que nuestra situación se volvería más canija. Casi no dormía en las noches, preguntándome cómo le haría para sacar adelante al nuevo hijo. Lolo tenía varios días de no ir a dormir a la casa; supongo que se quedaba con una amiguita de ese entonces, si no, ¿dónde? Siempre andaba de mal genio, rompiendo platos si los frijoles estaban fríos, dándome una bofetada si se me ocurría contestarle de mala gana, azotando cuanta puerta se le ponía enfrente y repitiéndome todo el tiempo que no me necesitaba en lo más mínimo, que mejor se iba a ir con la otra, ésa sí lo trataba como un señor. Yo no decía nada, ni siquiera me daban ganas de contestarle de tan triste y agüitada.

Ese día aventó al suelo el plato de barro porque la sopa de pasta estaba fría, según él. Le juro por la virgencita, licenciado, que no podía estar más caliente, pero tenía ganas de echar pleito y aventó el plato haciéndolo pedacitos.

—Estoy hasta la madre de comer esta mierda fría, ¿no entiendes que debes tenerla ca-lien-te, hirviendo de ser posible?

De un manotazo yo también fui a dar al suelo. Me aventó durísimo, primero me di en la mera barriga con el marco de la puerta y luego reboté como pelotita al suelo, dándome en la cabeza. Me quedé ahí tirada un ratito, no sabía si estaba viva o en trance de entregar las cuentas. Recuerdo que pensé: Ay, mamacita, llévame de una vez contigo; este macuarro ya me tiene hasta la coronilla. Pero en lugar de eso, seguí bien vivita. De momento, yo no sentí ningún dolor, nada más mucho coraje; mucha rabia de esas que de pronto se le cierra la vista a uno y ve estrellitas, por eso pensé que ya me había despachado, pero no. Cuando salí del trance, me levanté y, sin decir nada, me fui a la cocina; agarré el resto de platos y los llevé a la mesita del comedor. Luego apilé todo frente a las narices de mi marido que nada más me veía como diciendo: Ésta se volvió loca. Yo creo que sí me volví loca porque ¿sabe qué hice después? Agarré el altero de trastes y le dije a Lolo:

—Mira, Lolo, así es como se rompen los platos —y ¡tras! los dejé caer todos al suelo. No como tú, de uno en uno, así no vas a terminar nunca. La próxima vez, ya sabes cómo. Y me salí dejándolo con la boca abierta. Al poco rato empecé a tener unas fiebres espantosas, con escalofríos y sudores. Dije para mis adentros: Ora sí ya felpé. Pero no le dije nada a Lolo. Luego, empecé con las hemorragias, y yo, sin abrir el pico. Entonces, entró Lolo al cuarto, yo no sé si para agarrarme a chicotazos otra vez o para pedirme perdón. Lo que fuera, ya no lo pudo hacer porque en eso me vio tirada en el suelo envuelta en un charquerío de sangre bárbaro. Se puso hecho un loco; en ese momento llegaron los niños de casa de sus amiguitos y me vieron y se pusieron a chillar y Lolo no hallaba qué hacer. Por fin, con tanto griterío, llegaron Francisco Tocino y Florencia, su mujer; si no es por ellos, ahí me vacío, porque lo que es Lolo, estaba tan azorrillado que no acertaba a pensar. Me llevaron a la Cruz y ahí estuve un tiempito entre que me moría y no.

Fíjese lo que son las cosas, licenciado, durante esos días en el hospital, Lolo se portó como sedita; bien cariñoso, dedicado, me llevaba chocolates a escondidas de las enfermeras, o alguna rosa de vez en cuando. Ya hasta me la estaba creyendo pero, en eso, Florencia me hizo entrar en razón:

–No seas taruga, manita —me dijo—, este güey anda con la cola entre las patas porque él tiene la culpa de todo este desmadre; al rato te va a volver a poner en la torre y entonces a ver si la cuentas. Si te dejas lavar el coco, te va a llevar la fregada.

Cuando el doctor me dijo lo del aborto, en lugar de sentir pena, me dio un gran alivio. Dije: Gracias, Virgencita, por quitarme este pesar. Dicen que los caminos del Señor son misteriosos; yo sí lo creo porque si no ha sido por los golpes de Lolo, yo hubiera tenido otro muchachito que nos hubiera complicado todavía más la existencia. Así fue como tuve mi aborto, señor licenciado.

Francisco Tocino se sienta en una banca, se levanta, se quita la chamarra de cuero, vuelve a sentarse, mira a la gente: a las mamás con sus niños, a las parejas de enamorados, a los limosneros, a los vendedores de hierbas curativas para los males del páncreas, del hígado y los desengaños del corazón. Un grupito de colegialas llega corriendo y se dejan caer a la sombra de un árbol. Están muertas de risa y comentan todas al mismo tiempo la hazaña de brincarse la barda de la escuela y burlar la estrecha vigilancia de la secundaria. Francisco las ve llegar y aguza el oído tratando de escuchar la conversación, pero no alcanza a oir más que risitas porque platican como si hablaran de los secretos del Estado. A Francisco sólo le queda mirarlas. Una de ellas, la más bonita, se baja las calcetas hasta los tobillos y se arremanga la cintura de la falda escolar para hacerla parecer minifalda, sus amigas la imitan y todas quedan con las piernas semidesnudas a la vista de los ojos de Francisco que las mira fascinado. Otra, saca de su morral deshilachado un paquete de cigarros y le ofrece a sus amigas. Sólo dos saben fumar e intentan enseñarle al resto del grupo. Francisco observa con detalle a la que más le ha gustado. Anita coge el cigarro que le ofrecen y escucha con atención las indicaciones de su amiga que, con mímica y postura de mujer de mundo, intenta explicarle cómo debe dar el golpe. Anita es presa de un violento ataque de tos que la hace arrojar a un lado el cigarro prendido. Las demás se carcajean y se burlan de su cara de asco. Anita rechaza volver a intentar la proeza, arriesgándose a soportar las bromas de sus amigas. Francisco no le quita los ojos de encima. Debe tener unos diez y seis años, piensa, pero quizá menos. Ninguna de las jovencitas se siente observada, no se dan cuenta de que sus cuerpos son revisados con esmero, desde el color de sus cabellos hasta el tipo de calzado que lleva cada una, pasando por las líneas de sus cinturas recién formadas, de sus caderas aún no demasiado anchas, de sus pechos casi planos. Sólo el cuerpo de Anita parece haber madurado casi por completo; dos pelotitas de golf sobresalen de su blusa, una ligera curva acentúa sus caderas y otra más pronunciada marca unas nalgas que prometen serán generosas. Francisco Tocino no pierde uno solo de sus movimientos, de sus gestos.

Casi al unísono, se levantan de un brinco sacudiendo de hojas secas, pasto y tierra, sus faldas y piernas. Inconscientes por completo de los ojos que las observan, emprenden su camino y se dirigen a la parada de microbuses, en donde toman uno sin percatarse nunca de que Francisco ha subido al mismo pesero con igual destino que ellas.

En la taquilla, cada una paga su entrada a los juegos mecánicos de Chapultepec. Algunas no quieren subir a la montaña rusa pero el resto las convencen, casi obligan, a subir. Abajo, Francisco las espera con toda la paciencia del mundo. Reaparecen muertas de risa, conversando a gritos la experiencia, animándose a subir de nuevo. Francisco se angustia porque no sabe en dónde ha quedado Anita. En ese instante, logra verla de nuevo y sonríe. Pero no viene sola, un pendejete más o menos de su edad platica con ella y Anita se sonroja, sonríe con timidez, trata de no contestar sólo con monosílabos, pero no se le ocurre nada más que decir. Francisco frunce el ceño, se encaja las uñas y maldice al jovencito que intenta ligar con Anita, su Anita. Con una mueca de disgusto, Francisco abandona el parque recreativo pero no sin antes echar una última mirada al cuerpo y rostro de Anita. El grupo de jovencitas continúa disfrutando de su ida de pinta, ignorantes por completo del mundo exterior y de los pensamientos retorcidos de Francisco.

Yo no creo que tuviera enemigos; mucho menos como para haberlo dejado quietecito. Sí era un pobre borrachín, bastante haragán y conchudo, medio güevón diría yo. Pero no era tan desgraciado como para haberle encajado el diente tan feo. A mí me caía bien porque era muy cotorro y simpático. Me hacía reír bastante; lo malo eran sus bromas de machín venido a menos. Ya pasadas las copas, era bastante insoportable, buscando pleito siempre y armando trifulcas por cualquier cosita.

Tampoco creo que tuviera deudas, pues no había quien le prestara un céntimo; además, La Covadonga deja suficiente para vivir muy bien. Quizá lo mató algún marido celoso, aunque eso yo no lo entiendo, será porque llevo una relación de pareja con Clau muy open mind.

Bueno, yo así le digo, por supuesto que no se llama Clau sino Claudio. Él a mí me dice Vale, suena más bonito, más cariñoso, ¿no cree usted? Digamos que Clau es mi marido... Sí, yo sé que en este país de doble moral no se permite el matrimonio entre gays pero yo le voy a explicar cómo hicimos el numerito.

Ese día, hace catorce años, se casaba una amiga mía. Entonces, él y yo nos sentamos hasta atrás de la iglesia para no ser observados y nos pusimos a escuchar la misa muy atentos y nerviosos, como si nosotros fuéramos el novio y la novia y en realidad eso éramos; nos estábamos tomando la boda como propia, recibiendo las palabras del sacerdote como si nos las estuviera diciendo a nosotros. Cuando el padrecito pronunció los votos matrimoniales, Clau y yo asentimos con la cabeza. Fulanito, dijo la voz del padre, aceptas por esposa a Zutanita en la salud y en la enfermedad y en la no sé qué y en la no sé qué tantos y Clau asintió con la cabeza sin pronunciar palabra y me puso el anillo en el dedo. Zutanita, aceptas por esposo a Fulanito y todo el rollo, entonces yo asentí con la cabeza y le puse el anillo a Clau. Parada junto a mí estaba mi mamacita que no dejaba de llorar emocionadísima. Rómulo, su quinto marido, le daba palmaditas y le pasaba los kleenex. Como usted comprenderá, mi madrecita fue quien me entregó a Clau y también fue mi madrina de ramo, azares, lazo, anillos, etcétera. Así es como Clau y yo nos casamos ante Dios y por la Iglesia. No nos importa si no es válido, lo primordial es estar unidos ante los ojos de Dios, como debe ser.

Entonces le decía yo que no estoy de acuerdo con los crímenes pasionales. Cuando a mí me gusta alguien para pasarla bien una noche o dos, siempre se lo digo a Clau y viceversa, pues, de lo contrario, sí sería un engaño. Es muy sano de vez en cuando cambiar de aires, ver otras cosillas, si no la vida se vuelve muy monótona y entonces *c'est fini*, las parejas truenan. La cosa cambia cuando uno se enreda sentimentalmente con otra persona; ahí sí justifico meterle un plomazo a un rival; bueno... quiero decir... yo no mataría a nadie, por supuesto que no; más bien, me refiero a que uno mande a su pareja a volar.

Clau y yo llevamos una relación de lo más bonita, como de cuento de hadas, él es el príncipe encantado y yo la cenicienta, pero no la hago de gata porque eso sí que no. Le hago su comidita, le tengo su ropa lista muy bien planchadita todas las mañanas para que se vaya al trabajo; pero la chinga de lavar platos, pisos, tender cama, y todas esas fregaderas no, para eso le pagamos a la chacha, para que ella se encargue de toda esa monserga que no se hizo para mí. Imagínese cómo tendría ahorita las manos de rasposas y horrendas, no serían las manos apropiadas para acariciar la sedosa piel de mi príncipe encantado... Está bien, está bien, ya me voy a dejar de pendejadas.

Hortensio se reclina en el mostrador de la tienda con la vista fija en ninguna parte, con la mente puesta en ningún punto. No hay clientes en La Covadonga, no hay ruidos en las calles, no hay coches tocando el claxon, no hay borrachos madrugadores buscando una cerveza; hasta los teporochos parecerían estar de vacaciones un domingo por la mañana de este verano bochornoso. ¡Cómo son aburridos los domingos, de veras!, piensa Hortensio mientras muerde con avidez la uña de su dedo meñique. El sueño empieza a imponerse y a nublarle la vista. Qué buena desvelada la de anoche, hasta las cinco de la mañana; ahora está pagando las consecuencias. Y qué cruda, paso mecha. Si no fuera por las crudas, todos estarían borrachos siempre, empezando por el padre de Hortensio, empezando por Lolo Manón. Led Zeppelin a todo volumen sigue retumbando en las sienes de Hortensio, y luego los Doors, pero más chido, Carlos Santana. ¡Qué buenas rolas! No vuelvo a tomar ese ron tan pinche, odio el Bacardí blanco, de ahora en adelante puro whisky y del bueno. Qué risa, carajo, qué risa con el idiota de Ramiro bailando la danza de los cincuenta y tres velos. Andaba pachequísimo el güey, bueno, andábamos. Y no se diga el Gargajo Albino, hasta hojas de periódico se fumó; es un imbécil el pobre pero me cae bien. Es tan bueno, tan bueno, que hasta le gusta su apodo. Híjole, mano, todavía no se me acaba de bajar el pedo.

Ernestina entra a La Covadonga sin haber hecho ruido. Cuando Hortensio la ve, pega tal brinco que hace temblar la tienda entera. Las manos le empiezan a sudar y no puede quitar los ojos de los de Tinita que, como siempre, ven hacia adentro de sí misma, nunca a su alrededor. Ernestina camina sin tomar en cuenta su falda demasiado corta, sus piernas blancas sin medias, su cabello alborotado en un enjambre de rizos sin cepillar. Hortensio no puede dejar de verla. Desde niño, su sola presencia lo trastornaba, lo hacía mojarse los pantalones. Tinita carga en su brazo izquierdo un pequeño dragón de peluche. Sigues siendo una niña después de tantos años, nunca dejarás de serlo y eso es lo que me gusta de ti, Ernestina. Todavía eres la niña de doce años que me acariciaba el pecho lampiño y se reía de mis piernas tan flacas.

Pero Ernestina no escucha los pensamientos de Hortensio, está demasiado concentrada en su lista de compras. Dos paquetes de pan Bimbo para los presos y un kilo de jamón y otro de queso para los carceleros. También una escoba de cerdas gruesas y duras para limpiar las galeras de la mierda y las cucarachas. Un paquete de algodón para las reclusas porque a los guardias les da asco verles los calzones manchados. Los presos no pueden comer sólo pan Bimbo con agua pero me prohibieron comprar otra cosa; me podrían encerrar a mí también por desobedecer las órdenes del Presidente. No debo hacer preguntas, me dijeron que no debo hacer preguntas. Un par de fibras para lavar las conciencias de los policías, seis rollos de papel de baño para los guardianes; los reclusos pueden limpiarse con la mano la inmundicia, las heridas y las miserias. También me gusta tu pelo alborotado, Tinita, y que no te pongas brasier. ¿Qué tanto buscas? No importa, por mí te puedes quedar todo el día ahí parada, enseñándome las piernas. ¿Te gusto ahora que soy mayor, que los dos somos un par de adultos con los sueños convertidos en guiñapos por los más adultos que nosotros? Una barra de jabón Zote para los uniformes de los policías, ¿me obligarán a lavarlos o lo harán los presos? Un par de palas, es verdad; se me habían olvidado las palas para cavar las fosas de los que se vayan muriendo de hambre, sed, nostalgia o enojo. Muchos se mueren enojados. ¿Quieres un poco de azúcar, Tinita? Agarra todo lo que quieras Ernestina, la tienda entera es tuya si la quieres, pero dame tus piernas y tu cintura y tus pechos. Quisiera besarte hasta acabarme los besos y las ganas. Déjame tenerte una vez más, como hace tantos años; cuando mi pobre penesito alcanzaba, apenas, una ridícula erección que te hacía cosquillitas en las ingles. Entonces no pude penetrarte porque ni siquiera sabía que eso se podía hacer. Ahora podría partirte en dos, Ernestina; te podría arrancar las palabras que te has negado a decir desde hace mucho tiempo. Te haría gritar de placer pero también agonizarías en mis brazos. Todos creen que te has acostado conmigo un millón de veces y con todos ellos también. Se imaginan poseyéndote, perforándote de una embestida como animales, como fieras en celo; pero sólo pueden soñar y creerse muy hombres. Lo dicen porque saben que no te interesa defenderte de sus mentiras, de sus asquerosas mentiras. ¿Sigues siendo virgen, Tinita? Necesitaremos un paquete de arroz y otro de frijoles pero el dinero ya no me va a alcanzar, no me dieron suficiente, nunca lo hacen, de todas formas. ¿Se me olvida algo? No. Llevo todo lo que me pidieron y un poquito más, por si las dudas.

Ernestina se dirige al mostrador con el dragón de peluche colgando del brazo. Hortensio no ha dejado de mirarla. Ernestina pone un puñado de tiras de periódico sobre la mesa de vidrio y se va, sin haber comprado nada y sin haber volteado a ver a Hortensio ni una sola vez.

Nací en la colonia Guerrero, entre cantinas, borrachos, prostitutas y raterillos de mala muerte. Ahí me formé, con gente maleada y colmilluda. Si no soy como soy nomás de a grapa; tenía que sacar agallas de donde fuera, defenderme de esa chusma, dar de patadas antes de que me las dieran a mí. Se me arrancó el carácter desde muy escuincla. Me hice corajuda y mal encarada. Era la única forma de sobrevivir en ese mundo jediondo.

Éramos tres hermanos, dos mujeres y un niño que se murió a los siete años de una apendicitis mal llevada. Mis papás no nos cuidaban en lo más mínimo. Se iban a la chamba desde temprano y luego a las cantinas. Llegaban a las tantas de la noche bien borrachos y con ganas de dormir. Nos dejaban a la buena de Dios o de quien fuera. Si íbamos a la escuela, bien, si no, también; jamás se preocuparon de cómo la llevábamos en los estudios, si reprobábamos las materias o si sacábamos dieces. Yo fui la más burra, me chocaba estudiar y todo el tiempo me andaba yendo de pinta con los amigos, a tomar helados, al lago de Chapultepec, a las matinés del cine Janitzio, en donde tenías que llevar paraguas para las goteras y rentar un palo pa' matar a las ratas. Tres veces reprobé quinto de primaria y mejor ya ni le seguí. Así que a duras penas puedo hacer las letras y más o menos le hago a la sumada y a la restada. Cuando mis papás se enteraron de que había dejado la escuela, me metieron a trabajar a una fábrica, pero no soportaba ir ahí porque me trataban muy mal y me pagaban una bicoca. No duré mucho. Luego estuve en una panadería de dependienta, pero como no sabía hacer bien las sumas, siempre andaba cobrando de más o de menos y pa' la calle otra vez. Así anduve del tingo al tango, trabajando unos meses aquí, otros tantos allá; que si en la tienda de fulanita, que si en la de zutanito. Luego me fui haciendo mujer, me empezaron a gustar los hombres y yo a ellos. Lo malo no fue que yo también le gustara a los hombres, sino que el primero en fijarse en mí fue mi papá y eso sí era una friega porque pesaba un resto el condenado.

Vivíamos en una vecindad que se caía de vieja, llena de agujeros en las paredes, basura, cacas de perro, orines de gato, ratas y, no se diga, cucarachas. El cuarto que alquilábamos tenía goteras, pisos de tierra, estufa de carbón y las ventanas rotas. Ahí dormíamos todos como gallinas de corral, como momias enlatadas, como presos de Lecumberri. En las noches oíamos los pasitos de las ratas que corrían de un lado al otro hechas la fregada; el ruido de la cadena cuando algún vecino se levantaba a mear a mitad de la noche; las gotitas de agua cayendo constantemente dentro de la bacinica. También oíamos las respiraciones de la familia; los gruñidos de mi papá, los gemidos de mi mamá.

–Oye, Florencia, ¿qué eran esos ruidos de anoche? —me preguntó mi hermana una vez.

–¿Cuáles tú? —yo todavía me quería hacer la mensa.

–Pues esos gemidos como si mi mamá se fuera a echar a llorar. Yo creo que estaban muy preocupados porque no se dejaban de mover.

–Sí, han de haber estado rete preocupados.

–¿Por qué, mana?

–Déjate de preguntas idiotas, ¿no te dabas cuenta de que estaban arrejuntándose?

–¿Qué no están juntos ya?

–No seas tonta, querían ver si nos daban otro hermanito.

–¿Para qué?, a lo mejor por eso estaban preocupados, no fuera a ser que también se vaya con Diosito.

–Con Diosito te vas a ir tú, de tan santa y bruta.

Yo no quise explicarle nada a mi hermana, ya se lo contaría alguna amiga de la escuela o se lo enseñaría su primer novio.

Todas las noches los oíamos, dale y duro al asunto; cada vez les importaba menos que los pudiéramos oir. Como siempre estaban bien borrachos, les valía si los veíamos nosotros o el vecino. Pero un día, mi papá se cansó de hacerlo siempre con mi mamá y decidió variarle un poco. Se metió en mi cama y lo demás ya se lo imaginará usted. Mi papá era grandote, enorme como un oso e igual de pesado; no había cómo quitárselo de encima. Otro día se pasó al catre de mi hermana y así andaba, rodando de cama en catre como rata de circo. Lo que ya no me pareció fue cuando le hizo un niño a mi hermana, y entonces me largué a las calles, primero, con el pretexto de juntar dinero pal aborto y luego como que me fue gustando el asunto.

A los pocos meses de que me hice de un cuartito más o menos como Dios manda y de un caifán que me cuidara, me llevé a vivir conmigo a mi hermana y luego la metí a la escuela porque a ella siempre le gustó lo de la estudiada. Yo no la quería en el negocio porque mi hermana era muy bonita y me podía bajar la clientela.

María Guadalupe estudió para secretaria y se casó a los dieciocho años con un muchachito trabajador y muy decente; no sé de a dónde se lo fue a conseguir. El día de su boda yo le dije:

—Que seas muy feliz, manita. De aquí pal real, cada quien su vida. No me busques, a menos que éste te salga un hijo del maiz o te esté yendo de los mil diablos.

—¿Pero, por qué? —me preguntó muy triste.

—Tú vas a hacer vida de señora, vas a tener hijos y una familia de las que llaman decentes. Yo soy una piruja y un día podrías avergonzarte de mi oficio. Que la Virgencita te cuide.

María Guadalupe y Fermín se fueron a vivir a los Estados Unidos despuesito de casarse y ya no he vuelto a saber de ellos, pero de seguro les ha ido bien. Tampoco volví a saber nada de mis papás; nomás cuando me avisaron del accidente donde la flaca se los cargó a los dos. Ni siquiera fui al entierro, ¿pa' qué?, si de todas maneras ya apestaban.

Las manos de Francisco acarician la piel de niña; sus labios besan con ternura los ojos cerrados, la nariz recta, los labios tan bellos. Pero Francisco no la besa con pasión, no existe pasión en esos besos porque es como estar besando a un ángel, a una imagen sagrada y única.

Ahí, tendida en la cama de hotel barato, Anita es más hermosa que aprendiendo a fumar o yéndose de pinta con las amigas. Su cabello largo y castaño derramado por la almohada, la hace verse demasiado joven, como a Francisco le gustan. Francisco tapa el cuerpo de Anita con la sábana; a las muchachitas no les gusta mostrar su desnudez, son demasiado pudorosas y así está bien. Así debe ser, no como la cusca de mi mujer que, a las primeras de cambio, se le encuera a quien sea, piensa Francisco. También por eso Francisco no se desnuda; su miembro viril, ensanchado, endurecido, amoratado de ansiedad bajo el pantalón, puede asustar esos ojos cálidos, infantiles, inocentes. La besa con un poco más de ansiedad pero los labios de Anita siguen sin responder. Francisco le susurra palabras consoladoras: le dice que la quiere, que la ama, que daría su vida por ella; así como todos los lugares comunes que se le ocurren.

Francisco suda como un león; la ropa, que no se ha quitado, le estorba, lo acalora, lo incomoda pero no importa, ya todo ha pasado. ¿Ves cómo no era tan terrible? Respira con agitación, se tranquiliza, se deja caer al lado de Anita y se queda profundamente dormido.

Unos golpes en la puerta lo despiertan. Francisco se talla los ojos, no recuerda dónde está. Ya nos tenemos que ir, Francisco, apúrate; dice una voz conocida detrás de la puerta. Francisco recuerda, mira a su lado. Anita yace en la cama tal y como se encontraba hace unos minutos, ¿o unas horas?; no sabe cuánto tiempo ha pasado. Apúrate, dice la voz. Francisco estira sus brazos con pereza, quisiera poder quedarse ahí muchas horas más, o toda la vida de ser posible. Pero la voz al otro lado de la puerta lo apresura, le da prisas. ¡Ah!, cómo chinga este güey. Ai voy, dice en un susurro, ai voy. Se levanta de la cama con toda la tranquilidad del mundo, da un enorme bostezo y se limpia las lagañas. Anita no se mueve, sigue ahí acostada, como si esperara algo de Francisco que él no le puede dar. Francisco se abrocha los pantalones y camina por inercia hacia la entrada del cuarto número quinientos diez, con pasos muy lentos. Con el mismo sosiego, abre la puerta para dar paso a Lolo Manón que entra al cuarto como tromba, cerrando inmediatamente la puerta tras de sí.

Yo no tengo nada en contra de los mariconcitos, más bien me dan lástima; con que no se metan conmigo, no hay ningún problema. Una cosa es tenerles compasión, y otra, que se quieran pasar de listos con uno.

Valerio Cuadra es una buena persona, medio atolondrado a veces, pero buena gente. A mí hasta gracia me hacen sus mariconerías, es todo delicado y frágil y cualquier cosita lo hace sentir mal. Cada mes y medio voy a cortarme el pelo a su estética y más o menos lo conozco bien, aunque no somos amigos. Él nunca se mete con nadie porque es muy respetuoso con los demás. Lolo Manón no le caía muy bien, mejor dicho, le parecía un tipo bastante desagradable, pero Valerio Cuadra no sería capaz de un acto tan espantoso como segarle la vida a una persona, además es muy católico. Yo no metería las manos al fuego por nadie, pero sí le puedo asegurar, sin temor a equivocarme, que Valerio Cuadra no mató a Lolo Manón. Si hubiera sido mujer, seguramente se habría metido de monja, es un tipo muy recto y yo no sospecharía de él. Yo más bien dudaría de Aguinaldo Misiones; ése trae una máscara pegada a la cara y mucho resentimiento contra el mundo porque no nació entre sábanas de seda. Cuando lo mira a uno y sonríe, se me figura que me está sonriendo el diablo. Ése anda "mátalas callando".

No señor, yo no estoy acusando a nadie de nada. Yo le estoy dando mi particular opinión acerca de ese hombre, pero yo no le estoy diciendo que él haya matado a Lolo Manón; para decirle eso, necesitaría tener pruebas, haber visto u oído algo que me diera razones para acusarlo. Si le estoy informando esto, es por contestar a sus preguntas; ultimadamente, a mí qué me importa quién mató a ese parásito y si mete al bote a Aguinaldo Misiones, o a doña Natalia, o a Florencia Ruiseñor, o a Francisco Tocino, o incluso a Valerio Cuadra, a mí me tiene completamente sin cuidado. Yo sólo puedo asegurarle que yo me encontraba en mi pueblo cuidando a mi madre de una muerte que no se decide a llevársela de una vez. A mí no trate de embaucarme con falsas acusaciones que no han salido de mi boca y, si ya terminó conmigo, me retiro señor detective, pues no estoy para perder el tiempo con pendejadas. Después de todo, no sé quién le ha dado a usted motivos para andar metiendo las narices en mi vida privada sólo porque a algún demente se le ocurrió meterle cuchillo a mi vecino; un haragán y un estorbo en este mundo. Con su permiso, yo me retiro, tengo asuntos más importantes que atender.

❓

Ernestinà llega al Hospital Siglo XXI como a eso de las doce. Por escrito, le dice a la enfermera que quiere ver a Ramiro.

–¿Ramiro qué?

Ernestina se alza de hombros. No sabe su apellido, nunca lo ha sabido. Le escribe en la hojita de papel lo que le ocurrió, lo de la balacera y todo eso.

–Pérez, se apellida Pérez y está en terapia intensiva; pero no se permiten visitas a personas que no sean sus familiares y, en todo caso, sería hasta las dos de la tarde —Ernestina la mira con ojos de perrito sin dueño porque así se siente. La enfermera se le queda mirando un rato—: ¿Te mueres por verlo? Mira reina, vamos a hacer un trato: yo te doy un pase para que lo veas, tú no le dices a nadie y me prometes no molestarlo en lo más mínimo porque está muy grave. Te estás cinco minutos y te pintas de colores. ¿Comprendes? Muy bien, sé buena niña y no entres hasta las dos de la tarde.

Tinita se sienta en la sala de espera, muy quietecita y sin moverse para no hacer ruido.

Una señora vestida de negro llega junto con dos jóvenes, uno como de quince y otro como de veinte años. La señora tiene cara de no haber dormido en siglos y de estar a punto de echarse a llorar. Los jóvenes tienen cara de jóvenes. Se sientan los tres frente a Ernestina.

–¿Los fuistes a ver? —dice la señora con la mirada fija en quién sabe dónde pero con la oreja bien abierta.

–Sí, jefa —dice el mayor de los hermanos.

–¿Y? —la mamá saca un pañuelo de su bolsa para secarse las lágrimas que todavía no le salen de los ojos.

–No saben nada.

–¿Cómo no van a saber nada?

–El Pelón no estaba.

–Entonces sí saben algo —la señora insiste en secarse los ojos de lágrimas que aún no dan señales de existir.

–Sólo saben que el Pelón agarró sus chivas y se largó. Nadie se dio cuenta. Pero no es la primera vez, a cada rato jala para Ciudad Juárez, allá tiene familia.

–Qué familia ni qu'el carajo, ése no tiene madre, ni padre, ni perrito pa' ladrarle. Ha de jalar a la sierra por peyote o algún yerbajo d'esos; ¿a qué otra cosa podría ir ese bueno para nada?

–¿Peyote?, ¿qué es eso del peyote? —dice el menor de los hermanos.

–Tú cállate, esta conversación es para adultos.

–No, jefa, no te lo tomes así. En serio, el Pelón tiene familia en Ciudad Juárez.

–Y yo me chupo el dedo. Tu hermano anda en algo sucio desde que es amigo del Pelón, estoy segura.

–Ramiro no anda en nada sucio. Tú le trais rabia porque se echa sus churritos de vez en cuando. Pero yo lo conozco muy bien y, de veras, fue un asalto, jefa. En serio.

–¿Quién lo va a conocer mejor que su madre? Siempre ha sido un revoltoso.

La enfermera le hace una seña a Ernestina para que se acerque a la mesa de recepción.

–Ve a ver a Ramiro Pérez ahorita. Ésa de ahí es su mamá de él y tiene un genio de los mil diablos, mejor que no sepa a quién vienes a ver. Yo te llevo.

Tinita la sigue por miles de pasillos laberínticos y piensa en las películas hollywoodenses, en donde los hospitales son como castillos de terror y le empieza a entrar mucho miedo. En cualquier rincón se podría esconder un asesino con dientes grandes y afilados y

orejas de diablo esperándola para enterrarle un bisturí por la garganta y vaciarla ahí mismo.

Por fin, llegan a unas puertas de vidrio con un letrero que
dice: Terapia Intensiva. Unas cortinas delgadas y blancas separan
cada cama de las demás. Ramiro está en la número cuatro y le salen
tubos por todos lados. Ya no trae ninguno de sus aretes y se ve muy
joven así, dormido y pálido.

–Su situación es estable pero crítica —dice la enfermera, pero
Tinita no la escucha. Llegó al hospital en estado de coma. No te hagas
muchas ilusiones, probablemente no se salve.

Ernestina ni siquiera se da cuenta en qué momento la enfermera sale del cuarto. Tampoco sabe cuánto tiempo estuvo ahí, viendo
a Ramiro con su respiración demasiado lenta y los tubos saliéndole
como si fueran las ramas de un árbol. Quizá se desmayó sin desmayarse. Su mente estaba en blanco o, más bien, en negro y no podía ver
otra cosa que no fueran los párpados cerrados de Ramiro y su boca
abierta y amoratada. Tampoco se dio cuenta de cuándo llegó a su casa,
ni de cómo lo hizo o si alguien la llevó arrastrando.

Durante una semana, Ernestina fue diario al hospital. La misma enfermera la atendía y la dejaba pasar con la promesa siempre de
no demorarse mucho. A veces, Ramiro tenía un tubo de más o uno de
menos; o estaba en una posición distinta de la vez anterior. La barba
escasa y rala ya le había crecido demasiado la última vez que Ernestina fue a verlo.

–Te tengo muy buenas noticias, Ernestina —le dice la enfermera—: Ramiro ya salió del coma —Ernestina sonríe, pero no puede
sentir nada; ya se había acostumbrado a verlo dormido y no puede
imaginárselo con los ojos abiertos.

En un papelito Ernestina escribe "Gracias", se lo da a la enfermera y se va sin voltearla a ver.

–¿Qué te pasa niña?, ¿no piensas irlo a ver?

Al salir a Cuauhtémoc, poco falta para que Tinita se atraviese
la calle antes de que le pongan el alto a los coches esos monstruosos
asesinos de hojalata. Llega a su casa de puro milagro y corriendo a
todo lo que dan sus piernas. Una horrible sensación la persigue, es
como si el hombredragón hubiera vuelto de la caverna donde se esconde, para quitarle todo el oxígeno del mundo y ahogarla de una
buena vez. Ernestina corre hacia su habitación sin mirar a Francisco
que está viendo *María Mercedes* sin despegar ni un minuto sus ojos del
cuerpo demasiado escultural de Thalía.

Ernestina se encierra en su cuarto y durante dos días no sale ni al baño.

🔁

Entre las ocho y las diez de la noche me quedé viendo la tele en mi casa. Estaba solo porque Florencia se había ido con Natalia a tomar café a los Bísquetes de Obregón y mi hija Ernestina estaba en el hospital por una crisis muy fuerte que le dio. Me tomé un par de cervezas por pura costumbre y ahí estaba yo viendo las telenovelas. También estaba fumando. Sí, recuerdo que estaba fumando porque, con el susto, se me cayó el cigarro en la alfombra y le hizo tremendo hoyo. Por cierto, después Florencia me dijo hasta la despedida por el mentado hoyo en la alfombra. De seguro me estaba quedando dormido porque el ruido que escuché no era como para asustarme tanto y tirar el cigarro, pero para mí fue como si me hubieran dado un martillazo en la maceta. De momento no hice nada, a lo mejor nomás maldecir a los güeritos del siete, pues se pasan la vida haciendo escándalo con esa cama que rechina horrores.

Después de ese primer ruido, hubo silencio un rato largo, un silencio muy extraño, como si fuera el presentimiento de una desgracia. Pero no hice caso, me empecé a adormilar otra vez cuando de repente ¡zoc! "Estos güeritos disfrutan mucho de la vida, pensé, pero si no hicieran tanta escandalera, estaría mucho mejor." Me levanté, fui a la cocina por otra cerveza y en eso, otro martillazo. Como ya estaba yo más despierto, me pareció que siempre no eran los del siete; a ellos se les nota cuando están dándole vuelo a la hilacha porque ella es muy escandalosita y la cama rechina, y le dan contra la pared; y si están en la cocina, también se nota porque avientan el trasterío al suelo, y se trepan a los muebles, y se revuelcan por el piso, y encima de la mesa, y de pie contra la pared, y en el baño se cuelgan del cortinero como changos, y sentados en el escusado o adentro de la tina. No es que yo los haya visto, pero me los imagino por todo el ruidero que arman.

Después de eso, ya no volví a oir nada más, paré la oreja pero todo se había quedado en silencio; se acabaron los ruidos extraños y yo no hice por averiguar si había pasado algo, ¿para qué?; en este edificio pueden pasar las cosas más increíbles y escucharse los ruidos más extrañísimos porque todos los que vivimos aquí estamos medio desfirolados.

Al rato, no sé si una o dos horas después, llegó Florencia con un genio de los mil diablos y cara de pocos amigos. Cuando la veo llegar así, mejor ni le dirijo la palabra porque se pone a gritarme que soy un imbécil, retrasado mental, con agujeros en la sesera y, aunque no le diga nada, de todas formas grita como loca; pues mejor yo me hago como que "n'oigo n'oigo soy de palo", y me meto a mi cuarto y dizque leo el periódico o algo así. Pero esa noche me agarró dormido y me despertó vociferando; que estaba hasta la coronilla de que siempre tengo la tele prendida sin hacerle ningún caso; "¿No viste cómo nos llegó el recibo de la luz este mes?". "Pues por correo, ¿no?" "No seas imbécil. Siempre haces estas cosas para molestarme. Estamos en la quinta chilla y tú con tus pendejadas." Mi mujer es de carácter un poco recio pero, como ya la conozco, ni la pelo. Todo eso pasó la noche en que mataron a Lolo.

Natalia mira su vestido de novia una y otra vez. Es muy sencillo, sin olanes, sin encajes, sin demasiados adornos; por eso le gusta tanto. Se mira en el espejo con el vestido sobrepuesto; parece una niña haciendo su primera comunión, pero el velo disimulará un poco sus trece años.

Su padre entra al cuarto sin hacer ruido; mira a su hija que no se ha dado cuenta de su presencia y se sienta a la orilla de la cama.

—Yo quería que te casaras como Dios manda.

Natalia se estremece al oir la voz de su padre y voltea a verlo; se siente asustada, aún le tiene miedo.

—Saldrás de blanco pero ya estás sucia por dentro —la hija no contesta, baja los ojos, no se atreve a ver al padre de frente. Quería verte comprometida con un hombre de bien, que te respetara hasta la noche de bodas. Eres una niña y con ese vestido no pareces una novia sino una muñeca. ¿En verdad lo quieres, hija? —Natalia no contesta, las palabras se le enredan en la garganta, se siente a punto de desmayar. Contéstame, Natalia, contéstame. ¿Lo quieres?

—Sí —pero el monosílabo ha salido con tanto esfuerzo de su boca, que casi no se escucha.

—No pareces muy convencida.

—Sí lo quiero, papá.

—Este matrimonio te traerá muchos pesares.

—Pero ¿por qué?; Lolo también me quiere.

—No, hija, eso creen ustedes, pero sólo juegan a quererse porque son demasiado mocosos. Ven, siéntate aquí juntito —Natalia obedece pero se siente incómoda. Tu madrecita y yo podríamos olvidar lo que te hizo ese muchacho y tú podrías seguir con la escuela...

–No —Natalia se sorprende de sí misma y baja la mirada, esperando un regaño, una buena zarandeada.

–Piénsalo...

–Quiero casarme con Lolo.

El padre se levanta y camina hacia la ventana. La hija lo observa, siente ganas de llorar; quisiera que su mamá la abrazara, la consolara, le dijera que todo va a salir bien. Todo va a salir bien, ¿no es cierto?

Natalia dobla el vestido amarillento y vuelve a guardarlo en la caja de cartón donde ha permanecido durante casi treinta años. Ya no es una niña delgaducha y temerosa, ahora es una mujer viuda de ojos cansados y con cuatro hijos dueños de sus vidas. Pero tampoco demasiado vieja. Podría volver a casarme, piensa Natalia, podría empezar de nuevo. Qué tontería. Se mira al espejo. ¿Quién podría fijarse en mí? Sin embargo, Florencia es mayor y nunca le falta un amante. Pero yo no quiero un amante, yo quiero algo más, quiero un hombre. ¿Qué dirían mis hijos?, ¿qué diría Lolo?, de seguro se levantaría de la tumba para venir a matarme. Pero está muy bien enterrado, tres metros abajo. Ahí estás bien, Lolo, ahí tenías que estar desde hace muchos años. Alguna vez te quise, es verdad; dejé de amarte desde la primera ocasión que me pusistes una mano encima, y eso fue hace muchos años, demasiados años, cuando ni siquiera había nacido Hortensio. Debías estar muerto desde la primera vez que me golpeastes o cuando llegastes borracho después de haberte gastado toda la quincena en el trago o cuando me regalastes un pastel de mil hojas para pedirme perdón por el ojo morado y por las humillaciones. Te odié desde ese día y desde antes; cuando te me arrimastes con olor a mujer, porque tuvistes el descaro de besarme en la boca y tu boca apestaba a rancio, a alcohol, a vómito y a sexo; te odié por no haberte lavado primero los dientes, por lo menos no me habría dado cuenta. Pero más te odio ahora, porque es ahora cuando me doy cuenta de todo el tiempo que perdí contigo y que debiste vaciar tus venas desde mucho mucho tiempo antes, mas, sin embargo, peor hubiera sido que siguieras rumiando tu insignificante vida por más tiempo. Estás muerto y me alegro; me alegro de que los gusanos te estén devorando los ojos y los dedos de los pies y todas tus partes. Me alegro de no tener que volver a verte nunca más. Nunca. Estás muerto y enterrado y yo estoy feliz; libre por fin, increíblemente viva y dichosamente viuda.

Natalia se mira en el espejo como hace mucho tiempo no lo hacía. Algunas arrugas le enmarcan los ojos pero tampoco son demasiado profundas. El cutis ha perdido mucho color pero no importa, pondrá algo de maquillaje. La semana entrante irá con Valerio para que le haga un corte de pelo distinto, más moderno y que la haga verse más joven. Un tinte para cubrir las canas no estaría de más, dice en voz alta. Dios mío, jamás me he pintado el pelo. Nunca es tarde, diría Florencia. Ella podrá darme algunos consejos, no muchos porque Florencia es rete exagerada. También es tiempo de que me compre ropa; algunos vestidos, medias, zapatos: unos tres o cuatro pares de diferentes colores: rojos, azules, negros y cafés. También un camisón bonito, de seda, a lo mejor. ¿Para qué quiero un camisón bonito?, bueno, nunca se sabe. Natalia Madera viuda de Manón. No suena mal, ¿verdad?

Lolo Manón era de esos fulanos con el resto de encanto, muy simpático y agradable; por eso todas las viejas se encandilaban con él, aunque era más bien feo; pero eso sí, bien macho y, sobre todo, caballeroso, como debe ser. Tenía hartos relevos todo el tiempo, cada semana lo veíamos con una señora diferente y siempre muy guapas, con unas petacas bien antojables. Luego me decía: Órale, Aguinaldo, éntrale con la morena, o con la güerita, o con la de ojos dormilones. Pero siempre preferían a Lolo. Como que las mujeres tienen gustos medios raros, ¿verdá?

¿Su esposa de Lolo? ¡No, qué va!, ella ni se las olía; siempre despachando en La Covadonga ni cuenta se daba de las andanzas de su señor. Estaba tan enamorada o, mejor dicho, tan apendejada, con perdón de usté, que Lolo podía ponerle a sus viejas en las narices y la otra como si hubiera visto al mismísimo Jesucristo. No, su mujer no se enteraba o no quería enterarse; con que le cumpliera de vez en cuando, se daba de santos. También en veces le atizaba una buena zurra, pa' demostrarle su cariño; así las cosas jalaban de lo lindo.

¿De cuáles me pregunta usté?, ¿de los que tuvo con Natalia su mujer, o de los que anduvo regando por donde quiera? Pues verá, mi comandante; le va a parecer quizá un poquito raro, pero ninguno de sus cuatro hijos podían verlo ni en pintura. Eso a mí siempre me extrañó bastante, pues Lolo adoraba a sus hijos y estaba muy orgulloso de ellos. Pero primero déjeme hacerle una aclaración. Lolo quería muchísimo a los dos chamacos, pero a las gemelas ni tantito, ¡vaya usté a saber por qué! Les tenía tirria y todo el tiempo andaba diciendo: "Esas hijas de la guayaba son igualitas a su madre, mustias como ellas solas".

Hasta la fecha, no me puedo explicar la razón de Lolito y Hortensio para tenerle tanta muina a su papá. Yo veía cómo los consecuentaba Lolo pero ellos ponían cara de pocos amigos y luego hasta el resentimiento se les asomaba de los ojos. A lo mejor dentro de su casa era un animal, el pinche Lolo; tal vez los maltrataba porque tenía un genio muy enraizado. De cualquier cosita se le dejaba venir el coraje y daba harto miedo, digo, no porque yo sea un miedoso, pero si usté hubiera visto a Lolo cuando se le subían los demonios, habría dicho: más vale aquí corrió, que a Chuchita la bolsearon. A mí no me gustaba su genio de mi amigo y me ponía rete nervioso, por eso yo no culpo a sus hijos de que no lo haigan querido, seguramente bien merecido se lo tendría, porque aquí entre nos, pinche Lolo, de a tiro ya ni la fregaba con su maldito genio. La verdá, mi comandante, de seguro el que despachó a Lolo sus buenas razones habrá tenido, y yo ni al bote lo metía.

No quise decir eso, no me lo tome a mal, me refería a que Lolo a veces se pasaba de la raya y pues todo tiene su límite, ¿no? A lo mejor el matarife ya había llegado al límite, ¿de qué?, no sé, pero a algún límite habrá llegado, ¿no cree usté?

Florencia Ruiseñor de Tocino escoge su vestido más bonito y escotado, el rojo que tiene olancitos en las solapas y una abertura desde las rodillas hasta las ingles. Lo estira sobre la cama y lo observa con adoración. Es su más preciado tesoro; sabe que con él parece veinte años más joven y tan deseable que nadie podría negarle absolutamente nada. Antes de enfundarse el vestido, maquilla su cara con religiosa meticulosidad: primero la base para cubrir las manchas y las arrugas, después el polvo corrector, luego el rubor en las mejillas. Con cada paso, con cada nuevo toque de maquillaje, se mira varios segundos en el espejo grande de la cómoda para cerciorarse de que todo esté saliendo a pedir de boca. Las sombras verdes para los párpados no le van bien por el color del vestido, decide mejor ponerse las cafés con negro. Cuatro tonos distintos, cada uno en el ángulo exacto que le corresponde. El rizador está muy viejo y le arranca las pestañas, prefiere usar una cucharita de té. Con la mano derecha se enchina las pestañas del ojo izquierdo, con la izquierda, las del ojo derecho. Ninguna pestaña debe quedar fuera de su lugar, ni más china ni más lacia que las demás, todas perfectas. Después, el delineador negro sobre los párpados y luego el rímel en las pestañas superiores y en las inferiores. Mucho rímel para que se vean muy tupidas y muy largas. La boca debe dar el tono exacto del vestido, ni más oscuro, ni más claro. Florencia se contempla largo rato el rostro exageradamente pintado y asiente con la cabeza, satisfecha. Empieza a quitarse los tubos eléctricos del cabello. Los caireles caen sobre su cara en una maraña de rizos. Florencia lo cepilla hasta darle la forma deseada. Vuelve a mirarse en el espejo y sonríe. A pesar de su edad, se siente joven y con ganas de conquistarse a muchos hombres. Se quita la bata de baño con mucho cuidado para no estropear el peinado y el maquillaje recién puesto. Lenta, parsimoniosamente, desliza por sus piernas las medias de licra negra, que la dejan atrapada en sus hilos delgadísimos como si hubiera quedado dentro de dos tubos de acero. El liguero rojo se ciñe a su cintura con demasiada decisión, para partirla de cuajo, y dejando al aire libre una voluminosa llantita de trailer.

Se acerca con mucha lentitud a la cama, donde ha dejado su formidable vestido rojo. Como si de un ritual se tratara, baja el cierre con muchísimo cuidado para no arrugarlo y comienza a vestirse. Pero el cierre no sube más allá de la cintura. Vuelve a intentarlo con expresión de terror. Nada. Por tercera vez, trata de subirlo y claramente se oye una costura que revienta.

–Francisco, Francisco, ven rápido.

Florencia tiene el rostro descompuesto y trastornado por la verdad que el estúpido y mal encarado vestido le refriega en la cara.

–¿Qué pasa mujer, por qué esos gritos? —Francisco la mira desde la puerta con ojos cansados y un poco hartos.

–Súbeme el cierre y no preguntes.

Florencia se coloca de espaldas a su marido. Antes de intentar subírselo, Francisco mira embrutecido el dorso apiñonado de su esposa; unas ganas locas de acariciar la espalda prohibida lo dejan paralizado por varios segundos.

–¿Qué esperas?

–Nada —Francisco intenta subir el cierre sin conseguirlo. No puedo, estás muy gorda, mujer.

–No digas tonterías. Eso no es posible, tienes que subirlo.

–Ya no sube. A ver, sume la panza... otro poquito... ya mero está... ya, ya subió. Pareces momia con ese vestido tan fajado, ¿por qué no mejor te pones otro?

–Voy a llevar éste, aunque no pueda respirar.

La costura del cierre da de sí desde un extremo al otro del vestido, dejando de nuevo la espalda de Florencia al aire.

–¡Mierda!, ya se fregó el cierre. ¿Qué hiciste para romperlo, animal?

–Yo no hice nada, tú tienes la culpa por comer tantos chocolates.

–No puede ser, no puede ser posible. Lo hiciste a propósito, Francisco Tocino, porque no quieres que salga, siempre tratas de sabotearme la vida. No es posible, mi hermoso vestido... —Florencia lucha con desesperación por contener el llanto. Se muerde los labios y la lengua pero las lágrimas ya no le piden permiso por más tiempo y se arrojan al vacío con el mayor de los ímpetus, arrastrando junto con ellas hasta la última gota de rímel, delineador, maquillaje y corrector. Florencia empieza a hacer el berrinche de su vida. Francisco la mira con indiferencia, con cara de: "A ver a qué horas".

Florencia se golpea las piernas, los muslos, el abdomen. Francisco piensa: "Qué vieja y fea se ve así". Florencia rasga su vestido y se araña las mejillas mientras le siguen escurriendo gruesas gotas negras por toda la cara. Finalmente, deja caer al suelo todo el peso de su cuerpo y recarga la cabeza en la cama, con el vestido hecho jirones y las medias otro tanto.

Francisco va a la cocina, regresa con una cerveza y un cigarro prendido; le pasa ambas cosas a Florencia, que bebe de un trago media cerveza y fuma con desesperación.

–Gracias, mano, tú sí sabes consolar a una mujer.

–¿Vamos con los Manón a echarnos una pocariza?

–Órale. Nomás deja quitarme esta máscara de la danza de los viejitos.

–Te espero en la sala, pues.

Hace no mucho tiempo me acosté por primera vez con el chavo de los tatuajes, el de la tintorería. Nunca me han gustado los tatuajes, me parecen de nacos. Sin embargo, el que Ramiro tiene en el hombro izquierdo no está tan mal, es un águila con las alas extendidas. Además de los tatuajes, tiene como veinte aretes por todos lados: en la nariz, en el labio superior e inferior, en la ceja, en el ombligo y no se diga en las orejas. Yo fui a dejar unos vestidos de mi mamá a la tintorería y ahí estaba él, con su sonrisota de oreja a oreja. Es de las pocas personas en el barrio que aún le quedan ganas de sonreír. ¡Hola Ernestina!, me dijo, y sus ojos parecían como si me fueran a comer. Contó los vestidos y los revisó de cabo a rabo; a lo mejor esperaba encontrar un agujerote para decirme: Mira esto, luego no me vengas a decir que se lo hicimos aquí. Eran dos vestidos rojos y uno de florecitas amarillas que se le ve a mi mamá tan horrible como todos los demás. Me dio el recibo con una sonrisa enorme para enseñarme sus dientes blancos y parejitos. Me gustaron sus dientes y su sonrisa y su tatuaje y todos sus aretes. Nos quedamos un rato sonriéndonos como tontos y sin hacer otra cosa; en eso, Ramiro le dio la vuelta al mostrador, me tomó de la mano y me llevó al interior de la tintorería. Yo me dejé llevar hasta atrás de las máquinas y los rieles donde cuelgan cientos de trajes, vestidos, blusas, faldas, colchas y un montonal de ropa de todos colores. Primero me dio un beso de pajarito, como si fuera muy tímido; pero yo sé que de tímido no tiene ni la sonrisa y, como yo no estaba para besitos de niños de secundaria, le planté uno grande y jugoso. Se quedó como idiota al principio y después agarró confianza y yo también. En menos de lo que canta un gallo, ya me tenía con la falda subida hasta la garganta, los calzones en el suelo y sus manos acariciándome aquí y allá. Ese día no me metí a la tina de baño, me sentía muy limpia y fresca.

He regresado muchas veces a la tintorería desde entonces, siempre me recibe con su gran sonrisa de hombre feliz y me lleva a la trastienda. Cada vez es diferente, cada vez me gusta más y cada vez me siento más feliz de estar en la trastienda de una tintorería, en medio de ropa ajena y envueltos los dos en cobijas de gente desconocida. A veces es muy tierno, otras muy ansioso, pero lo que más me gusta es cuando me abraza. Me aprieta contra su pecho como si no me quisiera dejar escapar, como si tuviera miedo de dejarme ir. Habla poco y yo nunca. Sólo me mira y me acaricia las mejillas, los ojos, la boca. Me gustan sus manos grandotas, cuadradas y muy suavecitas. Él no me hace daño como los otros, él no me deja con esa sensación de vacío y mugre que me obliga a meterme horas enteras a la tina para limpiarme la suciedad. Ramiro me gusta y yo le gusto, eso es suficiente para nosotros.

Hoy que fueron mi mamá y el tío Lolo por mí al hospital, me enteré de que a Ramiro lo balearon como a un perro. Si Ramiro se muere, yo habré muerto junto con él.

Francisco jala de la camisa a Lolo, tratando de hacerlo desistir de sus intentos espionísticos.

—Deja de hacerle al idiota y vámonos al billar —le dice Francisco.

—Espérate tantito, güey, ¿no ves que ahorita va a entrar el patán de la tintorería? No quiero ver a ese tatuado hijo de su tintorera madre ponerle un dedo encima a alguna de mis niñas.

–No te preocupes, Lolo, Ramiro tiene novia, me lo dijo el otro día.

–Aún así, podría querer pasarse de listo con Natalita.

–Es Ricarda.

–Ricarda, pues —Lolo voltea a ver a Francisco con ojos de monstruo. ¿Y tú, cómo chingaos sabes quién es?

–Porque si uno dice Natalita, es Ricarda, y si le dices Ricarda se voltea muy enojada diciéndote que es Natalita. Lógico, ¿no?

–Sí, supongo que tienes razón... Mira, el muy animal le está sonriendo.

–Eso no quiere decir que esté a punto de quitarle la blusa.

–Así se empieza.

–Así empiezas tú —dice Francisco a punto de desesperarse.

–Mira, güey, le rozó los dedos cuando le dio el dinero.

–Sólo que sea mago, porque todavía no le paga.

–¿Qué le está diciendo? ¿Alcanzas a oir? De segurito la está invitando a salir hoy en la noche.

–Le ha de estar pidiendo un kilo de huevos, hombre.

–¿Un kilo de huevos?, ¿cómo se atreve el muy imbécil a pedirle un kilo de huevos? Donde lo agarre, le voy a estrellar los que trae pegados.

–Déjate de tonterías y vámonos al billar. Hoy cerré la carnicería más temprano porque tú me lo pediste y ahora me estás haciendo perder el tiempo con tarugadas.

–Ricarda le sonrió, ¿viste? La muy piruja le está sonriendo —dice Lolo prensado del árbol que le sirve de camuflaje.

–¿Querías que le escupiera en la cara por atreverse a comprar en su tienda? Mira, le está dando un paquete de cigarros, eso no es pecado, ¿o sí?

–Ese barbaján se está buscando que le tire sus tatuados dientes.

–¿Cómo?, ¿también tiene tatuajes en los dientes?

–No seas animal. Ahora sí le está pagando, ¿verdad?; y le agarró la mano, le acarició la mano, el hijo de perra.

–Necesitas un trago Lolo, estás delirando.

–Lo voy a matar.

–Lo vas a matar pero de risa, güey, ¿no sabes que Ramiro es cinta negra?

–¿Qué?

–Cuando no está en la tintorería, está en el taicuandó partiéndole el hocico a seis imbéciles al mismo tiempo. Si tratas de tocarlo, cuando menos te des cuenta ya te mandó al hospital como costal de huesos pulverizados.

—Está bien, por esta vez me voy a hacer de la vista gorda, pero si lo vuelvo a ver por aquí, le vacío una metralleta en los ojos por andar de mirón. Vámonos al billar.

¿Mis hijos? Nunca tuvieron una buena relación con su padre. Desde niños le tenían terror a Lolo, porque así era como Lolo educaba a sus hijos, los atemorizaba para tenerlos tranquilitos. Figúrese nomás lo que hacía, licenciado: En las noches, se metía a su cuarto de ellos disfrazado de la Tigresa; ¡ya se imaginará el tremendo sustito que les acomodaba! Además, de cualquier cosa los castigaba. Pero bien adentro de su corazón, Lolo adoraba a Lolito y Hortensio. Si tenía mano recia, era porque quería hacerlos hombres de bien, trabajadores, responsables y honestos; aunque mi marido no fuera el mejor ejemplo. Sin embargo, creo que muchas veces se le pasó la mano en sus castigos y yo no podía salir al quite porque no es bueno llevarle la contraria al padre de los hijos; si él considera que ése es el castigo apropiado, una no puede hacer nada, aunque a veces yo sí le decía:

—No seas tan duro con ellos, viejo; son unos chamacos traviesos pero lo que hicieron no es tan grave como para que los dejes sin fiestas tanto tiempo.

—No te metas, Natalia, a ellos de nada les va a servir tratarlos con mano blanda, si uno los deja hacer su voluntad, al ratito andan en drogas o matando gente.

—Por haber llegado quince minutos tarde, no era pa' castigarlos tres meses sin salir. Yo te doy razón, pero tampoco hay que exagerar —comprenderá, licenciado, que no me hacía el menor caso.

Lolo fue muy fastidioso con sus hijos mientras fueron chiquillos; una vez que se les pasó la rebeldía, hasta los consecuentaba; los llevaba a las parrandas, y a los congales, dizque pa' madurarlos. Un día me llegaron los tres con una tranca de muerte. ¿Sabe qué hice?, le eché el cerrojo a la puerta y no los dejé entrar hasta el día siguiente.

—Su padre podrá ser un borracho de mala muerte —les dije al otro día— pero ustedes no van a hacer lo que les dé la gana mientras vivan en esta casa y no tengan un sueldo con qué comprarse sus copas. Mientras yo trabaje para sostenerlos, se me portan como Dios manda.

–Ya son unos hombrecitos que se pueden embriagar —los defendió Lolo—, déjalos en paz.

–Será el sereno; a esta casa no vuelven a llegar como anoche porque, entonces, no los dejo entrar ni al día siguiente ni nunca más.

Hasta la fecha, no lo han vuelto a hacer; si tan de a tiro brutos no son. Ya tenía yo suficiente con las juergas de Lolo como para aguantar y mantener a otros dos holgazanes. Yo también he tenido que ser dura con mis hijos, si los dejara seguir los pasos chuecos de su padre, bonito trío de güevones tendría yo para llenarles el buche. Y discúlpeme usted las palabrotas, señor licenciado.

Con las gemelas es otro cantar. Ellas nunca dieron motivo para regaños, castigos y mucho menos golpes. Sin embargo, si Lolito y Hortensio llevaban una mala relación con su padre, las gemelas ni siquiera la tenían. Desde que nos casamos, Lolo me dejó ver muy en claro que no quería tener niñas pues, según él, las mujeres son un constante problema, nunca se sabe qué esconden debajo de la falda, si un oso de peluche o un orangután; bueno, así decía él. Yo siempre quise tener una niña. Cuando llegaron las gemelas fui muy feliz, pero, al mismo tiempo, sentí un terror espantoso; me imaginaba a Lolo ahogándolas en el escusado como si fueran pollitos. No las mató, pero nunca las quiso y, si con los varones fue duro, con las niñas ni se diga. Cuando ellas eran muy chiquillas, casi no les hacía caso; el problema fue cuando empezaron a hacerse mujercitas. Les prohibía cualquier clase de amistad, las cambió a una escuela de monjas, las hacía peinarse con el pelo relamido y nada de pintarse la cara porque se las despintaba a cachetadas. Tenían que usar ropa guanga, nunca pantalones y las blusas bien abrochadas hasta el cuello, aunque hiciera un calor del infierno. Veía moros con tranchetes hasta en la iglesia; ni siquiera el padrecito podía voltear a ver a sus hijas directamente porque le entraban unas ganas horribles de armar bronca. Yo siempre lo trataba de tranquilizar.

–¿Cómo crees que el padre va a mirar a las niñas con malos ojos? —le decía yo.

–Ésos son los peores, ¿no sabías?

–Son hombres de Dios y no se andan con bajezas.

–Tú no tienes idea de la vida, mujer. Vives enclaustrada en tu tienda y no sabes de lo que estos hijos de la guayaba son capaces de hacer.

–No blasfemes, Lolo; eso sí no te lo permito.

–Es la verdad, vieja. Y te advierto una cosa: Natalita y Ricarda no vuelven a poner un pie en esta iglesia mientras yo viva.

–No te mandes, viejo. ¿En dónde pueden estar más a salvo de las miradas lujuriosas que en la iglesia?

–En su casa, en donde las mujeres siempre deben estar.

–Las niñas necesitan educación religiosa y, si ni siquiera las dejas venir a la parroquia, ¿cómo pueden ser unas buenas cristianas?

–En un monasterio, quizá deberíamos meterlas a un convento.

–No digas tonterías. Un día encontrarán un buen hombre con quien casarse y...

–¡Jamás!

–¿Qué?

–Mis hijas no se van a casar nunca, ¿oíste?, nunca.

–Ora sí te pasastes de la raya, Lorenzo Manón Martínez. ¿En dónde dejastes los sesos? Te he escuchado decir cantidad de disparates desde toda la vida, pero eso rebasa cualquier tontera que hayas dicho antes. Te volastes la barda Lolo, te la volastes.

–Mira, Natalia, este asunto no lo voy a discutir contigo; de por sí te has vuelto bastante alebrestada con los años. Pero una cosa sí te advierto: mis hijas no se van a acostar con ningún hombre, por mucho que sea su marido. Esas dos se van vírgenes a la tumba.

–Pues afigúrate que las niñas se van a casar así tenga que matarte.

–No es la primera vez que me amenazas. Un día te vas a tragar todas tus bravuras. Natalita y Ricarda se quedan vírgenes porque, de lo contrario, las mato yo a ellas, y a ti de pasada.

Ésa era la relación entre Lolo y sus hijas; imagínese si ellas lo iban a querer.

🐝

Francisco Tocino llega a La Covandonga.

–¿Dónde está Lolo? —le pregunta a Natalia.

–¿Qué te pasa, Francisco?, tienes cara de haberte muerto hace poco.

–Quiero ver a Lolo.

–Está donde siempre, supongo. ¿Para qué lo buscas aquí?, ya sabes que nunca pone un pie en la tienda.

Francisco sale de La Covadonga cargando su alma como un costal de piedras en el riñón. Llega al billar, el ambiente está muy cargado de humo y olores humanos de sudor borracho y perfumes baratos. Lolo está reclinado sobre la mesa de billar, concentrado en el taco que le pegará a la bola ocho. Francisco espera a un lado, está temblando, se siente enfermo, pero no puede interrumpir a Lolo, sabe que podría ponerse furioso y mandarlo al carajo.

Los cinco sentidos de Lolo están metidos cien por ciento en el golpe que debe dar; debe ser un golpe certero, preciso, un golpe único. Da en el blanco, la bola ocho gira con rapidez, golpea contra el marco de la mesa, desvía su curso cuarenta y cinco grados hacia la izquierda y entra en el hoyo indicado previamente, sin ningún tropiezo. Ha sido un golpe perfecto y ha ganado la partida. Lolo sonríe, mira a Aguinaldo Misiones que hace una mueca de disgusto. Pinche Lolo, piensa Aguinaldo. Francisco Tocino se acerca a Lolo.

—Necesito una cerveza.

Lolo mira a su primo y dice:

—¿Qué te pasó, primo?, ¿volviste a discutir con Florencia?

—Estuve en el parque perdiendo un poco el tiempo, tú sabes...

—Ah —dice Lolo—, ya caigo; ándale, vamos por unos tragos.

Llegan a la cantina Yo Aquí Me Quedo y ahí se quedan, fumando Delicados sin filtro y tomando Negra Modelo, Francisco, y mezcal El Gusano Rojo, Lolo. Pero Francisco no habla, está pálido, desencajado. Sólo tiene ganas de emborracharse y de fumar como chimenea. Lolo bombardea a su primo con preguntas que Francisco contesta con monosílabos, no hablará hasta que esté bien borracho, sólo entonces podrá desgañitar sus miserias, sus pesares.

—¿Te encandilaron otra vez, primo? —Lolo avienta la pregunta después de la cuarta cerveza de Francisco, cuando ya tiene los ojos vidriosos y enrojecidos.

—¿Tú qué crees? —Francisco pide la quinta cerveza.

—¿Cuántos años tiene?

—¿Por qué no me preguntas su nombre? —Francisco da un trago a su quinta Negra Modelo, una bocanada a su enésimo Delicado sin filtro.

—Es lo de menos, nunca lo sabes o, en su defecto, siempre se llama Anita o Cholita.

—Se llama Anita.

—Mmmm.

—Es una niña, Lolo. ¿No comprendes? Soy un asno, un puerco.

—Eso ya lo sabemos.

—Es que me voy a ir al infierno.

—Todos nos vamos a ir al infierno, primo; ¿de qué te preocupas? —Lolo da un trago a su mezcal, lo saborea, lo siente recorrer su garganta quemándole hasta los sesos. ¿Cuántos años tiene?

–Diez y seis, cuando mucho. Es preciosa, tan dulce, tan ingenua. Tiene dos limoncitos en el pecho y es muy delgada. Apenas tiene cuerpo de mujer, ¿te das cuenta, Lolo? ¿Cómo puedo seguir viviendo con este dolor? Sin embargo, la deseo, la deseo más que a nadie en el mundo.

–Sí, me lo imagino —Lolo dice la frase con un poco de hastío; esta escena ya se la sabe casi de memoria. ¿Le dirigiste la palabra?

–No, no me atreví.

–Me lo imaginé, nunca te atreves.

–Esta vez es en serio, primo, de veras. Anita es como la reencarnación de la belleza, de la castidad, de lo más puro y sagrado que hay en este mundo.

–Sí, eso también me lo imaginé.

–No te burles, Lolo. ¿No te das cuenta de cómo me siento?

–¿De la chingada, acaso?

Francisco guarda silencio y bebe el resto del contenido de su cerveza de un trago; quisiera poder estar más que borracho, inconsciente de tanto alcohol, así no sentiría este pesar tan grande que le carcome los sesos y las vísceras.

–Mira, mano, déjate de remordimientos pendejos y al grano. ¿Quieres a la chavita?

–Ya sabes que sí.

–Entonces deja las torturas chinas para otro momento ¿quieres? Yo me haré cargo de todo y eso ya lo sabes, ¿para qué hacerle tanto al idiota?

–La deseo, la deseo tanto... Dios mío, soy un débil, soy un débil de mierda... —(Ya no hay Negra Modelo, dice el mesero, entonces una Dos Equis).

–Todos tenemos debilidades en la vida —(A mí tráigame otro mezcalito y un cenicero limpio, ¿qué clase de tugurio es éste?). No tiene nada de malo que te gusten las chavitas, algún encanto han de tener.

–Pero son tan inocentes.

–Bien sabes que tarde o temprano se les quita. Las mujeres son güilonas por naturaleza; un día son ingenuas, inocentes, puras, y al otro, ya no son ni virginales, ni santas, y le aflojan a cuanto cabrón se les pone en frente.

–No todas son así. No Anita.

–¿Cómo sabes?, ¿cuántas veces en tu vida la has visto?

–No sé, un par de veces...

–Ahí está güey. No sabes nada de ella, ni quién diablos la parió, ni qué tanto le habrá dado vuelo a la hilacha por muy escuincla que esté.

–No hables así de Anita, carajo. ¿No entiendes?

–Ta' bueno.

Francisco mira la lata de su cerveza como si la estuviera analizando profundamente pero sus pensamientos están demasiado lejos de una vulgar cerveza.

–¿Cómo quitarme esta horrible congoja del pecho?, ¿cómo dejar de pensar en sus hermosos ojitos ingenuos, en su cuerpo de niña tan chulo?

–Ya sabes cómo, ¿o no, Francisco? —el mesero se lleva las botellas vacías, los vasitos tequileros; vuelve a cambiar el cenicero por uno limpio. (Tráigame otros Delicados sin filtro y algo para botanear; unos cacahuates japoneses estaría bien —ordena Lolo).

–No estoy convencido de que sea lo mejor para ella, Lolo.

–Es lo mejor, Francisco, créeme. ¿Quieres otra chela?

–Quisiera algo más fuerte. Tequila, un tequila doble —el mesero apunta la orden, se va.

–¿Es del barrio?

–No. Bueno, supongo que no.

–¿En dónde la viste?

–En la Alameda.

–¿No te podías ir más lejos?, ¿a Coyoacán quizá?

–No lo hice a propósito. Yo no sabía que se iba a atravesar en mi camino, ni que con tan sólo mirarla me iba a quedar con esta cicatriz en el pecho.

–No, si nunca sabes, ni haces nada a propósito.

–Que dejes de burlarte, con un carajo.

–Deja de masoquearte porque no te queda. Ya sé que este asunto te pone los pelos de punta y te vuelves insoportable, sobre todo si ya traes ocho cervezas y dos tequilas encima.

–¿Me estás contando los tragos?, ¿de cuándo acá a ti te importa cuánto chupo?

–¡Uy!, qué delicado. Olvídalo, primo. Mira, discúlpame; de veras que te pones muy mal. Volvamos al tema. ¿Ya sabes todo lo que necesitamos saber de ella? —Francisco asiente afirmativamente—, muy bien, yo voy a ir a hablar con ella, voy a arreglar todo y ya no tendrás que preocuparte, ¿está claro?

–¿Me lo juras, Lolo?

–Por ésta —hace la señal de la cruz, le da un trago a su mezcal y se mete un puñado de cacahuates a la boca.

–¿De verdad, Lolo; de verdad me vas a hacer ese favor?

–Te lo estoy jurando, ¿no?

–Gracias Lolo, gracias, te vas a ir al cielo, en serio.

–No la chingues, mano. ¿Yo, ir al cielo con beatas y vírgenes?, ni Dios lo mande.

–Pues, órale, Lolo; ve a buscarla, me urge volver a verla.

–Tranquilo, todo a su tiempo. Tú tómate tu tequilita, yo mi mezcal, platiquemos un poco de otras cosas y cuando menos te lo imagines, el asuntito este se habrá cocinado y tan tranquilos como si no hubiera pasado nada. ¡Salud!, primo del alma.

–¡Salud!, Lolo Manón.

Don Lolo le ponía el cuerno a Natalia, pero eran affaires pasajeros, aventurillas ocasionales y yo, la verdad, no creo que mi buena amiga fuera de las que se apasionan al grado de hacer una locura. Natalia está más allá del bien y del mal; si nunca le importaron las andanzas de su marido, ¿qué le podían importar ahora? Bien hubiera hecho ella en ponerle los cuernos a don Lolo; pero Natalia no es de ésas; ella es muy feliz atendiendo el changarro y trabajando como burro, la bendita; ¡ah!, porque ¡cómo trabaja! Todo el día, desde que abren hasta que cierran, la ve usted detrás del mostrador; siempre con una sonrisa (medio amarga, pero sonrisa al fin). Los hijos ayudan; despachan un rato, van al mercado, descargan cajas, le cobran a los gorrones; toda la vida están haciendo algo, aunque sea jugar una cascarita en la calle. En cambio don Lolo era bien perezoso, un vaquetón de miedo; se la vivía chupando en las cantinas, gastándose el dinero ganado a pulso por su mujer. A Natalia le hicieron un favor al enviudarla, y a los hijos, no se diga. Don Lolo era bueno para hacerles la vida imposible a los muchachos.

¿Que si los quería?, ¡no, qué va!, más bien le estorbaban, le incomodaban; sobre todo, las gemelas, ¡cómo se ensañaba con ellas el muy ass hole! En cuanto se hicieron señoritas, él en persona las llevaba a la estética, me hacía cortarles el pelo chiquitito, como hombre, y las insultaba si ellas se atrevían a renegar.

–Quieren traer el pelo largo para irse a talonear, pero primero muerto antes que dejarlas andar de putas.

Así les decía. Me daba mucho coraje que las tratara tan feo, pero yo no podía decir nada porque me dejaba sin dientes. Una vez se me ocurrió decir:

—Pero si las mujeres deben verse como mujeres, don Lolo, no como niños malcriados.

—No te metas en mis asuntos, Valerio.

—Es muy bonito ver mujeres bien arregladas, femeninas, con un moderno corte de cabello y peinado de salón.

—Tú cállate, pinche maricón, que desde hace tiempo tengo ganas de reventarte la jeta.

—Ay no, don Lolo; y luego, ¿qué cuentas le voy a entregar a mi marido?

Así se las gastaba. Nunca perdía oportunidad de insultar a medio mundo. No me extrañaría que las gemelas fueran lesbianas, pues, con esos tratos, a mí no me hubieran quedado ganas de acercarme a un hombre, por muy bueno que fuera... o que estuviera.

No ha dejado de llover desde hace varios días y el frío es condenadamente intenso para ser verano, pero en la capital siempre hace frío cuando debería hacer calor y viceversa. Es probable que haya algún norte en Veracruz; nada más entran nortes a Veracruz y arrecia el frío en la ciudad. Ernestina lleva bufanda, guantes de lana y tirita de frío; sin embargo, se siente bien, increíblemente bien, a pesar de los ventarrones, la llovizna helada y el cielo gris. Al dar vuelta en la esquina, se detiene unos cuantos pasos antes de la tintorería. Hortensio y Ramiro platican, se ríen y no se han dado cuenta de la presencia de Ernestina. Ella da un paso hacia atrás, no sabe si dar la vuelta y regresar por donde venía o seguir su camino ignorándolos, pero Ramiro ya la ha visto. Ernestina siente cómo le tiemblan las piernas. Hortensio sigue la mirada de Ramiro y le empiezan a sudar las manos. Ramiro sonríe.

—¡Hola Ernestina! Ven, acércate, no seas ranchera —Ernestina se acerca, pero siente miedo, un miedo espantoso y no sabe por qué, nunca ha tenido miedo de Ramiro. Pero hay alguien más, un hombre desconocido que nunca en su vida ha visto, a lo mejor es un agente del FBI que viene para interrogarla. Ramiro le da una nalgada y luego la abraza. Hortensio abre los ojos y permanece callado. ¿Por qué miras así a Hortensio?, lo ves como si no fuera tu primo. ¿Sabes? —le dice a Hortensio—, Ernestina es mi novia, ¿verdad, Tinita? O sea, que tú y yo venimos siendo primos políticos, ¿cómo la ves desde ai? —Ramiro la abraza con más fuerza y le da un beso en la boca. Hortensio aprieta las manos, se entierra las uñas en las palmas, pero se queda inmóvil como si fuera de piedra. Me dijeron que fuiste todos los días al hospital pero ¿por qué de pronto dejaste de ir? ¡Ah, qué Tinita tan rara! —Ramiro empieza a reír, envuelve a Ernestina con sus dos brazos, pasándole las manos por la cintura, las caderas, las piernas, las nalgas. Pero Ernestina se suelta de su abrazo y lo avienta a un lado.

Es un estúpido. Finalmente, es como los otros. Éste era su secreto, de ellos dos, de nadie más y ahora lo ha revelado al mundo como si no hubieran hecho un pacto. Ellos hicieron un pacto, ¿no? Nadie se enteraría, nadie sabría que se quieren, que son amigos, novios, amantes. Pero él rompió ese acuerdo, es un imbécil, es un maldito imbécil.

Ernestina sale corriendo hacia ninguna parte, con el rostro desencajado y el corazón latiéndole con fuerza. Ramiro la ha traicionado y eso no podrá perdonárselo nunca.

Hortensio la ve alejarse y no ha podido decir ni pío. Ramiro la observa irse y está sonriendo.

—En serio que esta chava está tocadísima... ¿Qué onda, güey?, ¿por qué te quedaste como si acabaras de ver al demonio? Es sólo tu prima la loca, de veras.

—¿Quién te crees tú para andártela fajando, animal?

—¿Y ora?, ¿qué mosca te picó?

—Contéstame, cabrón.

—¿Qué te traes?, es sólo Ernestina.

—¿Te acostaste... te acostaste con ella?

—¿Ah, qué tú no? Por favor, Hortensio, no me salgas con mamadas. Es del dominio público que Tinita se las da a cualquiera. Yo no fui el primero, ni seré el último...

—Hijo de puta. Eres un hijo de puta y yo te creí mi amigo.

—Tranquilo, güey; barájamela más despacio porque ora sí no entiendo nada. Tu prima le pedalea con medio mundo y eso todos lo sabemos. Yo hasta creí que tú también te la habías tirado. Cálmate, espérate tantito...

—Esas son mentiras, ¿me oíste?, puras mentiras. Y te advierto una cosa, Ramiro, tú la vuelves a tocar y yo te mato, cabrón.

—Está bien, güey, ya lo entendí; si la vuelvo a tocar me matas. Te juro por mi madre que nunca más lo volveré a hacer. Pero escúchame, Hortensio. Espérate carnal. ¿A dónde vas? Escúchame, no llores, bato. No llores, Hortensio. Mira, broder, yo no tenía ni idea de que

Ernestina te moviera el tapete así de cañón. Te estoy diciendo que me oigas, carajo. Mírame a los ojos y deja de moverte como sabandija. Tú nunca me dijiste que Ernestina significara algo para ti. Si me lo hubieras dicho, ¿tú crees que hubiera pasado algo entre ella y yo? Te juro, por lo más sagrado, que yo no me hubiera atrevido a voltearla a ver siquiera, porque yo sí respeto a mis amigos. Pero tú nunca dijiste nada, ni siquiera insinuaste alguna vez que tu prima te interesara y yo no soy adivino. Mira, güey, Ernestina ni siquiera es mi tipo, pero pus es mujer y yo soy hombre y, la neta, sí está buenona; ¿a quién le dan pan que rezongue? Si me hubieras dicho algo, yo hubiera sabido qué ondón; igual tu hermano Lolito... No, güey, no lo tomes así, a Lolito le pasó lo mismo que a mí. Espérate, güey, no te vayas todavía. Hablé más de la cuenta, ya lo sé, pero en algún momento te ibas a enterar y te iba a pasar lo mismo que ahorita. Lolito también se ha acostado con ella y muchos otros. No, no son mentiras, Hortensio; es la neta y, si te lo digo, es para abrirte los ojos. Ernestina es golfona. Perdón... perdón, no golfona, quise decir que le gusta la bombeada y eso no tiene nada de malo. Ahora, si tú la quieres, pues no dejes que se las dé a otros y mejor tíratela tú. Cálmate, carajo, deja de llorar. Mira, vamos allá adentro para que no vea toda la raza que estás chillando como vieja. No es el fin del mundo, yo soy tu amigo y te lo voy a demostrar, voy a hacer que Tinita... bueno, ya no le digo así... Ernestina, voy a hacer que Ernestina se enamore de ti y, si quieres, pus te la acomodo. Estáte sosiego y ponme atención. Carajo, si quieres les pago el hotel... pero también debes ser consciente de que a Ernestina le falta un tornillo, ¿no la han metido un millón de veces al maniquiur? No, si no está loca, yo no dije eso, pero de que algo anda mal en su cabeza, eso seguro. ¿Ya, güey?, ¿ya estás más tranquilo? Perdóname, broder, en serio, perdóname. No, no le voy a decir a nadie; te lo prometo, te lo juro, pues. Mira, vamos a la cantina a echarnos unas chelas, yo las invito, pero ya quita esa cara de perrito apaleado. ¡Cámara, bato!, no sé quién está más chiflado, si ella o tú...

No le voy a decir que no quiero a mi marido, es un buen hombre y, aunque no sea una lumbrera, por lo menos es de buen corazón. Sí lo quiero pero poquito. No se puede querer demasiado a quien uno no puede admirar, a alguien tan de a tiro poquita cosa como Francisco. Siempre le he agradecido, y le voy a agradecer, que haya visto por mi hija Ernestina. Pero no me emociona, no me hace sentir mariposítas en el estómago. Ese don no se le dio, al menos no conmigo. Tampoco cuando me casé con él sentía yo algo especial, sólo un poco de cariño. Usted sabe, como a estas alturas sabe todo el mundo, que yo me casé con Francisco por mi embarazo y ese rollo no lo voy a repetir.

Mas, sin embargo, nunca me divorciaría de mi marido, ¿para qué?, ¿para casarme?, ¿con quién?, ¿con otro igual de pendejo?, o ¿quizá uno peor? No, gracias, yo estoy muy bien así. Yo hago mi vida y Francisco la suya y cada quien en paz. ¿Por qué se casó Francisco conmigo?, no tengo la menor idea, a lo mejor para darle un infarto a su madre, ése es su problema de él.

¿Cómo le diré? Lolo y yo no nos llevábamos ni bien ni mal; el problema es que yo tengo un carácter medio fuerte y él peor. Por eso chocábamos mucho y siempre andábamos discutiendo por pura sonsera. A mí me daba mucho coraje cómo trataba a Natalia y no me iba yo a quedar callada; se lo decía, le mentaba a su madre, le gritoneaba y, pues, él igual.

—No te metas en lo que no te importa —me dijo una vez. Natalia es mi mujer y yo la trato como me dé la gana.

—Pues eres un abusivo, te crees muy macho pero en realidad no tienes pantalones, es más, ni a chors llegas.

—Cállate, lagartona, o un día d'estos te van a tocar a ti los madrazos.

—Yo no te tengo miedo, nomás me pones un dedo encima y vas a ver el despiporre que te armo.

—Ya veremos.

Con todo y esas cosas, Natalia no mató a Lolo, me consta. Estaba conmigo en ese momento. Mas, sin embargo, no me extrañaría que lo hubiera mandado matar, porque, aunque mansa y sumisa, uno se hastía. Cualquiera se aburre de malos tratos; cualquiera se harta de que le quieran ver siempre la cara de imbécil, ¿o no? Yo no la culparía de haberle pagado a un matón a sueldo pero tampoco creo que lo haya hecho; después de todo, Natalia no es tan tonta como parece. Ella hubiera preferido desaparecer del mapa antes que mancharse las manos con la sangre de un zángano. Natalia no lo mató, y si lo hizo, yo seré la primera en felicitarla.

TRAGEDIA EN EL AJUSCO
UNA JOVENCITA MUERE EN ARAS DE LA DEPRAVACIÓN
por Virginia Morales

México, D.F.- Una inocente criatura fue hallada sin vida en el cerro del Ajusco esta mañana. Su cuerpo fue encontrado con visibles muestras de estrangulamiento y se sospecha que hubiera sido profanada por su temible agresor.

A las quince horas de ayer, el ciudadano Gustavo Montes descubrió el exánime cuerpo de Estéfani García cuando se internaba entre los árboles del cerro a orinar, después de haber ingerido sus sagrados alimentos en uno de los muchos puestos de quesadillas que en esa zona se encuentran. Sin perder tiempo, acudió a las autoridades competentes para declarar el hecho.

Estéfani García contaba tan sólo con dieciséis años recién cumplidos. Era una jovencita dedicada a las labores escolares, una excelente hija, y aún no tenía novio ni vicios conocidos. Sus padres, Reynaldo y Josefa García, habían dado a conocer la desaparición de la menor quince días antes, cuando se dieron cuenta de que su amada primogénita no había llegado a dormir a casa esa noche.

Cuando Gustavo Montes descubrió el cuerpo de la occisa, éste ya se encontraba en avanzado estado de putrefacción, por lo que fue un poco difícil, para los desdichados padres, identificar el cadáver.

El médico forense afirma que la víctima no presentó huellas de haber sido torturada ya que su cuerpo no tenía marcas de golpes, quemaduras de cigarro, pinchazos de aguja, desgarramiento de tejidos musculares o quebraduras de hueso, como suelen encontrarse en las víctimas de este tipo. El galeno concluyó: que la causa de la muerte fue por estrangulamiento; que la menor no opuso resistencia; y, por último, que la pequeña mártir ni siquiera mostró huellas de haber sido ultrajada, pues, el desalmado agresor se conformó con satisfacer sus sucias necesidades derramando sobre el cuerpo, ya sin vida de su víctima, la repugnante sustancia de su semen. No conforme con tanta maldad, el degenerado vistió a la jovencita con un liguero de mujer bajo sus ropas de escolar.

Este suceso ha conmocionado a la población aledaña que clama justicia y pide se cuelgue del árbol más alto de la región al aberrante homicida.

Discúlpeme, señor detective, si el otro día me porté grosero con usted, pero a veces no lo puedo evitar.

No, por lo general, yo no soy agresivo, nada más que, últimamente, he estado muy irritable. Todo empezó hace como dos meses, cuando mi hija me salió con su chistosada. Dígame usted si no es como para agarrarse a trompadas al primer imbécil que se le ponga en el camino.

No, no, no. Yo no quise decir eso, no es que usted sea un imbécil, es nada más un decir, discúlpeme.

Lo peor de todo es que el zángano del novio no quiso dar la cara y se largó a Ciudad Juárez, o al menos eso dicen. Se le volvió a ver en el entierro de Lolo Manón; comprenderá usted que no era ni el momento, ni el lugar para venir con reclamos.

Una tarde llegamos mi esposa y yo a casa de Lolo Manón. Natalia estaba en la tienda y preferimos no hacer público el numerazo, así que hablamos con Lolo en privado.

—¡Quiubo mis queridos vecinos!, ¿qué los trae por aquí? —dijo Lolo Manón al abrir la puerta, y me sorprendió mucho verlo en sus cinco sentidos.

—Venimos a tratar un asunto muy serio con usted, vecino —le dije con cara de pocos amigos.

—Pásenle, por favor, están en su casa.

Yo nunca había visto a Lolo tan amable, podía ser una persona más o menos decente cuando estaba sobrio.

—Aquí estamos bien, muchas gracias. No le voy a quitar mucho tiempo.

—Usted dirá, vecino.

—Queremos pedirle que le exija usted a su hijo Lolito que se comporte como un caballero y le responda a mi hija Lucero por lo sucedido.

—¡Ah caray! ¿Se puede saber qué le hizo, mi hijo Lolito, a su hijita Lucero?

—¿No lo sabe?

—La mera verdad, no tengo idea.

Yo no sé si Lolo era un imbécil o se estaba haciendo.

—Su hijo Lolito le quitó a mi niña lo más preciado que una mujer puede tener.

—¡En la madre!

–Más respeto con mi señora esposa, por favor.

–Es que me agarró en curva, mi querido vecino. Esto es una novedad para mí.

–Su hijo la desprestigió y ahora deberán casarse.

–¿Mi hijo Lolito, casarse? No se haga ilusiones vecino. Mi muchacho no se va a casar ni en un millón de años, y menos porque a su hija se le perdió la virginidad.

–Mi hija fue seducida por su hijo, señor Manón. Ahora, deberá responder como un hombre, ya que sabe muy bien cómo serlo.

–Mire vecino, mi hijo sedujo, como usted bien ha dicho, a su hijita; mas no la violó, así que no hay delito que perseguir, pues, la niña Lucero se acostó con mi hijo por su propia cuenta y riesgo. Incluso, no me extrañaría que Lolito no hubiera sido el primero.

–¿Cómo se atreve a decir eso? Mi hija es una muchacha decente, su único error fue enamorarse del patán de su hijo.

–No lleguemos a los insultos, señor Cocinero.

–Usted es el primero en insultar a mi hija diciendo que es una cualquiera, así es que yo le puedo decir unas cuantas cosas acerca de su hijo. Él ya es todo un hombre para llevarse a la cama a una adolescente, ¿verdad?, pero no es lo suficientemente machito para responder por sus actos y la que se jode es mi hija, ¿no es cierto?

–Más respeto por su señora esposa, señor Cocinero.

–¡Cállese!, déjeme terminar la idea porque se me va. Le decía que le agradezco en el alma ahorrarle a mi hija un matrimonio tan nefasto con un novio tan repugnante; pero, sobre todo, gracias por ahorrarle un suegro de la calidad de una bolsa llena de basura, por no decir, llena de mierda.

Lo dejé vociferando solo. Estaba yo tan encabritado que ya no escuché sus gritos, y, si no me agarró a golpes, seguro fue porque no estaba borracho.

Después me dijo Lucero que no se hubiera casado con Lolito Manón así la hubiéramos matado.

–¿Y por qué no me dijiste eso antes de ir yo a hacer el ridículo con ese asqueroso borracho? —le dije a Lucero a punto de soltarle un bofetón.

–¿Me hubieras escuchado? Cuando nos descubriste el pastel, me encerraste en mi cuarto y no me dejaste decir ni muu.

–¿No que estabas enamoradísima de ese imbécil?

–¿De Lolito Manón?, pero si tiene el cerebro más chiquito que una barbie.

–Entonces, ¿cómo diablos te fuiste a la cama con ese idiota?

–La cama y el cerebro no tienen nada que ver, ¿no sabías?

Antes de que pudiera tirarle los dientes, ya había salido corriendo para meterse a su cuarto y encerrarse.

–Eres una ramera asquerosa. Te voy a matar en cuanto tire esta puerta de mierda.

–Lárgate, maldita sea. Lárgate y déjame en paz.

–¿Con cuántos te has acostado, pequeña piruja? De seguro, hasta en drogas andas metida, hija de tu madre. Te voy a coser el agujero con alambre de púas a ver si vuelves a andar de ofrecida.

–¡Ya párale, Jaime Cocinero! —me gritoneó mi esposa.

–Tú no te metas.

–...

–¿De cuando acá te me pones al brinco?, ¿también tú quieres que te mate a palos, cochina alcahueta?

–Podrás matarme a mí, cabrón, pero a mi hija no la tocas.

–¿Cabrón?, ¿me dijiste cabrón?

–Tranquilízate ya, por el amor de Dios.

–Me dijiste cabrón. Mi mujer me dice cabrón. ¿Cómo te atreves, chaparra lengua de víbora?

–¿No te puedes callar?

–¿No oíste a la cortesana de tu hija? Acaba de confesar que se acuesta con todos los pendejos que se le ponen enfrente.

–Ella no dijo eso.

–Entonces, ¿qué dijo?, ¿que es una virgencita pura y casta?

–No te ciegues por la rabia, Jaime. Mejor vete un rato a Quiroga, a ver si se te bajan los demonios de la cabeza. Estáte unos días con tu mamá mientras te tranquilizas.

–Ja, y ahora me corres.

–Cómo eres imbécil, de veras. Mira, hazle como quieras, pero una cosa si te advierto: mucho cuidado en ponerle una mano encima a Lucero —y se largó.

–Me estás amenazando, hija de la fregada. Me las vas a pagar, me la van a pagar las dos muy caro.

¿Ve cómo son las mujeres? Uno no vive lo suficiente para conocerlas del todo. Un día son mansitas como un perrito recién nacido, y al otro, King Kong es un mono araña junto a ellas. Mi mujer jamás en la vida me había levantado la voz, mucho menos me había insultado, ya no se diga amenazarme. Si yo no fuera un caballero, la hubiera molido a cintarazos, puede estar seguro de eso. Pero nunca he tocado a mi mujer, aunque esta vez sentí unas ganas espantosas de partirle la cabeza en dos. Y a Lucero, si no se hubiera encerrado en su cuarto, creo que le hubiera puesto la peor golpiza de su vida. Me cegó la rabia, ésa es la verdad. Pero también ellas se lo buscan, ¿no? Desde entonces, tengo arranques de mal humor bastante seguido, como el del otro día con usted. A la semana de ese pleito, me avisaron que mi mamá se andaba muriendo y me fui a Quiroga. Pero eso ya se lo había contado antes.

Francisco Tocino mira a Ernestina pasar como bólido y cierra el *Playboy* de un trancazo, pero Ernestina está ciega, no lo ve, ni a él, ni a nadie. Se mete a su cuarto y se encierra, como tantas otras veces.

–Y ¿ahora?, ¿qué le pasó a ésta? —Francisco deja la revista a un lado y se acerca a la puerta del cuarto de su hija. Trata de escuchar algo; va a llamar con los nudillos pero no lo hace. ¿De qué serviría? De todas formas, ella no contestará. ¿Quién es esta mujer que lleva su nombre y no habla con nadie? ¿Quién diablos eres, Tinita?

Regresa al sillón de la sala y retoma la revista, pero sus ojos ya no ven a las rubias de ojos azules y cuerpos desnudos que posan en un millón de formas distintas y sensuales, dificilísimas todas ellas para cualquier ser humano normal. La mente de Francisco ya no está acariciando piernas blanquísimas, pechos redondos o caderas perfectas; la mente de Francisco vuela, sin proponérselo, al cuarto donde su hija llora tragedias inexistentes, fantasmas inventados, traiciones imaginadas. Y piensa en lo poco que conoce a esta hija que se acerca a la treintena; que está más sola mientras más gente revolotee a su alrededor; que vive en un mundo incomprensible.

Ernestina moja de lágrimas la almohada de funda floreada. Ya no podrá volver a confiar en nadie. Su secreto ha sido violado, ha sido ultrajado como una tumba que debiera descansar en paz. Pero debió de haberlo imaginado; todos, absolutamente todos, están en contra de ella y quieren destruirla, quieren volverla loca para encerrarla de una vez por todas en el manicomio.

Es entonces cuando se da cuenta de que otra vez hay telarañas por todo el cuarto. Su único refugio se convierte en su peor cárcel y la ahogan sus propios gritos. La voz en su oído dice cosas obscenas en un tono pegajoso. Ernestina se cubre con las cobijas sintiéndose ahogar dentro de ellas, pero eso es mejor que seguir escuchando la vocecita enana aullándole cosas que nunca antes había oído y que le dan asco. El cuerpo lo siente agotado y casi no se puede mover. Tinita llora como una idiota y la cara la tiene empapada de sudor, lágrimas y cualquier cantidad de mocos. La voz sigue taladrando su cerebro. Se le ocurre prender la tele para escuchar otra cosa pero el hombredragón aparece en la pantalla y empieza a reírse de ella, la señala y se ríe a carcajadas hasta que Ernestina le avienta el control remoto en la cabeza para hacerlo callar. Se rompe la pantalla y salen miles de chispitas por todos lados. Ernestina ríe a carcajadas. "Te maté maldito, te maté". Pero sigue ahí, en alguna parte en donde ella ya no lo puede ver. Un momento después, la enorme mano del hombredragón le cubre la boca para impedirle respirar. Tinita lucha contra él pero él es más fuerte que todas sus fuerzas juntas y logra hacer que se quede dormida.

En cambio, Hortensio no puede dormir. Las cervezas que se tomó con Ramiro en la cantina sólo consiguieron empeorar su estado de ánimo y ahora lo único que quisiera es arrastrar a Ernestina de los pelos desde Cuauhtémoc hasta Insurgentes. Intenta no pensar pero su mente se llena de visiones horrorosas que no puede sacarse de la cabeza. Se imagina a Ernestina en brazos de Ramiro, en la cama de Lolito, en el cuarto de algún hotel de paso con todo el vecindario junto y quisiera escupirles en la cara; mentarles la madre y romperles a patadas hasta el último hueso del cuerpo, empezando por Tinita. Porque tú fuiste la primera en faltar a tu palabra; tú me prometiste, hace años, que un día serías sólo mía, mi mujer, mi esposa. Me prometiste tu perfume, tu dulzura, tu cariño, tu amor, tu cuerpo. Pero se te olvidó, se te olvidó todo y me dejaste hecho una mierda, haciendo el ridículo. Y eso es lo más doloroso. Me dejaste jodido para siempre. ¡Pinche Ernestina! Pero más te odio a ti papá, porque tú también me engañaste; tú también te la cogiste, aunque Ramiro haya dicho que no, que tú jamás te hubieras atrevido a tocarla. Pero yo sé que tu instinto de macho en celo no deja que se te escape una sola. No te pudiste conformar con todas esas putas que levantas en la calle. Te odio, pinche gordo pelón. Y te juro que un día vas a pagar por haberme hecho esto, por haberle puesto tus asquerosas manos encima a Ernestina y vas a suplicar por tu mierda y miserable vida.

Buenos días, señor abogado. Hoy se ve usted medio cansado y ojeroso, de seguro todo este asunto de Lolo Manón le ha quitado el sueño y a lo mejor el apetito también, porque lo veo muy flacucho. Dígame, pues, pa' qué soy bueno.

¿Natalia?, verá usted, mi prima Natalia es una buena mujer, parece tímida y sumisa, pero conociéndola un poquito uno se da cuenta de que trai los pantalones bien fajados. Delante de la gente parecía como si Lolo se la trajera en friega; le hablaba feo y con autoridad: Óyeme, Natalia, a ver si educas mejor a los haraganes de tus hijos; míralos cómo se visten, parecen pordioseros; o le decía: Esta camisa me la planchaste mal y le falta un botón, ¿qué no eres mujercita para saber llevar una casa? Apúrate a calentarme la comida que traigo un hambre de perro. Hoy no regreso a dormir, nomás te lo digo por si se te ocurría hacerme panchos mañana en la mañana.

Así la trataba mi primo, Natalia bajaba la cabeza y no decía ni pío, parecía muy obediente y sí lo era; todo lo que Lolo le pedía lo hacía rapidito para no hacerlo enojar. Todo esto se veía en la tienda, con los amigos y vecinos, pero ya dentro de la casa, Natalia mandaba, y pobre del que quisiera ganarle su lugar de dueña y señora.

Hace mucho tiempo, en cuanto Lolo se embriagaba tantito, le metía unas cuerizas a Natalia de película de terror. A media noche, mi prima salía corriendo de su departamento para refugiarse con nosotros. Siempre llegaba con el ojo morado o con los cachetes hinchados de tanto bofetón. Una vez le rompió la nariz y la tuvimos que llevar a que se la enderezaran. Florencia, mi mujer, le decía:

No te dejes manita, no seas bruta, él tiene puños pero tú tienes sartenes y cuchillos. Dale duro cuando esté durmiendo la mona, no seas taruga.

–Mira, prima —le decía yo—, cuando una mujer se ha dejado golpiar una vez, ya se la cargó el demonio. Si no quieres que te siga sonando, déjalo; agarra a los escuincles y vete a donde él no te pueda encontrar. Tú tienes tu negocito, véndelo y pon otro lejos de aquí; no necesitas de Lolo para sobrevivir.

Pasaba el tiempo y las cosas no parecían mejorar, al contrario. Cada vez Lolo se emborrachaba más seguido y le pegaba más recio. Pero no hay mal que dure cien años ni una Natalia pendeja que lo aguante.

Una noche, ya muy tarde, como a eso de las tres de la madrugada, regresamos Aguinaldo Misiones, Lolo y yo de una parranda de tres días de andar briagos, jugando billar, dominó y pasándola rete bien. Cada quien se metió a su casa y yo no supe nada de mí ni de nadie más, hasta el día siguiente que me contó Florencia.

Lolo entró a su casa y se tropezó con uno de los patines de las gemelas que andaba por ai tirado. Le dio tanto coraje que fue a desquitarse con su mujer; le quitó las cobijas de un tirón, la levantó de las greñas, la azotó contra la pared hasta sacarle cinco chichones, le dio de bofetadas, patadas, puñetazos en la cara y en el estómago. Ya bien agotado, cayó dormidote en la cama. Natalia se quedó un montón de tiempo hecha bolita en un rincón, llorando y rezándole a todos los santos por su muerte de ella y por la de Lolo. Bueno, eso me imagino yo que estaría pensando porque yo no vi nada. Después de un par de horas, agarró valor y fuerzas quién sabe de dónde. Cogió una soga y amarró a Lolo de los postes de la cama, lo dejó bien atadito para que no pudiera moverse. Se sentó en la barriga de Lolo y le echó un vaso de agua en la cara pa' despertarlo.

–¿Qué trais, pinche vieja? —Lolo trató de moverse para darle sus cachetadas y se dio cuenta de que estaba atado de pies y manos. ¿Y ora?, ¿quién me amarró? —de segurito hasta el pedo se le bajó.

–¿Ves este rodillo, Lolo?, pues es por las bofetadas —y ¡zácatelas!, que le tupe un par de rodillazos. ¿Ves esta sartén?, es por los puñetazos —y dale que le da de sartenazos, como si fuera piñata.

Y así, a sartenazo y rodillazo, mero y lo mata. Cuando se cansó de pegarle, sacó una pistola acabadita de comprar y se la enseñó a Lolo y le dijo:

–Mira, Lolo, tú nomás me vuelves a tocar y con ésta te meto un plomazo por el culo, así que tú sabes.

Después, le habló a una ambulancia para que los fueran a recoger a los dos. Imagínese si no habrá cogido fuerzas Natalia porque, con todo y que Lolo le rompió el brazo izquierdo y tres costillas, ella le quebró un pie, siete costillas, los dos brazos, la muñeca derecha y por poco lo deja desfigurado de la cara. Lolo nunca más la volvió a tocar ni en sueños. Yo por eso estoy seguro de que Natalia no mató a su marido porque, para eso, ya lo habría matado desde cuándo, ¿no le parece, señor abogado?

–Pareces león enjaulado, carajo. Eres peor cuando te portas así que cuando llegas cayéndote de borracho. Vete a la calle un rato a ver si así te avispas. ¿Me estás oyendo, Francisco? Te estoy hablando, Francisco Tocino.

–¿Qué?

–Que te largues a la calle, chihuahuas.

–¿Para?

–Para que allá escupas las uñas que te estás tragando y no aquí donde acabo de barrer.

–Sí, orita voy.

Pero Francisco sólo se mueve de su lugar para ir al cuarto, a la cocina, a la sala. Del trastero saca un vaso y se sirve agua para luego dejarlo sobre la mesa de la sala sin darle siquiera medio trago. Luego, se acerca a uno de los cuadros del comedor; una escena bíblica de doble vista que si uno lo ve por el costado derecho es una última cena, por el costado izquierdo aparece la imagen de Cristo con expresión dolorosa y corona de espinas ensangrentada sobre la cabeza. Francisco trata de enderezar el cuadro dejándolo más chueco que antes. Florencia, sentada en un sillón con un *Tvnotas* sobre las piernas, observa a su marido que ya empieza a marearla. Francisco no se percata siquiera de la presencia de su mujer y continúa mordiéndose las uñas mientras se pasea por todo el departamento en actitud pensativa, exactamente como debió verse Einstein a punto de parir la teoría de la relatividad.

Suena el teléfono. Francisco pega un brinco como si hubiera estallado una bomba atómica junto a su oído. Mira el teléfono pero no hace nada, se queda parado viéndolo, tronándose los dedos, mordiéndose las pocas uñas que le quedan, rascándose la cabeza.

–¿No vas a contestar el maldito teléfono?

–Sí, ahorita —pero no hace nada, se queda parado donde está, sin moverse.

–Estás muy rarito, eh, Francisco. ¿Bueno? —contesta Florencia de mala gana. Ah, eres tú, orita te lo paso. Tu primo Lolo —Francisco mira el auricular como si se tratara de un bicho, sigue sin moverse. Es para ti Francisco, reacciona, baja de tu nube.

–¿Lolo? —Francisco escucha, se pone pálido, no se mueve, le tiemblan las manos. Cuelga el teléfono sin decir adiós. Se pone su chamarra de cuero, agarra las llaves de la casa automáticamente, sin darse cuenta de nada.

–¿Te vas?, qué bueno, a ver si así te sosiegas.

Francisco no mira a su esposa. Florencia hace una mueca de disgusto y se mete a la cocina, olvidándose de su esposo, de su mirada vidriosa, de sus manos que tiemblan incontrolables. Francisco sale del departamento; en dos zancadas está en la calle, haciéndole la parada a un ecológico. Florencia sale de la cocina, levanta el teléfono, marca un número, se quita el mandil, se revisa las uñas rojas y recién pintadas. Mierda, ya se me despostilló la uña. Suena que están llamando, alguien contesta, Florencia pide hablar con el licenciado Fulanito de Tal. Fulanito de Tal contesta, quedan de verse en el bar de Sanborns. ¿En cuál?, pregunta Florencia. Cuelga el teléfono, va a su recámara, se despinta la cara demasiado pambaceada y vuelve a maquillarla; queda igual que antes. Se retoca el pelo, busca su liguero negro y no lo encuentra. Maldita sea, otro pinche liguero que pierdo, seguro lo dejé en casa del árabe. Se cambia de medias, de calzones y de vestido, se pone un abrigo cualquiera y sale a la calle. Le hace la parada a un taxi amarillo.

Francisco le paga veinticinco pesos al taxista. Una millonada, piensa. Pero no piensa, su cerebro está en blanco, tapado, obnubilado. Entra al hotel, se escurre hacia el elevador y sube al quinto piso. Cuarto quinientos diez, le dijo Lolo. Llama a la puerta. La puerta se abre, entra Francisco. Empieza a sentirse mareado, con náuseas, la vista se le nubla, siente un nudo de zacate en la garganta, las manos no han dejado de temblarle ni un minuto y ahora le están sudando como aguacero. Por milésimas de segundo no puede ver nada, ni siquiera la cara de Lolo. Me voy a desmayar, piensa. Quita esa cara, Francisco, por favor. Lolo sonríe. Entra hombre, entra. Francisco da dos pasos, quiere retroceder, alejarse, correr, gritar a todo pulmón. Lolo lo sostiene por los hombros. Tranquilo primo, todo salió a pedir de boca. ¿Me lo juras?, a Francisco le cuesta un trabajo enorme hablar. Por la tumba de mi mamacita santa que Dios no ha de tener en su gloria. Francisco duda, duda espantosamente, se le revuelve el estómago. Está a punto de dar media vuelta pero Lolo se lo impide; lo tranquiliza, le dice: Todo está bien, primo, todo está estupendamente bien. Francisco da dos pasos más dentro del cuarto y mira hacia la cama. Se le detiene el corazón como pensativo, la respiración se le queda suspendida en el aire, las venas de sus sienes palpitan al ritmo de *La Macarena* y, en un momentito, todo su cuerpo se relaja. Camina muy despacio, haciendo este momento único, inolvidable. Lolo observa a su primo y sonríe con ternura, como si Francisco fuera un niño de brazos dando sus primeros tropezones en la vida. Francisco llega a la cama y se sienta. Lolo observa a su primo desde la puerta del cuarto.

De su monedero, Florencia saca un billete de a diez y algunas monedas de a peso. Le paga al taxista y se mete al Sanborns como alma buscando al diablo. Antes de entrar al bar, se alisa el vestido, se echa una ojeada en uno de los espejos que hay por todos lados, trata de aquietar su corazón. Con la mirada, busca al licenciado Fulanito de Tal. Él le sonríe desde una de las mesas y se levanta de su asiento para recibirla. Éste sí es todo un caballero, como los que a mí me gustan, piensa. Se acerca a la mesa, Fulanito de Tal le besa la mano, le entrega un pequeño —muy pequeño— ramo de rosas de las que venden en la calle. Florencia sonríe, da las gracias, se sienta y pide un desarmador con mucho hielo. En la televisión del bar dan los Pumas contra el Necaxa. Fulanito de Tal parece muy interesado por saber cómo va el partido. ¿Te gusta el futbol, Florencia? No, en lo más mínimo, quiero decir, no cuando estoy bien acompañada, sonríe. Qué hipócrita soy, piensa. Odio el futbol, maldito deporte para retrasados mentales. Pero en casa sí lo veo, yo le voy al Cruz Azul. Pues yo al Necaxa, dice Fulanito de Tal. Bueno, también le voy al Necaxa, faltaba más. La mesera trae un desarmador para la señora, un whisky en las rocas para el señor. Esto sabe a mierda, piensa Florencia mientras dice: Mmm, qué delicioso, cómo me gusta esta bebida. Es propia de una dama... como tú, Florencia. Florencia hace como si se sonrojara, se abanica con la servilleta. ¿A qué hora nos vamos al hotel?, piensa sin dejar de sonreír. Fulanito de Tal da un sorbo grande a su vaso de whisky mientras, con la otra mano, acaricia la pierna de Florencia y, con los ojos, no pierde de vista el partido. ¿Podemos irnos?, pregunta Florencia en un susurro, casi con timidez. Sí, preciosa, en cuanto se termine el primer tiempo. ¿Le falta mucho? Como veinte minutos, nada más. ¿Nada más?, Florencia no dice nada, continúa sonriendo y finge interesarse por el partido. Los Pumas meten un gol. Mierda, dice Fulanito de Tal. Bueno, ya vámonos. Benditos sean, pumitas idiotas, ¿por qué no metieron un gol desde el principio? Florencia dice que sí, agarra su bolsa y el pequeño ramo de rosas semimarchitas. Él se levanta, le retira la silla, paga en la caja, le abre la puerta del coche y llegan a la Zona Rosa.

Francisco acaricia primero sus manos, después besa los párpados cerrados de su niña amada, de su Anita. Y es entonces cuando le viene a la mente un pensamiento espantoso y un deseo enorme de golpear a su primo. Voltea a ver a Lolo con ojos de terror, de odio, de espanto. No te la tiraste, ¿verdad? Lolo ríe a carcajadas. Si serás animal, primo; ya sabes que a mí me gustan maduritas y con mucha experiencia en el terreno. Ingenuas y escuinclas como tu Anita, pa' nada. Júramelo. ¡Oh!, qué la canción. ¿Cuántas veces voy a tener que jurarte cosas el día de hoy? Si me la hubiera echado al plato, no sería la inmaculada belleza de espíritu casto y virginal que todavía es. Ahora, apúrate; ya nos tenemos que ir. No me des prisas, Lolo. Bueno, yo me fumo un cigarrito allá afuera y tú, a lo que te truje... Lolo sale del cuarto cerrando la puerta con sigilo.

El hotel no es el Nikko pero no está nada mal, dice Florencia para sus adentros. Fulanito de Tal cierra la puerta de un golpe y empieza a desvestirse. Se quita el saco, la corbata, la camisa, lo avienta todo en una silla; se desabrocha el cinturón y lo deja caer al suelo; se quita los zapatos, los hace a un lado; se quita el pantalón y también lo deja caer al suelo; se quita las trusas, con igual destino. Hace a un lado las cobijas y se mete entre las sábanas. Mira a Florencia que se ha quedado parada hecha una estúpida, con la bolsa todavía en la mano y el abrigo puesto. ¿Qué?, ¿esperas que yo te quite la ropa? Florencia lo mira azorada, ni en sus tiempos de piruja la trataban tan de a tiro como piruja. Se alza de hombros y se empieza a desnudar, pero no tan aprisa como él. Si me quiere coger, que se espere, faltaba más.

Lolo Manón entra al cuarto como tromba, cerrando inmediatamente la puerta tras de sí y cerciorándose de que nadie lo ha visto. Ya son las once Francisco y tenemos que dejar el cuarto en quince minutos. Ya voy, contesta Francisco malhumorado, se levanta de la cama, va al baño y orina, se asea un poco, se relame el cabello alborotado. Se mira en el espejo, las ojeras desaparecieron como por arte de magia. Ya no siente angustia, ni dolor, ni remordimientos. Sale del baño con rapidez, quiere volver a estar junto a su querida niña, su querida Anita que sigue en la cama y no se ha movido ni un milímetro. Francisco recoge con mucho cuidado cada una de las prendas de la niña. La vuelve a vestir tan meticulosamente como la desvistió. La blusa está un poco arrugada, Francisco trata de alisarla con las manos; es inútil, sigue igual. Lolo fuma sin parar. Al principio, se sentía animado por lo que estaba sucediendo. Ahora, se siente más aburrido cada vez. Siempre es lo mismo. Se repite la escena una y otra vez, con increíble exactitud y empieza a cansarse, con ganas de terminar este asuntito lo más rápido posible. Ándale, no tenemos toda la vida. Ya voy, ya voy. Debe estar muy bonita siempre, ¿comprendes? Sí, Francisco; nomás pícale si no quieres que venga el encargado del hotel y nos descubra el pastelito. Ya, ya está lista mi Anita chula. ¿Verdad que se ve lindísima? Sí, muy linda. Ahora, vámonos.

Fulanito de Tal termina con un: ¡Ah!, qué delicia. Y se recuesta sobre las almohadas. Con el control remoto enciende la tele en el canal dos. Florencia no sabe si cerrar los ojos y tratar de dormir o si levantarse: limpiarme la mierda de este imbécil e irme a mi casa. No puede dormir la siesta del *amor* porque no hizo nada, ni a orgasmo llegó; se podría decir que no sintió ni cosquillas. ¿Cómo fui a caer en las garras de este animal? A esto le llamo yo un rapidín; no se tardó ni cinco minutos, el muy bestia. Fulanito de Tal se estira entre las sábanas, se soba la barriga, se acomoda el peluquín, se levanta de la cama, va al baño, orina un buen rato haciendo una escandalera espantosa, regresa y empieza a vestirse. Florencia va al baño; se lava un poco, se enjuaga la boca, sale del baño y se viste más rápido que él. Cuando Fulanito de Tal empieza a anudarse la corbata, Florencia ya tiene puesto hasta el abrigo que le da un calor espantoso del coraje tan grande. Adiós, dice Florencia. ¿No quieres que te lleve a tu casa? No, muchas gracias, es usted todo un caballero pero, la verdad, prefiero irme en taxi; por lo menos los taxistas son más amables que su majestad. ¿Te pasa algo, Florencia?, ¿acaso estás enojada? ¿Enojada yo? No, qué va, si nada más estoy que echo chispas, que vomito bilis, que me lleva Judas, pero lo que se dice enojada, pues, no. ¿Acaso no te gustó?, pregunta Fulanito de Tal, en el colmo de la sorpresa. Sí, claro, lo disfruté horrores, ¿no te diste cuenta de los cinco orgasmos que tuve, de los jadeos de miedo que daba, de que casi escupo el alma por la boca? Óyeme, ¿qué te pasa?, ¿por qué hablas así? No será porque eres el mejor amante del mundo, ¿verdad? ¿Tú quién te has creído, eh?, ¿el pachá del sexo?, ¿el adonis de la Merced? Mira, papacito, por mi vida han pasado muchos hombres y, el peor de todos, es mil veces mejor que tú, tenlo por seguro. ¿Crees que puedes llegar con cualquier mujer y vaciarte dentro de ella como si fuera una bacinica? Compadezco a tu esposa y espero que tenga un amante más humano que tú. Por mí, te puedes pudrir, y ojalá se te caiga el pajarito muy pronto, para que dejes de andar inspirando lástimas. Y ai te dejo el ramito de rosas miserables para que se las lleves a tu mujer. Se escucha un portazo, unos pasos en el corredor caminando con prisa y luego nada. Fulanito de Tal se queda parado un rato con la corbata en la mano y cara de no haber entendido nada.

Un taxi amarillo recoge a Francisco en avenida del Imán que lo lleva como bólido por el periférico. Florencia, que sigue escupiendo cualquier cantidad de groserías, se sube a uno ecológico. Maldita sea mi suerte, malditos hombres, todos son una mierda. Francisco baja del taxi, paga y sube las escaleras del edificio San José. Florencia entra al edificio más tranquila pero no menos enojada. Francisco abre la puerta de su departamento, Florencia lo ve y murmura: A éste le fue mejor que a mí, ni duda cabe, hasta lo lunático se le quitó. Francisco mira a su esposa y piensa: Mi mujer está envejeciendo, se le nota a leguas.

–¡Hola!, Florencia, ¿llegando?

–Sí, Francisco.

–¿De dónde?

–De un mal rato.

–¿Te fue mal?

–Peor que a Mel Cruise en Corazón de Melón.

–¿Quieres que te prepare algo, una cubita, un tequilita?

–Órale, pues, un tequilita, porfas; a ver si me junta la bilis.

Francisco sirve dos tequilas. Le da uno a Florencia, se sienta en la sala con el otro en la mano. Florencia se acaba el tequila de un trago y se sienta en el otro sofá. Francisco da un sorbo a su vaso y sonríe con la satisfacción de quien ha conocido el paraíso. Florencia deja el vaso en la mesa y sonríe con la mueca de quienes han estado en el purgatorio.

¿Sabe, mi comandante?, todavía no puedo creer que ya no voy a volver a ver a mi amigo Lolo; las parrandas ya no van a ser lo mismo sin él y el trago no nos va a saber igual. Perder a un amigo es como perder un brazo o una pierna; algo falta, algo no funciona bien.

Me parece como si hubiera pasado muchísimo tiempo desde el funeral, pero también se me afigura como si en cualquier momento juera a llegar Lolo a la puerta de mi humilde casa y me dijera: Órale, güevón, la carrera de caballos ya empezó y tú aquí echadote. Nos gustaba mucho ir al hipódromo y apostarle a los caballos.

No. Lolo no era lo que se dice un jugador, pero sí le gustaba. Dejémoslo en que no era su principal vicio. Sólo de vez en cuando nos daba por irnos al hipódromo. Siempre perdíamos. Está recanijo atinarle al ganador. Quizá por eso no era nuestra principal diversión; a lo mejor, si hubiéramos sabido cómo hacerle pa' ganar unos centavos, naiden nos habría sacado de ahí. Era divertido y, por lo general, acabábamos bien borrachotes. En veces, ni nos enterábamos de si habíamos ganado o perdido pero de que era emocionante, sí era emocionante.

También nos daba por el futbol. ¿Se acuerda del mundial, mi comandante? "México '86, México '86..." así decía la cancioncita, ¿verdá? Y luego, la famosa ola. Y ai viene la ola, decían. Dejabas de ver el partido en el mero tiro de esquina con tal de agarrar la ola en el aire y levantarte con las manos como si quisieras alcanzar el cielo y te sentías como un pendejo pero lo hacías por solidaridá. En otros países, se agarran a trompadas cuando pierden un partido; aquí nos rompemos

el hocico cuando ganamos. Y ai vamos todos al Ángel, cargados de chelas, banderitas y silbatos y toda la cosa. Cuando perdemos, es luto nacional, todo el mundo se encierra en su casa y llora la tragedia más que
cuando se le muere a uno la mamá. Cuando México perdió en el mundial, ni quien fuera a los estadios; ya a naiden le interesaba ni la ola.

    ¿Quién pudo haber matado a Lolo, mi comandante? Si usté no
lo sabe, yo menos. Pero sí le puedo decir que yo no fui, eso seguro; y,
aunque vivo en el mesmo edificio, no oí nada de nada, ni vi nada de
nada porque, como le decía con anterioridá, yo andaba en casa de mi
amiga Rosita, aunque ella se lo haiga negado. Usté recordará cuando
le dije que Rosita lo iba a negar porque no quiere tener problemas con
el marido y yo tampoco. Los maridos celosos son fieras sueltas, mi comandante; se lo digo por etsperiencia y, créame, no es muy agradable
toparse con uno así, y mucho menos si lo amenazan con pistola.
¿Nunca se ha sentido usté muerto antes del primer balazo? Pues, así
me sentí yo la primera vez que me apuntaron con un chisme d'esos.
Se me encogieron los tanates y se me volvieron de goma y me sudó
hasta el bendito. Yo no maté a Lolo pero una cosa es segura, Rosita
nunca le va a decir que pasé la noche con ella. Ya sé que eso no me sirve de cortada... cuartada, pues, o como se diga. Y ni modo, ¿qué le vamos a hacer?

Es maravillosamente agradable sentirse Dios, piensa Lolo Manón, increíblemente delicioso. ¿Cómo no se me había ocurrido antes? Da un
trago a su botellita de mezcal y lo saborea en el paladar durante varios segundos, como si se tratara de un manjar exquisito. Se sienta cómodamente en un sillón del cuarto de hotel y observa su obra. Una
jovencita de dieciséis años yace en la cama con los ojos cerrados y la
palidez característica de los muertos por asfixia. Lolo siente cómo el
líquido abrasador le cosquillea la garganta y eso le produce un inmenso deleite.

    —Te he ahorrado muchos problemas en la vida, querida niña
—Lolo brinda a la salud de Anita sin dejar de sonreír. Ya no irás a la
horrible escuela, tus padres no te castigarán por reprobar matemáticas en quinto de prepa, ¿o en cuarto? Nunca más volverás a enojarte
con tus hermanitos, si es que los tienes. Ya no habrá pleitos entre amigas por el novio que le bajaste a la rubia desabrida de tu mejor amiga.
No te casarás con un zángano tan pedales como yo; tampoco tendrás
hijos que te saquen canas verdes ni te preocuparás por qué darles de

comer mañana. No llorarás acongojada cuando el espejo te grite al
oído: "la belleza se te escapa de las manos, niña". La vida es muy dura
querida Anita, como te dice Francisco. Qué tonto soy, debí pregun-
tarte tu verdadero nombre. Sí, la vida es demasiado dura y no es justo
que una inocente como tú tenga que soportarla. ¡Salud, Anita!, te deseo mejor vida en el más allá —Lolo termina de un trago el contenido
de la botella y se limpia la boca con la manga de la camisa, eructa,
prende un cigarro, da una bocanada de humo, estira las piernas y los
brazos. Ahora serás muy feliz porque, de seguro, te vas a ir derechito
al cielo, ¿cuántos pecados puede tener en su conciencia una infeliz
criatura como tú?, ninguno, estoy seguro —Lolo camina hacia la ventana del cuarto y, durante varios segundos, observa la calle oscura y
con algo de tránsito aún. Regresa al sillón y deja caer pesadamente su
cuerpo sobre él. Mi primo es un buen hombre, Anita, pero es demasiado ingenuo, creyó que podría bajarte todas las estrellas del firma-
mento, todos esos puntitos luminosos que están en el cielo, para
luego adornar tu hermoso cabello con esas lucecitas. Sin embargo, las
estrellas están demasiado lejos y son muy grandes para que alguien
como mi primo las pueda alcanzar. Por eso fui yo quien las bajó para
ti, o mejor dicho, quien te ha preparado para que seas tú quien suba
a ellas y las alcances con sólo estirar la mano —Lolo se ríe a carcajadas, tira el cigarro en la alfombra para poder sostenerse la enorme barriga y seguir riendo. Luego se tapa la boca, asustado de sus propias
risotadas. No me hagas decir cursilerías, niña tonta, porque las cursilerías me dan mucha risa y entonces alguien podría oirme y venir
para ver qué está pasando. No te gustaría que le dijeran a tus papás
que te encontraron en un cuarto de hotel con un hombre que podría
ser tu padre, ¿verdad? No, eso no le gustaría a tus papis, en lo más mínimo. Seguramente te agarrarían a cintarazos y a bofetadas. Al menos, eso haría yo si me encontrara a alguna de mis hijas en una
situación tan embarazosa como ésta —de una bolsa del super, Lolo
saca otra botella de mezcal, la abre y da varios tragos grandes. Éste
mezcal es una mierda, ¿sabes?, pero no había otro en el Aurrerá de
Plateros; me hubiera gustado brindar por ti con uno de mejor calidad
pero ¿qué se le va a hacer? —Lolo se queda un rato observando a
Anita, sus afinadas facciones de pequeñoburguesa, su cabello castaño y largo, sus ojos cerrados, su cuerpo delgadito e inmaduro. ¿Te
das cuenta de que podría violarte? Pero no, esas cosas no van con mi
personalidad. La mujer que se quiera acostar conmigo, es bien recibi-
da, pero a la fuerza, hasta los zapatos aprietan. No, no voy a violarte

porque a mí me gustan más vivas —vuelve a reír a carcajadas—, más cachondas, más fogosas. Tú eres una mocosa insípida y contigo ni se me pararía. Pero ¡qué vulgar!, estoy diciendo palabrotas delante de una criatura inocente. Discúlpame, Anita, discúlpame de veras. ¡Salud!, ¡salud por tu belleza y por tu decoroso futuro en el cielo!

Dan tres toquidos en la puerta. Lolo se queda con la botella en la boca, luego sonríe. Camina tambaleándose un poco, espía por la mirilla y le abre la puerta a Francisco Tocino.

Florencia y yo nos hicimos amigas por Lolo y Francisco, pero no porque ella sea el tipo de amigas que yo escogería. Es una mujer un poco vulgar y dicen cosas muy feas de ella. Florencia no me ha contado nada de su vida antes de casarse con Francisco Tocino. Lo que sé me lo ha contado Lolo, mejor dicho, me lo contó Lolo. ¿Por qué me pregunta de Florencia?, ¿a poco cree que me hubiera matado a mi marido? Yo no lo creo, si no tenía nada en contra de él. Es cierto, se llevaban a la greña, luego se agarraban unos pleitos de miedo; pero no era para tanto; incluso, a veces se iban a tomar sus copitas juntos. Yo entiendo que a Florencia no le cayera muy bien Lolo, él siempre la andaba insultando y burlándose de su pasado de ella porque, según Lolo, Florencia era una mujer de la calle que se casó con Francisco porque estaba embarazada de quién sabe quién y al único que pudo atrapar fue al primo de mi marido; pues, sólo alguien con tan buen corazón y tan caballeroso, se hubiera metido en semejante asunto.

A los pocos meses de embarazo, a Florencia le vino una enfermedad que la tuvo en cama mucho tiempo. Nunca se supo qué enfermedad le dio, pero estuvo a punto de perder a su bebé; ésa es la razón por la cual Ernestina nació mal de la cabeza. Además, como no se sabe quién fue el papá, quizá por ahí heredó algún mal espíritu o vaya usted a saber.

Desde muy niña, Ernestina se portaba de una forma muy extraña. Le gustaba mucho hablar sola; supongo que eso no es muy raro en los niños, mis hijos jugaban y hablaban solos como si conversaran con alguien más. Al principio, nadie se extrañó de eso, pero luego nos fuimos dando cuenta de que no sólo hablaba sola sino que también hablaba de una forma diferente, no se le entendía casi nada y parecía siempre esperar la respuesta de alguien. Ya más mayorcita, le daban unos ataques horrendos. Se levantaba a media noche pegando unos gritos dignos de erizarle los pelos a uno. Gritaba y gritaba como si alguien la estuviera matando y se ponía morada por la falta de respiración. Las primeras veces, Lolo y yo pensamos que Florencia la estaba golpiando muy recio. No hicimos nada porque uno no se puede meter en la educación de los hijos ajenos.

Una noche fuimos a su departamento de ellos a cenar. Estábamos los cuatro en la sala, jugando a las cartas; la niña se puso a gritar con todos sus pulmones. Florencia se quedó como estuata y Francisco abrió los ojos tanto que por poquito se le salen. Durante un rato nos quedamos los cuatro hechos unos idiotas sin saber si correr al cuarto de la niña o salir corriendo pa' la calle. Como nadie se movía, fui yo a ver qué le pasaba a la pobrecita criatura. Ernestina estaba hecha rosquita en un rincón del cuarto, se cubría los oídos con las manos y no dejaba de gritar.

—Tinita, ¿qué te pasa mi reina? —Ernestina me miró sin reconocerme, si es que me estaba mirando, pues parecía estar viendo un difunto. Traté de acercarme pero se puso a dar peores gritos y a manotear para alejarme de su lado.

—Déjala, Natalia, eso le pasa de vez en cuando —dijo Florencia al llegar a mi lado.

Pero yo me arrimé más a la niña, no podía soportar verla sufriendo de esa forma tan espantosa. Mientras más me acercaba, más abría Ernestina los ojos pero, en lugar de gritar más duro, se fue callando poco a poco hasta que por fin me pude sentar junto a ella y abrazarla muy fuerte. Tinita se agarró de mí y empezó a decir cosas muy raras; decía algo de un dragón que se había metido por su ventana y se la quería llevar a un mundo lejos, lleno de duendes, hombres jorobados y mujeres de tres cabezas. Yo me asusté más por lo que estaba diciendo que por sus gritos. ¿De dónde podía sacar esas historias tan descabelladas? Y pensé que Florencia debiera prohibirle ver *Los Monster*, *Perdidos en el Espacio*, *El Túnel del Tiempo* y toda esa horrible basura que daban en la tele por aquella época.

Cuando se calmó, después de mucho rato de llorar y decir cosas raras, se quedó dormida entre mis brazos. Entonces me di cuenta de que Lolo, Francisco y Florencia, nos veían con la bocota abierta.

—Quiubo, primo, creo que Tinita está un poco enferma, ¿no? —dijo Lolo nomás por decir algo.

—Aquí se rompió una taza y cada quien pa' su jacal —dijo Florencia. Éste no es chou de circo, así que andando —puso a Ernestina de nuevo en su cama y nos hizo salir a todos.

—Una última partidita, ¿no? —a veces me sorprendía lo bruto

que era Lolo. ¿Cómo se le ocurría pensar en el pócar después de lo que había pasado?

—Qué partidita ni qué ocho cuartos; otro día la seguimos, Lolo, orita no está el horno para jueguitos.

—¿Por qué no, prima? Tinita ya se durmió y todo está tranquilo otra vez.

—Ándale, primo. Mañana le seguimos donde nos quedamos, te lo prometo, pero ahorita Florencia tiene razón. A mí hasta las ganas de chupar se me quitaron.

—No es pa' tanto, ustedes sí que son exagerados. Han de querer pararle porque Florencia va ganando.

—No insistas, con un carajo, eres bueno de impertinente.

—Vámonos ya, viejo, no seas necio.

—¿Y tú quién te has creído para decirme a mí necio?

—Vas a despertar a Tinita, vámonos Lolo.

—¿Por qué siempre estás en mi contra?, ¿eh, Natalia?

—Nadie está en tu contra, primo; a veces es mejor no estorbar.

—¿Me estás diciendo que soy un estorbo?

—Deja de gritar, chingao, y ya lárgate ¿quieres? Si te da la gana seguir chupando, vete a una cantina, aquí se acabó, ¿oíste?, se acabó.

—Ésta no te la voy a perdonar, Florencia; a mí nadie me corre de ningún lado.

—Pues yo sí. Órale, ahuecando el ala.

—Vete al diablo, vieja argüendera. Vámonos a la cantina, Francisco, a ver si ahí encontramos quien nos trate como merecemos.

—Francisco no va a ningún lado, se tiene que quedar a ver por su hija.

—¿Su hija?, ¿de cuándo acá es su hija, si tú eres la primera en reconocer que no sabes quién es el papá?

—Ernestina es mi hija aunque te pese. Si yo no tuve la fortuna de ser el padre, es asunto que no te importa, ni a ti, ni a nadie. Yo la crié y la quise desde antes de nacer, así que mejor trágate tus palabras y vete de aquí.

Se quedó mudo. Francisco nunca se le había puesto al tú por tú a Lolo. Ese día me di cuenta de lo mucho que Francisco quiere a Ernestina. Lolo podía decir misa de quien fuera, empezando por Florencia, y Francisco siempre callado, soportando las burlas de Lolo, sus expresiones ofensivas por el pasado de Florencia; hasta podía mentarle a su mamá que Francisco como si nada. Pero que nadie se atreviera a hablar mal de Ernestina porque se ponía hecho una fiera y le salía un enojo desconocido, hasta de dar miedo. No sé de dónde le agarró tanto cariño a esa muchachita, pero de que la quiere, la quiere. Y figúrese usted nomás, licenciado, fue despuesito de ese ataque que Ernestina no volvió a decir esta boca es mía.

🔳

Valerio rocía de spray el cabello recién cortado y peinado de la señora Gertrudis. Le quita la bata de hule y le cepilla los pelitos que pudieran haberle quedado en el cuello. Con un espejo de mano, Valerio refleja en el espejo central la parte trasera del peinado, para que la señora Gertrudis pueda ver cómo quedó el corte y el peinado desde todos los ángulos. La señora Gertrudis asiente con la cabeza.

—Bien, muy bien, me gusta.

—¿Nos vemos la semana entrante, doña Gertrudis?

—¡Ay!, Valerio, yo creo que hasta dentro de quince días, a mi marido no le ha ido bien en el negocio y andamos cortos de gasto. Ya ves cómo le ha ido de mal a todo el mundo con esta crisis.

—Tiene usted razón, no se preocupe. La espero en quince días.

La señora Gertrudis abre su bolsa con mucho cuidado para no estropearse las uñas recién pintadas y saca dinero para pagar el corte, el peinado, la limpieza de cutis, la depilada, el manicure y el pedicure.

—Hasta luego, Valerio, y gracias.

—Hasta lueguito, señora Gertrudis —la señora Gertrudis sale de la estética sin voltear a ver a nadie más.

—Vieja payasa —dice Florencia con la cabeza llena de tubitos para el permanente—, se cree la mamá de los dinosaurios. La próxima vez que venga, avísame, Valerio, para venir otro día.

—No seas mala, Florencia —dice Natalia mientras hojea una revista de cortes de pelo—, la señora Gertrudis está un poco amargada pero, en el fondo, es una buena persona.

—Pues será muy en el fondo, porque, por fuera, es una auténtica arpía.

—No es de mis clientas favoritas realmente pero es de las mejores —Valerio le revisa el permanente a Florencia y dice—: Otros diez minutos. Generalmente, viene todos los jueves y, cuando puede, dos veces a la semana. Doña Natalia, ¿quiere pasar con Linda para que le moje el cabello, por favor?

—¿Cómo me lo vas a cortar ahora? —Natalia se levanta y va hacia el lavabo.

—Como usted guste. Si quiere, le hacemos un nuevo corte.

–No, mejor como siempre —Natalia se sienta y apoya la nuca en la curva del lavabo. Linda le moja el cabello, le da shampoo, luego enjuague, le masajea la cabeza.

–Te sentaría bien un cambio, Natalia —Florencia mete las manos en el balde de agua caliente para el manicure—, ya chole del mismo peinadito sin chiste de toda la vida, ¿no?

–Mejor no, todavía no estoy lista para un cambio.

–Eso vienes diciendo desde hace años. ¿Cuándo te vas a decidir a pintarte esas horribles canas y a hacerte un corte moderno?

–Yo creo que nunca.

–La señora Florencia tiene razón, doña Natalia, su aspecto subiría muchísimo si se diera un tinte rubio o castaño claro, tal vez —dice Valerio mientras le cepilla el pelo a Ricarda.

–¿Y yo, para qué quiero subir mi aspecto?, me la paso encerrada en La Covadonga y a mi marido no le interesa cómo me veo —Linda le enrolla una toalla en la cabeza y le dice que se puede levantar.

–Podrías interesarle a alguien más... —Florencia sonríe burlona.

–No digas tonterías, Florencia, ya sabes que yo no soy así.

–O sea, no eres como yo.

–Yo no dije eso —Natalia se sienta frente al espejo, donde antes había estado la señora Gertrudis.

–Pero lo pensaste, que es lo mismo; y, además, es la verdad, yo sí sé disfrutar de la vida.

–Sí, mamá, píntate el pelo —dice Ricarda—, y hazte una base en esos pelos de moco.

–Ricarda, no seas grosera.

–Pus, es la neta.

–No empieces a hablar como tus hermanos porque te tiro los dientes.

–¡Chale!

–¿Entonces qué, mi querida señora?, ¿se decide por un cambio de aspecto?

–No. Definitivamente no. Córtamelo como siempre y se acabó. Y tú, Ricarda, en cuanto termine Valerio de arreglarte, ve a hablarle a tu hermana, para ver si me obedeció.

–¿En qué, manita? —pregunta Florencia.

–Tiene prohibido salir sola de la casa; ni de día, ni a ninguna hora.

–¿Y eso?, ¿ya te contagió Lolo con sus sobreprotecciones ridículas? —Florencia saca una mano del balde de agua, la seca, prende un cigarro. Saca el dedo meñique de la mano izquierda para que Linda le empiece a hacer el manicure.

–No es eso, si yo detesto tener a estas dos encerradas todo el día, se ponen insoportables.

–Además de que no es muy sano —interrumpe Valerio que ha terminado de peinar a Ricarda. Ricarda camina hacia el teléfono, muy a pesar suyo.

–Entonces, ¿por qué?

–¿A poco no han oído hablar del Estrangulador del Ajusco?

–¿Cuál, mana? —Florencia da una fumada a su cigarro, Valerio se persigna.

–No puedo creer que no sepan de él, si no se habla de otra cosa en toda la ciudad.

Ricarda regresa de haber hablado por teléfono; a su paso, coge una revista y se sienta cómodamente para hojearla.

–¿Y? —pregunta Natalia mirándola con ojos de fusil.

–Dice que no se ha movido ni medio milímetro.

–¿Le dijiste a tu hermano que no le quite los ojos de encima?

–Ay, mamá, no me dijiste eso.

–Bueno, de todas formas, yo se lo dije.

–Síganos contando, doña Natalia, ya nos dejó con el alma en un hilo.

–Resulta que hay una banda de criminales que se roba muchachitas de a tiro escuinclas, las estrangulan y luego las abandonan en el cerro del Ajusco.

Valerio se vuelve a persignar.

–¿Y tú para qué te persignas, Valerio?, la banda del Estrangulador no va a venir por ti, de eso puedes estar seguro. Y ya quítame estos rulos, ¿me quieres dejar como french poodle?

–¿Y las violan?

–Cómo eres morboso, de veras. Pero no. Parece que son un hato de maniáticos sexuales de alguna secta religiosa, algo así como los narcosatánicos. Y tú, tápate los oídos, Ricarda. Porque, fíjense que han encontrado a las muertitas con semen por todo el cuerpo, pero todavía vírgenes. Creen que pueda tratarse de algún tipo de ritual pagano.

–¿Qué tiene que ver la virginidad con el semen?

–Te dije que te taparas los oídos, Ricarda, esta conversación no es para niñas de tu edad. Pero no vayan a creer que las dejan con las ropas rasgadas o algo así. Han encontrado a las desdichadas bien vestidas, con sus manitas cruzadas sobre el pecho y hasta un ramo de flores blancas entre las manos, como angelitos. No les han encontrado huellas de violencia o cosas así. Los pervertidos nomás las estrangulan, las bañan con su porquería y las abandonan. Pero eso no es todo; los muy degenerados, al momento de vestirlas, les ponen un liguero de señora, por eso creen que pueda tratarse de algún mórbido rito con fines demoniacos. Imagínense nomás la clase de judas que son.

–Pobres criaturas —dice Valerio mientras cepilla el cabello recién rizado de Florencia.

–¿Y ya se sabe quién es?

–Por supuesto que no. Pero en dos meses han encontrado tres cadáveres.

–Cinco —corrige Ricarda que sigue hojeando la revista *Eres*.

–¡Qué horror!, ¡malditos desgraciados, miserables!

–Vivimos en una jungla de animales, no cabe duda. Ten más cuidado con esa uña, Linda, es la que siempre me duele —dice Florencia—, y tú, deja de jalarme las greñas, Valerio, que no soy maniquí.

–Por eso no dejo a mis niñas salir solas ni a la esquina.

–Tiene usted razón, doña Natalia. Ahora más que nunca debe cuidarlas muchísimo; no vaya a ser el diablo —Valerio termina de cepillar el cabello de Florencia y se dispone a cortar el pelo de Natalia. La de cosas que se ven en este país —Valerio desenreda el pelo mojado de Natalia, saca las tijeras, se concentra, divide el cabello en mechones, corta, mide, vuelve a cortar, vuelve a medir.

–Pero yo estoy harta de no poder ir ni a la tintorería si no me acompaña uno de mis hermanos.

–Comprende a tu mamá, Ricardita —Valerio vuelve a medir, frunce el ceño, corta otro mechón—, ella está muy preocupada de lo que pueda pasarles a ti o a Natalita. En estos días, uno no está a salvo ni en la santidad de su hogar.

–¡Qué charro eres, Valerio!, pero es la verdad; ahora, hasta en los hoteles de paso te asaltan. Nos está llevando el carajo a todos en este méndigo país.

–Se pasan, me cae.

–Deja de rezongar, niña. Es por tu bien. ¿Te gustaría estar en las garras de esos miserables y asquerosos pervertidos?

–Pues no, pero esta ciudad es muy grande y hay muchas niñas.

–A la suerte no se le tienta, en eso estoy de acuerdo con tu madre —Florencia escoge un barniz de uñas rojo sangre, se lo da a Linda.

–¿Y cómo sabe la policía que se trata de esa banda?

–Porque se han de llevar rete bien —dice Florencia al tiempo que da un soplido sobre el barniz recién puesto. ¿Qué no sabes que "policía" y "criminal" son sinónimos?

–Según el periódico —continúa Natalia—, dieron con ellos por las muestras de semen que les sacaron.

–Yo no entiendo estos avances de la ciencia. ¿Cómo van a saber quién es el asesino nada más con su semen?

–Por el DNA —Valerio enchufa la pistola de pelo, empieza a secar el cabello de Natalia. Luego, mejor la apaga porque nadie oye nada—: El átcido desotsirribonucleico contiene toda la información genética de una persona y nunca es igual a la de nadie. Es como las huellas digitales, que son completamente distintas las de una persona con las de otra.

–¿Y a poco tienen un directorio con todos los DNAs del mundo? —pregunta Florencia.

–Supongo que no, pero teniendo sospechosos, les sacan pruebas para poder comparar.

–Pues ojalá terminen pronto de agarrarlos a todos porque yo ya estoy harta de pasármela encerrada.

–Pobrecita niña —Valerio vuelve a encender la secadora, la vuelve a apagar—, entiendo perfectamente cómo te debes sentir; en la plena edad de los novios, de las diversiones sanas, de...

–Ricarda y Natalita no están en edad de andar noviando —dice Natalia, Ricarda sonríe. O ¿qué?, no me digas que ya tienes novio, condenada.

–No, para nada —Ricarda se sonroja, voltea para otro lado, vuelve a sonreír.

–La juventud de ahora está muy despierta, manita, será mejor que le cuides las nalgas a tus gemelas, si no quieres que alguien más se las cuide por ti.

–A veces pienso que Lolo tiene razón en andarlas celando tanto.

–¡Ay!, mamá.

Natalia se mira en el espejo comprobando que el corte haya quedado bien, como a ella le gusta, y sonríe satisfecha; parece como si no le hubieran cortado nada.

–Bueno, hay muchas cosas todavía que hacer en la tienda. Vámonos, Ricarda. ¿Cuánto te debo, Valerio? Gracias por todo y adiosito.

–Adiós, manita, nos vemos luego en los Bísquetes.

–Nos vemos —Natalia y Ricarda salen de la estética.

–Yo también me pinto de colores, Valerio —dice Florencia con las manos engarrotadas para no rayarse las uñas.

–Ándele, pues, doña Florencia.

–Adiós, Linda. Adiós, Valerio, y cuídate del Estrangulador, no vaya a ser que te confunda con una quinceañera.

–Ni Dios lo permita, chula.

🔊

¿Motivos yo para matar a Lolo Manón?, grand Dieu! Yo nunca he tenido motivos para tomarme la justicia por propia mano, y, aunque los tuviera, yo no soy capaz de aplastar ni a un gatito, mucho menos de ensañarme con un cristiano. No, señor, a Lolo Manón de seguro lo mató un fisicoculturista porque, para ganarle la partida, sólo alguien inflado hasta los sesos de músculos.

¿Aguinaldo Misiones? Es un pobre diablo, quizá le tuviera sus rencorcillos a don Lolo; hasta es posible que alguna vez haya sentido ganas de estrangularlo, pero no se hubiera atrevido ni a alzarle la voz porque esos que se dicen muy machos, a la mera hora son más maricones que yo. Aguinaldo era el perro faldero de don Lolo; le festejaba sus idioteces, sus vulgaridades, sus borracheras, sus mujeres. Jamás se le ponía al brinco; bien sabía que le podía costar caro, y Aguinaldo se anda con cuidado sabiendo que es macho de dientes para afuera y ya. A mí me cae muy mal Aguinaldo Misiones, pero, en honor a la verdad, no me parece un asesino. No, ese pobre es tan bruto que simplemente no se le hubiera ocurrido semejante cosa.

Como le digo, sargento, no me imagino quién cargó con el muertito, quién pudo tener el valor de haberle dado muerte a don Lolo. Pero de una cosa estoy seguro: alguien como Lolo Manón no podía haber muerto de lo que se dice muerte natural; durante toda su vida fue dejando semillitas de odio por donde pasaba, rencores acumulados, pleitecillos absurdos. Un buen día, alguien se cansó de él y de sus malos modos, de sus pleitos en las cantinas, de sus borracheras sin fin, de andarle buscando juanetes al gato. Queriendo o no, Lolo Manón se buscó su destino, lo labró pian pianito, hasta recoger los frutos megapodridos de su propia cosecha.

Francisco Tocino es un buen hombre y muy trabajador. ¿Ve usted la carnicería que está un poquito más allá de La Covadonga? El Oso Yogui, bonito nombre para una carnicería, ¿verdad? Ése es el negocio del primo de don Lolo. Ahí puede usted ver todos los días a Francisco Tocino: fileteando, limpiando los huesos para el tuétano, friendo el chicharrón de puerco, atendiendo a la clientela. Como a las tres de la tarde, cierra la carnicería. Después de comer era cuando se iba con don Lolo a los billares, pero más para acompañarlo que por andar de juerga. Francisco Tocino es de esos que hablan poco y hacen menos, lo suficiente como para ir pasando por este mundo y, de preferencia, sin ser advertido. Así como conocí a don Lolo hace muchos años, también a Francisco Tocino. Todos aquí somos gente del barrio que nos hemos cambiado unas cuadras más para allá o más para acá, según; pero aquí nos hicimos mujercitas, quiero decir, adultos. Desde joven, Francisco era poquita cosa, tímido y pegado a las faldas de su madre. La mamá de Francisco era una mujerona grandota, de manazas gordas y pesadas; con cara de pocos amigos pero que en realidad era la mujer más tierna y adorable del mundo.

Francisco era incapaz de matar una mosca, mucho menos a su primo del alma; con quien jugó a las canicas, con quien compartió la niñez y la vida entera. No, mi sargento, Francisco no es un candidato digno de sospecha; de compasión sí, pero yo jamás dudaría de su nobleza. Sin embargo, tampoco metería las manos al fuego por él, después de todo, somos seres humanos y Francisco le tenía mucha envidia a su primo, ya que don Lolo tenía todo lo que jamás tuvo Francisco: una esposa para mantenerlo, cuatro hijos sanos y buen pegue con las mujeres. Francisco Tocino, en cambio, se fue a conseguir una mujer de la vida galante por esposa; a eso, súmele una hija altamente depresiva, paranoica, con rasgos esquizoides... loca, pues.

Ernestina Tocino ha estado varias veces en una clínica para enfermos mentales. Pobrecilla, la muy inocente me da lástima; es una mujer con *fátum* de mártir. ¿Sabe?, no me extrañaría que ella hubiera sido la autora intelectual del crimen, con todo y lo muda que está, pero no así la autora material porque ella se encontraba, y se encuentra, en el psiquiátrico desde el mismo día del asesinato.

Dicen que Tinita nació llena de vida y salud. Yo no lo sé porque no la conocí hasta los cuatro o cinco años, puesto que Florencia buen cuidado tuvo de mantenerla oculta todo ese tiempo, nadie sabe la razón. Se dice que Florencia la golpeaba tanto desde que Ernestina era bebé, que terminó por dejarla medio trastornada de sus facultades mentales. También dicen que Natalia le echó mal de ojo porque envidiaba mucho no tener una niña (todavía no nacían las gemelas). No obstante, yo no creo en patrañas, menos aún si se trata de una mujer tan buena como Natalia. Las malas lenguas dicen muchas calumnias; yo sólo le platico lo que oigo, sin ponerle de mi cosecha ni mucho

menos porque me gusta el chisme mas no las mentiras de vieja argüendera.

EL ESTRANGULADOR DEL AJUSCO VUELVE A ATACAR
ÉSTA ES SU QUINTA VÍCTIMA
por Virginia Morales

México, D.F.- Por quinta ocasión en los últimos cinco meses, el
Estrangulador del Ajusco vuelve a hacer de las suyas. Esta
vez, le tocó el turno a Mayelyn Pino, una jovencita de quince
años quien fuera ultimada en las mismas circunstancias que
sus predecesoras (véase *Alarma!*, No. 11339).

Gustavo Andrés Adolfo Hernández, compañero escolar (y
sentimental) de la occisa, fue quien reconoció a la víctima, ya
que los padres de la misma se negaron a hacerlo, argumentan-
do tener demasiado trabajo en sus respectivas labores.

La Policía Judicial Federal, la Procuraduría del Gobierno
de la República y la Policía Judical del Estado de México, en
colaboración con la Dirección General de Seguridad Pública y
Tránsito ya tienen en su poder a tres de los ocho maleantes au-
tores de tan desalmados crímenes y quienes han crispado los
nervios y sembrado el pavor en la comunidad ante estos la-
mentables hechos que no tienen nombre. Se trata de la banda
autodenominada "Los Podridos", porque seguramente así
tienen el alma estos malhechores.

Las autoridades competentes les han elaborado pruebas de
ADN, el cual compararon con el del semen encontrado en los
cuerpos de las víctimas y, en los tres casos, los resultados fueron positivos. Ante evidencia tan irrefutable, a los asesinos no
les ha quedado más remedio que admitir su culpabilidad.

Sin embargo, aún faltan cinco integrantes más de la banda
de hampones que se encuentran prófugos de la justicia. La policía asegura que muy pronto los detendrán, pues ya se sabe
cuál es su paradero. De esta manera, se pondrá fin a una ola de
atentados contra la moral y en pro de la depravación. Miles de
madres volverán a permitir que sus núbiles hijas salgan de
nuevo a las calles.

Yo podré ser una mala madre y todo ese rollo. Yo no estoy hecha para
ser mamá como Natalia; ella siempre les dio mucho cariño y apoyo a

sus hijos. Nada más por ellos fue que se puso a trabajar de sol a sol. Yo no, nunca fui así y, la verdad, jamás quise embarazarme. Mas, sin embargo, también tengo mi corazoncito, y me duele bastante cada vez que interno a mi hija en el hospital, pero no me deja de otra. Llega un momento en que no la puedo controlar, se me sale del redil y sus locuras van más allá de los nervios de cualquiera. Pobrecita, pero así como yo nací pa' golfa, mi hija nació pa' loca, para vivir con la mente retorcida y la boca cerrada.

Después del numerito del parque, en que llegó la ambulancia y la metieron dentro, con todo y camisa de fuerza, Natalia y yo nos fuimos en taxi de sitio al hospital, para firmar los papeles de ingreso y todos esos trámites engorrosos. Después, yo me sentía tan deprimida y apaleada, que nos fuimos a tomar café a donde siempre, a los Bísquetes Obregón. Ya desde antes habíamos quedado Natalia y yo de ir, pero eso iba a ser como a las diez y media, cuando Natalia cerrara el changarro. Pero, dadas las circunstancias, le dejó el negocio encargado a las gemelas y nos fuimos derechito por un café para reanimarnos. Ahí estábamos las dos, agüitadas y con cara de pocos amigos; viendo pasar a la gente, viboreando un poco con los ojos pero con el pico cerrado. Me acuerdo que ese día fueron los tortolitos del siete; se hicieron como si no nos hubieran visto; o a lo mejor no nos vieron porque esos dos nomás tienen ojos para contemplarse mutuamente y nada más. Ahí estaban sentaditos muy propios, agarrados de la mano y viéndose el uno al otro, como si él fuera Tom Cruz y ella Charon Estón. También llegaron otras personas del barrio que nada más nos saludaron de lejitos porque, a esas alturas, toda la colonia se había enterado de lo del parque y ni quien se nos acercara; no les fuéramos a contagiar la peste. Al llegar, yo sólo tenía intenciones de tomarme un cafecito con leche pero, con tantas emociones, me entró un hambre de perro y mejor pedí unos huevos divorciados... ¿No ha probado los huevos divorciados?, son como los rancheros pero uno tiene salsa verde y el otro salsa roja, y, en medio de los dos, frijoles refritos para que se vea que están bien divorciados. Son buenísimos, la verdad. Natalia pidió unos tamales y un café con leche. Durante mucho rato estuvimos en silencio, pero luego ya se nos pasó lo enmudecidas y platicamos de muchas cosas. Es curioso, aunque Natalia y yo somos tan diferentes, siempre encontramos algo de qué hablar; de los vecinos, de la tienda, de sus hijos, de los maridos, del clima; ése es un buen tema de conversación cuando uno no tiene nada en común con la otra persona. Otras veces, también platicamos de cosas más íntimas, más profundas, como de Ernestina...

–Y ¿qué dicen los médicos? —me preguntó entre sorbido de café y atracón de tamal.

–Nada, ¿qué van a decir?

–Si se va a componer o se va a quedar así.

–Mira, digan lo que digan, de todas formas yo no les entiendo ni pío, o sea, es como si no me dijeran nada.

–Pero ¿están haciendo algo para curarla?

–Dizque. Le dan medicamentos y a lo mejor hasta drogas también. La querían meter a una terapia; algo así como una reunión y todos hablan de sus loqueras y de sus asuntos. Pero como Tinita no habla, pues, ni caso tenía. La verdad, no saben qué hacer con ella y sólo dicen que, mientras no se decida a hablar, no pueden hacer nada por ella. No tiene remedio.

–A lo mejor no la has llevado con el doctor apropiado.

–La voy a llevar con un brujo, a lo mejor ése sí le halla.

–No, Florencia; esas cosas son del demonio.

–En una de esas, el demonio sí le sabe y me la cura.

–¿Cómo puedes hablar así?

–Es que ya me harté de llevarla con loqueros, médicos y hasta homeópatas. Ninguno ha sabido curármela y nada más ando gaste y gaste dinero que ni tengo. Una vez, la llevé con un psicólogo quesque muy bueno, con estudios en las Europas y en la Conchinchina, y especialista en esto y maestro en no sé que tanto; total, ¿qué crees que hizo? Mientras yo esperaba en la salita pegándome la aburrida del siglo, el muy méndigo se le estaba trepando encima.

–¿Cómo, tú?

–Pues, como se te trepa a ti tu marido cuando tiene ganas. Después de esperar horas y horas, me impacienté y me metí dentro del consultorio sin tocar la puerta ni nada y ahí estaban en un sillón; él con los pantalones hasta las rodillas y Tinita abajo de él con cara de aquí no pasa nada. Me puse hecha un furor, ya te imaginarás. Lo aventé a un lado y la gritoniza que le puse, hubieras visto. Desde entonces, ya no la he vuelto a llevar con ningún otro médico que no sea el del hospital.

Así estábamos platicando ese día y se nos fueron las horas. Poco antes de las once de la noche, Natalia jaló para La Covadonga a ver lo de las cuentas y las compras del día siguiente y yo agarré pa' mi casa. Cuando llegué al departamento, Francisco roncaba, como siempre, en el sillón de la sala y con la tele prendida. Y digo como siempre, porque él ve la televisión para quedarse dormido, nomás la prende y se le empiezan a cerrar los ojos. Yo creo que nunca en su vida ha visto un programa completo.

—Órale, holgazán, ya vete a acostar —le dije yo bien recio pa' despertarlo.

—¿Vienes sola? —me preguntó entre lagaña y bostezo.

—¿Con quién querías que viniera?

—¿Y Tinita?

—En el hospital, ¿dónde más?

—Y ora, ¿por qué?

—Si no estuvieras siempre en la cantina o en la luna, te habría encontrado y me hubieras ayudado con ella. Natalia le habló a la ambulancia.

—Ernestina, pobrecita de m'ija.

—Deja de lamentarte y ya vete a la cama.

—¿Contigo?

—No seas idiota.

Me metí al baño, me despinté el maquillaje, hice pipí, me lavé las manos y los dientes, me unté mi mascarilla nocturna. Luego, me fui a mi cuarto y me enfundé el camisón de dormir, me acosté y me puse a leer un *Vanidades*. Apenas acababa yo de pasar de la primera hoja, cuando oí unos gritos espantosos. Nunca en mi vida me había asustado tanto. Me imaginé otro terremoto que por fin nos iba a dejar sepultados bajo diez metros de escombros y basura, y con treinta perros franceses husmeándonos los calzones. Pero no eran gritos de terremoto, eran gritos de espanto, de haber visto al diablo o algo peor. Me salí como resorte de la cama y ni bata me puse. Francisco salió de su cuarto con los pantalones a medio desabrochar y sin camisa. Los gritos venían del piso de arriba. Ha de ser en el departamento del alemán, pensé; ya ve usted cómo son de raros los europeos. Pero luego dije: no, esos no son gritos alemanes, son gritos de mujer. A lo mejor, es la güerita del siete que le están poniendo su primera zurra. Pero tampoco me latió que fuera la güerita del siete. ¿Ernestina?, ¿habrá regresado Tinita del hospital para gritar sus penas aquí y a voz en cuello? Pero conozco los gritos de mi hija y ella no grita como espantada, sino como loca. ¿Qué será, pues? Todo eso pensé en cuestión de un instante, en lo que salía de mi departamento, subía las escaleras guiada por los gritos y llegaba al departamento de Lolo Manón. Las gemelas estaban en la puerta abrazadas, llorando una en los brazos de la otra y pegando tremendos alaridos. Entonces entré y, en menos de un segundo, me di cuenta de todo. No era un terremoto, no eran el alemán y sus rarezas, no era la güerita del siete en su primera golpiza. Era Natalia abrazada a un bulto enorme y diciendo cosas extrañísimas. Era Natalia abrazada al cadáver de Lolo. Eran Natalia y Lolo confundiéndose en un inmenso charco de sangre.

Natalia lava los platos del desayuno con muy pocas ganas y de mal humor. Josefa, la muchacha, no fue en toda la semana y el trabajo doméstico lo tiene que hacer ella sola porque los hombres de la casa son muy machos para hacer esos menesteres y las gemelas todavía van a la escuela; además, en las tardes, tienen que despachar en La Covadonga.

Hortensio entra a la cocina y toma un vaso de jugo de naranja como único desayuno.

–¿Quieres que te prepare algo de desayunar, hijo? —pregunta Natalia, sabiendo de antemano la respuesta.

–No, gracias —Hortensio mira hacia algún punto en el infinito sin saber a ciencia cierta cuál fue la pregunta de su madre.

–Te preparo unos huevos a la mexicana, o con jamón, si prefieres.

–No, ma, gracias.

Desde el fregadero, sin dejar su complicada labor de despegar de la sartén los residuos del desayuno anterior, Natalia observa de reojo al segundo de sus hijos.

–No te puedes quedar con la panza vacía, Hortensio.

–No tengo hambre.

Natalia cierra la llave del agua, se medio seca las manos en el delantal y se recarga de espaldas al fregadero, para poder mirar de frente a Hortensio.

–¿Qué te pasa, hijo?

Hortensio observa a su madre casi como si quisiera reconocerla.

–¿De qué?

–Te veo muy desmejoradito últimamente. Estás como agüitado.

–No tengo nada —Hortensio se da la media vuelta para salir de la cocina. Natalia lo detiene del hombro.

–No de a barbas tengo tantos años de ser tu madre para no ver que algo te está pasando.

–Ya te dije que no tengo nada.

–Y, entonces, ¿por qué has andado como perdido en el aigre desde un tiempo a'cá?

–¡Chale!, ma. Ya no soy un niño para que me estés interrogando.

–Está bien, si no me lo quieres decir, allá tú y tu dolor. Pero no me gusta verte así. ¿Por qué no te vas el fin de semana con tus amigos a Cuernavaca? Vete con Ramiro o con...

–A ese imbécil no lo quiero ver.

Natalia asiente con la cabeza como comprendiendo, si no todo, algo de lo que le pasa a su hijo, pero no hace más preguntas.

–Bueno, entonces con el Carroña, o el Marrano.

–No estoy de humor.

–Entonces, te lo ordeno.

–Y ¿quién te va a ayudar en la tienda?

–Las gemelas. Ya me ayudarás tú la semana qu'entra.

–Pero, ma...

–Necesitas despabilarte, no seas necio —de su monedero, Natalia saca varios billetes de a cien y se los da a Hortensio que, en un principio, se rehusa a tomarlos, pero Natalia, prácticamente, lo obliga a cogerlos. Ándale, prepara tus cosas y vete un par de días, a ver si regresas de mejor ánimo.

Hortensio se guarda los billetes y, antes de salir, Natalia le pregunta:

–¿Todavía no sabes nada de tu hermano?

–Quedó de hablarte en estos días, para que no te preocupes por él.

–Se está escondiendo, ¿verdad?

–¿Por qué dices eso?

–No, por nada —Natalia se queda pensativa un momento. Anda, ya vete. Más al rato, la carretera se va a poner de un tráfico imposible.

Natalia continúa su odiosa labor de lavar los trastes del desayuno mientras Hortensio se aleja, y suspira preocupada. Los hijos son una calamidad, piensa. Es un día muy bonito, dice en voz alta mientras mira por la ventana un inesperado cielo azul. ¡Qué raro!, un cielo tan azul en la Ciudad de México es como para ponerle a uno los pelos de punta.

Durante todo el día hace un calor insoportable. Natalia suda a mares y se abanica a ratos, entre un cliente y otro. Las gemelas corren a la bodega y regresan al mostrador para traer un kilo de arroz, un cartón de leche, un six de cervezas, cinco cascos de Diet Coke para los güeritos del siete; doscientos gramos de jamón y un trozo de queso para el alemán; un paquete de galletas y unos Delicados para Florencia.

–Quiubo, manita, ¿hoy vienes a tomarte un cafecito en la noche a los Bísquetes?

–Órale pues, nos vemos a las diez y media en el nuevo, está rebonito.

–¿Por qué tan tarde?

–Ya sabes que la tienda la cierro a las diez y tengo que hacer las cuentas, el corte de caja, pues.

–Bueno, pero te apuras, y tráete a las gemelas si no quieres que vean a Lolo bien persa.

–¿Ya desde ahorita está borracho?

–Hasta las cachas... pa' variar.

A las dos de la tarde el calor se vuelve peor que el mismísimo infierno y en la tienda no hay un miserable ventilador que las haga sentir menos infelices, más frescas. La blusa empapada se pega al pecho de Natalia y un hilo de sudor le recorre la espalda haciéndole cosquillas. Se pasa una servilleta de papel por la frente. Esto es intolerable, piensa en voz alta.

Decide ir a dar un paseo por el parque de avenida Cuauhtémoc, a lo mejor bajo la sombrita de los árboles se está más a gusto.

–Cuiden bien el cambio, niñas. Y tú, Ricarda, quita esa cara de pocos amigos, así no vas a vender ni chicles en las esquinas.

–Soy Natalita, mamá.

–Da igual. Mucho cuidadito con andar ligando. Orita vengo, no me tardo.

A pesar de ser sábado, el tráfico es aún peor que entre semana, será por el "hoy no circula" y, como los sábados todos circulan, se hacen unos embotellamientos terribles. Natalia se siente asfixiar entre humo de camiones, cláxones desesperados, frenazos y mentadas de madre: turu ru ru ru. Pero dentro del parque todo es más tranquilo, es como haber pasado la frontera del concreto, los imecas, el tráfico y la histeria colectiva. El cielo sigue azul, sin una sola nube, sin la nata café y espesa del esmog. Se sienta en una banca y observa a las parejitas de enamorados; a los carritos de hot-dogs, a los de raspados; a los globeros; a los puestos de fruta, de hot cakes con cajeta, mermelada y chocolate; a los niños en triciclos, bicicletas, patinetas y esos nuevos patines que tienen las cuatro ruedas en hilerita. ¡Cómo no se rompen el hocico con esos vehículos del demonio!, piensa Natalia, y se compra un raspado de grosella. Nunca le ha gustado de otro sabor; desde niña los prefirió de grosella, cuando su papá le compraba un raspado y un globo en el zócalo del pueblo. Ya ni los globos son como los de antes, piensa, ora son aerodinámicos: de colores espaciales con figuritas de Batman; con una flor de tela metida sabrá Dios cómo; con la foto del Rey León; de Aladino y la princesita esa tan mona; de la Bella y la Bestia. Qué bonitas películas esas de Disney, tan llenas de amor, de dulzura. En cambio las otras, las de muertos y violencia y odios, ésas no me gustan, son como para matar un muerto.

A lo lejos ve pasar a Ernestina con sus típicas fachas de cirquera loca. Bueno, después de todo, está loca, ¿no? Pobre Tinita, ¿qué le deparará el destino?, se pregunta y se ríe de su propio cuestionamiento cursi y tonto. Tinita no tiene destino, piensa, la abandonó como un puñado de desperdicios en la basura y ahí la dejó, en medio de la mierda. Tinita no conoce la diferencia entre lo bueno y lo malo y ambos le dan lo mismo. Cómo me da lástima la desdichada.

Ernestina camina con mucha prisa hasta el otro lado del parque y parece pensativa; algo muy importante se está desarrollando en esa mente confusa y llena de miedos. Al llegar al final de los jardines, se regresa con la misma prisa, pues debe llegar a tiempo a su cita con los de la PGR; tiene que decirles algo muy importante y no puede perder tiempo. Ha encontrado al verdadero asesino de Colosio; el mismo que mató a Posadas y a Ruiz Massieu y el que la acaba de violar hace ratito.

Natalia observa a Ernestina desde lejos, sin acercarse a ella: le dan miedo sus ojos extraviados en otro espacio, su mente acorralada y perseguida por demonios. Ernestina se sienta en una banca, totalmente exangüe; caminar hasta ahí la ha llenado de pavor y no sabe si seguir hasta la Plaza de la Constitución o si continuar su camino sin llegar a la cita. Quizá lo mejor sea entregarse a la policía y decirles todo: que ella trató de envenenar a Zedillo; que la Paca le auguró un negro destino; que Salinas la golpeó hasta hacerle un hoyo en el cerebro por donde se le escapan las ideas; que los Legionarios de Cristo pusieron una bomba en Los Pinos para que le estalle al presidente cuando se siente a defecar. Llora sin darse cuenta. Grandes lagrimones le escurren como cataratas por las mejillas.

Un viejito redentor del mundo se le acerca para ofrecerle su ayuda. ¿Puedo hacer algo por usted, señorita? Natalia observa todo desde la distancia, sin dejar de sorber su raspado de grosella. Ernestina mira al gringo con terror y no entiende su pregunta porque nunca aprendió inglés; ahora, su llanto es convulsivo, parece una niña chilanga perdida en mitad de Manhattan. Éste es el hombre de quien ha venido huyendo desde hace tiempo; es el que la golpea cada vez que revisa el archivo secreto de la nación y encuentra un mínimo error en sus misiones como espía. Ernestina se coge los cabellos como si quisiera arrancarlos y pega unos gritos desesperados. El viejito se asusta tanto o más que ella y se queda clavado al suelo, petrificado. Natalia avienta a un lado el raspado, corre hasta donde está Ernestina y la abraza o, por lo menos, trata de abrazarla.

–No se preocupe, señor, todo está bien. Ella es mi sobrina, yo me hago cargo. Vaya usted tranquilo.

–Pero ¿qué le pasa?, ¿está enferma?

–Sí, señor, orita la voy a llevar a su casa y se pondrá bien con la medicina del doctor, usted no se preocupe.

–Si desea puedo brindarle mi auxilio; seguramente, esta criatura no ha encontrado a Jesucristo en su corazón. Yo podría leerle un pasaje del Nuevo Testamento en donde...

–No, señor, muchas gracias, ahorita no estamos como para ponernos a platicar con Dios.

El viejito de mirada bondadosa se le queda viendo con cara de: Ésta es una hereje que no podrá salvarse nunca. Y se da la media vuelta muy indignado.

Natalia sigue abrazando a Ernestina que se prende de ella con todas sus fuerzas sin dejar de lloriquear y dar de gritos.

–Tranquilízate, Tinita. Te voy a llevar a casa. Tranquila, todo está muy bien.

Los curiosos empiezan a juntarse en torno a las dos mujeres. Natalia quisiera que la tierra se las tragara a las dos, desaparecer como el humo, no haberse dado por aludida al ver a Ernestina pegando de gritos y haber regresado a la tienda y aquí no ha pasado nada. Más curiosos llegan cada vez. Una mujer se acerca con la intención de ayudar, en vista de que le es imposible a Natalia controlar los gritos desesperados de su sobrina. Pero prefiere alejarse cuando se da cuenta de que la fuerza física de la enferma es como la de treinta hombres juntos.

Abriéndose paso a empujones y codazos, llega Florencia acalorada por la carrera, avejentada por la angustia y el susto que le ha pegado su hija. En ese momento, Ernestina logra deshacerse del abrazo de Natalia y se tira al suelo dando patadas y manotazos al aire; se revuelca en la tierra escupiendo gritos y espuma como víctima de un ataque de rabia. Entre Natalia y Florencia logran levantarla pero no pueden acarrear con ella hasta la casa.

–¿Qué tanto miran, carajo? —Florencia está más enfurecida por el temor que por la presencia de los curiosos alrededor de su hija.

En lugar de estar ahí parados como imbéciles deberían de ayudar o borrarse, que mucho ayuda el que no estorba.

—Llamen a una ambulancia —dice alguien.

—Florencia, voy a buscar a Francisco y a llamar al doctor de Tinita.

—Órale, manita, pero pícale.

—Mejor vayan por el loquero —se oyen risitas ahogadas.

Florencia se levanta furiosa y de un puñetazo manda a volar al que acaba de decir eso.

—¿Quién sigue pa' que le dé su parte? ¡Largo de aquí! ¡Fuera, runfla de holgazanes!

Florencia se queda sola con su hija que sigue revolcándose en la tierra y golpeándose contra el árbol, la banca, el arbusto y todo lo medianamente a su alcance. Los gritos de Ernestina están por acabar con los nervios de Florencia que mira desconcertada hacia todos lados. Regresa Natalia a toda prisa y sudorosa por el calor que no ha disminuido para nada.

—No encontré a Francisco por ningún lado pero hablé con el doctor... ya viene una ambulancia.

—¿Ambulancia?, ¿para qué?

—No te hagas taruga, Florencia; esta niña necesita internarse.

—¿Otra vez?

—Pues mírala nomás. Tú no puedes controlarla sola y con Francisco no cuentas.

Los gritos de Ernestina se calman por momentos. Las dos mujeres consiguen hacerla sentar en la banca, se sientan una al lado de la otra. Tratan de calmarla. Ernestina solloza, cierra los ojos, parece más tranquila. Vuelve a abrirlos y, una vez más, se ve en esos ojos la expresión del desconcierto, del horror a lo desconocido. En un nuevo ataque de histeria, golpea a Natalia en la nariz y le saca sangre; a Florencia ya le ha sacado varios moretones en brazos y piernas.

—¡Ya, Ernestina, chingao! —Florencia se siente desesperar y no halla qué hacer. Por fin, llega la ambulancia; en menos de un segundo, dos hombres amarran a Ernestina con camisa de fuerza, la meten a la ambulancia y arrancan a toda velocidad entre las miradas de los curiosos y el chillido aterrador de la sirena y su canto de muerte.

Durante sus últimos segundos de lucidez, Ernestina vio a Ramiro clavado en su mente; pudo oler su cuerpo sudoroso y sintió en el suyo las caricias que no se repetirán, los besos que ya no le dará. Sintió bajo sus dedos la suavidad de la piel tatuada y morena, la aspereza de los vellos del pecho y las piernas. Sintió en todo su cuerpo los escalofríos previos a la entrega total. Pero también volvió a experimentar la burla de la traición, la vergüenza de sentirse humillada y supo, sin deseos de equivocarse, que este viaje al mundo de las quimeras era el definitivo, era el viaje sin regreso al interior de sí misma y sus espectros.

Qué bueno que ya no requiera de mi presencia, señor detective, porque fíjese que me tengo que marchar de la ciudad. Después de andar tentando a la muerte a cada ratito, por fin la flaca decidió que ya estaba bueno de tonterías y que se carga a mi madre con todo y achaques. A la pobre vieja ya ni tiempo le dio de despedirse de nosotros. Aunque de todas formas se pasó la vida despidiéndose de medio mundo, hasta de sus trece perros y quince gatos. Y ¿cómo cree usted que se fue a morir la muy sinvergüenza? Pues no se murió de un infarto, ni de diabetes, ni de un derrame cerebral, ni por piedras en el riñón como ella hubiera querido. En cambio, el pinche huracán Paulina se la arrastró de Puerto Marqués a Pie de la Cuesta cuando andaba por Acapulco tomando el sol para las reumas. ¿A quién se le ocurre, no? Pero eso le pasa por andarle cerrando el ojo a la dientona. Ahora, mis hermanos y yo tenemos que ir a Acapulco a recogerla en pedacitos porque de ella nada más encontraron su dedo donde llevaba el anillo de matrimonio y el escapulario con el que siempre quiso que la enterráramos. Por fortuna, unos días antes se hizo llevar los Santos Olios como cada semana, por si las dudas. A mi hija Lucero me la voy a llevar conmigo por aquello del estrangulador y para ver si así escarmienta y se deja de golferías.

Le encargo mucho que encuentre al asesino de don Lolo y yo le recomendaría que no le quite la vista de encima a Aguinaldo Misiones. Se anda diciendo que piensa mudarse de vecindario dizque porque no soporta pensar que Lolo Manón fue asesinado en su mismo edificio. Vaya usted a saber qué culpas esté cargando el muy mezquino. Hasta luego, señor detective, fue un placer haberlo conocido y espero que mis declaraciones le hayan sido de utilidad.

Discúlpeme por haber llegado tarde a la cita, licenciado, pero últimamente sólo tengo problemas y más problemas. Desde la muerte de mi marido, todo se nos ha cuatrapeado. Los gastos del funeral fueron tremendos y debo hasta lo que no he comprado. La gente no entiende que esto de morirse es costosísimo y mis ahorros se me esfumaron en un abrir y cerrar de ojos. Pero dígame, licenciado, ¿pa' qué soy buena?

No. No tengo idea de quién sea ese tipo. Nunca lo he visto por el barrio y su nombre no me dice nada. A ver, déjeme ver bien la foto. Creo que ya necesito lentes porque no le distingo bien la cara. ¿Es una mala foto?, con razón; ya decía yo que no me podía estar quedando ciega de un momentito para otro. Se ve bastante joven, pero muy chilapastroso.

Oiga, ese edificio está aquí, quiero decir, allá, en la calle de Mérida. Es una construcción que quedó muy dañada con el temblor y eso es una verdadera desgracia, porque es una preciosidad. Yo me acuerdo muy bien de él antes del terremoto. Ahí vivía una amiga de nosotros y su departamento era enorme y de techos muy altos. Ella se fue a vivir a Guadalajara después del ochenta y cinco. Y no era para menos, casi toda su familia quedó sepultada en el multifamiliar de Orizaba que se cayó completito, sin dejar un cristiano vivo.

Orita, viéndolo un poco mejor, sí he visto al vaguito este. Es un teporocho que no se mete con nadie; se la pasa tirado en la calle con su botella de aguardiente. El pobre ya está medio lucas de tanto alcohol barato y de tanta droga. En veces, uno lo ve caminando sin rumbo y platicando con fantasmas. Pero, como le digo, no se mete con nadie, no es de esos borrachines majaderos o pleiteros que nomás se la pasan dando la lata. Todos en la colonia lo conocemos, pero nada más de verlo pasar los días y las noches tirado, durmiendo a media banqueta; así como está en la foto, precisamente. A mí me da lástima, el infeliz; debe tener una vida muy canija.

ESPELUZNANTE ASESINATO
ULTIMÓ A SU VÍCTIMA DE 18 PUÑALADAS
por Virginia Morales

México, D.F.- El hogar de una familia honorable se tiñó de sangre cuando el jefe de ésta encontró su destino al filo de un cuchillo de cocina. En un principio, se contempló la posibilidad de que había sido un suicidio, ya que no se encontraron demasiadas huellas de violencia en el lugar de los hechos. Sin embargo, la necropsia indicó que la enorme cantidad de alcohol registrada en las venas del occiso, le hubiera impedido a cualquiera sostener entre sus manos el arma mortal.

EL NEFASTO CRIMEN

Lorenzo Manón Martínez fue encontrado por su esposa, Natalia Madera de Manón, en la sala de su domicilio. Su cuerpo se encontraba recostado contra varios cojines y en posición de reposo. El escenario, tinta en sangre, era cruel para los ojos de la ahora viuda, señora Manón, y para los de sus hijas Natalita y Ricarda que también presenciaron el horrendo cuadro.

El Ministerio Público ya se ha hecho cargo de las averiguaciones, para las cuales se carecen de pistas que lleven al esclarecimiento de los hechos. Sin embargo, por las características del crimen, se cree que podría tratarse de un nuevo golpe perpetrado por la desalmada banda de "Los Podridos", mismos que han cometido atrocidad y media; despojando a familias enteras de sus bienes, asesinando a numerosas jovencitas en el cerro del Ajusco, violando a la comunidad entera de un asilo para ancianos.

Así, se suma un nuevo asesinato a la larga lista criminal de nuestro país. ¿Será resuelto por la policía este nuevo atentado contra la paz social?; o, ¿este homicidio será uno más de los catalogados como "casos sin resolver"?

Yo no le puedo decir que sospeche de alguien, señor abogado, porque no tengo la más mínima idea. A lo mejor soy corto de inteligencia porque no se me ocurre un motivo por el que alguien haya querido deshacerse de mi primo. ¿Valerio Cuadra?, ¡n'ombre!, ése es repuñal, ése no cuenta; aunque luego dicen que los maricones son muy pasionados y hacen horror y medio cuando les entra el amor apache, pero no creo que éste sea el caso. ¿Aguinaldo Misiones?, déjeme ver, no. No creo porque éramos muy amigos los tres. ¿Florencia?, ¿cómo se le ocurre pensar algo tan feo? Florencia tendrá su carácter amargo pero echarse un muerto en la conciencia, ni loca. ¿Jaime Cocinero?, es probable porque lo dejaron con ganas de hacerle al suegro, o al pendejo, quién sabe a estas alturas. ¿Yo?, óigame, no me quiera ver la cara de estúpido. ¿Cree que si yo hubiera matado a Lolo estaría aquí sentadito, escuchando tonteras?, me habría largado a la fregada, pues si tan tarugo no soy.

Ni siquiera se le ocurra mencionar su nombre de ella. Mi hija es lo único bueno que me ha sucedido en este destartalado planeta en peligro de extinción. Y *sí* es mi hija, digan lo que digan todos los demás y pobre del que se atreva a negarlo en mis narices porque me lo quebro. Ernestina estará medio tocadiscos pero no sería capaz de una estupidez tan grande como matar a su tío; ella lo quería un resto y ni siquiera le he dicho lo de Lolo para no darle ese dolor. Además, Ernestina estaba en el hospital cuando lo asesinaron y ahí sigue hasta la fecha. Fue la vez del parque, cuando se puso a gritar porque alguien, para variar, le quería hacer daño. Tinita no se pone a dar de gritos como una demente nada más porque sí. Si ella grita, es por algo grave. Por ejemplo, un hombre con antenas en la cabeza y garras en las manos queriéndosela apedrear como a la mujer adúltera; o una tropa de soldados del Ejército de Salvación persiguiéndola para desfigurarle la cara con ácido corrosivo; o un enjambre de avispas que se la quiere devorar hasta dejarla en los puros huesitos. Ella no grita nomás de a gratis. Dígame si usted no gritaría si le pasaran cosas tan gachas. Bueno, ella en realidad no me dice las cosas que le pasan en la cabeza, pues ya sabe que Tinita no habla con nadie, pero yo me lo imagino por el tamaño de sus gritos.

Cuando todavía le gustaba hablar me decía algunas cuantas de sus imaginerías. Yo nomás la abrazaba muy fuerte para reconfortarla, ¿qué más podía hacer? Pero cuando le daba por gritar, los pelos se me ponían de gallina y mejor me iba a la cantina con Lolo; yo de todos modos no podía arreglar la situación. ¿Sabe?, a mí lo que me duele todavía más es que nunca conocerá hombre. Con esos arranques, ¿quién la va a tomar por mujer? En el barrio le han puesto toda clase de apodos y eso me acongoja mucho, aunque ella ni se entera. Le dicen la "llave de cruz", porque solita se quita los tornillos, o la "manicurista" porque se la pasa en el "maniquiur". Pero, a pesar de todo, ella es una buena muchacha; de sentimientos hondos y nobles. Por eso le digo que Tinita jamás se hubiera atrevido a hacer algo tan tremendo como matar a su tío Lolo. Si no se anima a destazar un gusano, figúrese si va a tener el coraje de cargarse la vida de un hombre. Está loca pero no pendeja.

Natalia deja caer la cortina de la tienda con gran estrépito. Las gemelas, Natalita y Ricarda, ponen los candados. Natalia ya no se siente joven para agacharse hasta el suelo a ponerlos. Las tres mujeres caminan de regreso a su casa en completo silencio, sumidas en sus pensamientos. Natalia aún siente en la boca el sabor amargo de los sucesos del día; después de todo, no es agradable visitar un hospital psiquiátrico. Todavía puede escuchar en su cerebro los gritos y los llantos de las locas. Eso la hace sentir profundamente deprimida y angustiada. Cualquiera de nosotros podría estar ahí, piensa. De tan sólo imaginar a alguno de sus hijos en el estado de Ernestina, con camisa de fuerza y aullando como si alguien la estuviera torturando es, en sí, una tortura.

Los pensamientos de las gemelas están muy lejos de los de su madre; sin embargo, no por ello son menos tétricos. La adolescencia es tenebrosa y amarga para cualquiera. Sienten sus vidas detenidas en medio de un mar de aguas estancadas y sucias; nada tiene sentido y a veces les entran ganas de llorar nada más porque sí.

El recorrido de La Covadonga a la casa es muy pequeño; apenas una cuadra, pero eso es suficiente para que se convierta en un martirio caminar entre sombras nocturnas y silencios escondidos detrás de cada edificio, de cada una de las casas. La ciudad está tranquila y no hay ruidos de coches o camiones apestosos que las puedan sacar de sus pensamientos. La puerta de entrada al edificio San José está abierta de par en par, pero eso ya no es raro; hace mucho tiempo que nadie se preocupa por cerrarla, de tan vieja y desvencijada. Natalia sube al primer piso seguida por las gemelas que, cabizbajas y cansadas, arrastran los pies sin darse cuenta de nada.

Al meter la llave en la cerradura, Natalia siente un escalofrío. Maldito día, piensa, ha sido como un mal sueño. Al tratar de dar vuelta a la llave, se da cuenta de que la puerta está abierta. De seguro, Lolo llegó borracho y se le olvidó cerrarla. Es un inconsciente. ¿No se da cuenta de que esta ciudad es cada día más peligrosa; atascada de bandas de estranguladores por todos lados? Entra al departamento y prende la luz al mismo tiempo que avienta su bolsa a un lado; está a punto de quitarse los zapatos cuando nota un extraño ambiente en la casa. Algo ha cambiado, aunque de momento no sabe qué es y sus ojos aún permanecen algo deslumbrados por el resplandor de la luz recién encendida. Una de las gemelas grita antes de haber traspasado el umbral; automáticamente, la otra también pega de chillidos, sin saber el motivo de los alaridos de su hermana. Natalia no entiende por qué sus hijas gritan. ¿Qué les pasa, niñas tontas? No hagan tanto escándalo que van a despertar a todo el vecindario. Su mente gira revuelta en pensamientos ajenos a lo que sus ojos están viendo. Los sillones de la sala, en completo desorden, han adquirido un color extraño y diferente del original. Nos equivocamos de departamento, recapacita Natalia mientras las gemelas se desgañitan con sus alaridos.

Estamos en uno que no es el nuestro pero que es igualito al nuestro. ¿Qué estamos haciendo aquí? Un hombre se encuentra tirado a mitad de la sala con las manos en el vientre como si padeciera retortijones. Esto es obsceno, no es correcto; no debemos entrar a una casa ajena, es inmoral. Qué desastre de casa, por Dios. ¿Quién vivirá aquí y por qué las gemelas se han vuelto locas? El sudor escurre por la frente de Natalia como cuando estaba en el parque y era medio día. El cuerpo inerte de Lolo yace en el suelo, rodeado de un charco inmenso de sangre. Natalia mira a las gemelas que, abrazadas, no dejan de gritar. Las sacude por los hombros.

–Cállense de una vez, ¿se volvieron locas o qué?

Pero yo soy la que enloqueció, piensa Natalia, estoy viendo disparates; los gritos de las enfermas del hospital se me metieron muy adentro de la mente y no se me quieren salir y esta casa es un verdadero despiporre. ¿Cómo es que es un despiporre si yo hice la limpieza antes de salir esta mañana? Lolito y Hortensio no están, ellos no pudieron haber hecho tanto desbarajuste. ¿Qué hace Lolo ahí, en medio de la sala, con la barriga tan sucia y los ojos viendo hacia ese techo tan feo y viejo? Todo está puerquísimo: las cortinas, los cojines, el tapete y la camisa nueva de Lolo; la que le regalé en su cumpleaños. Natalia se acerca a su esposo y lo mira tratando de reconocerlo.

–¿Qué te pasó Lolo, te sentistes mal? —Natalia lo mueve del hombro manchándose las manos de sangre. Contéstame Lolo, contéstame. Que me contestes, te digo. ¿Te volvistes sordo? Háblame, di que te lleve al doctor pero no te quedes con esa mirada de estúpido que me pones nerviosa. Lolo, Lorenzo Manón Martínez, háblame; di lo que quieras pero di algo, por el amor de Diosito —Natalia lo sacude con violencia, ni siquiera se da cuenta de que ya tiene tremendos lamparones de sangre en el vestido. No finjas, deja de hacerte el difunto porque no soporto este tipo de bromas. Háblame, no seas haragán; ¿hasta eso te da flojera? Despierta por favor, por favorcito, aunque sea para decirme que te vas a ir con la otra, pero no te quedes viendo el techo como si lo acabáramos de pintar —Natalia abraza el cuerpo de Lolo. Bueno, a lo mejor lo miras porque estás pensando de qué color te gustaría que lo pintáramos; ¿quieres que lo pintemos? No le hace si nos acabamos el dinero. También podríamos arreglar la cocina, si tú quieres. ¿Te acuerdas que una vez me dijistes que sería bueno poner una de esas cocinas integrales? Respóndeme, Lolo.

Florencia hace a un lado a las gemelas para entrar al departamento de Lolo Manón. Con las manos temblándole como maracas pero con la respiración tranquila y la voz pausada, se acerca a Natalia. La coge por los hombros para separarla del cuerpo de Lolo; sin embargo, Natalia se niega a desprenderse de su marido, se niega a ver lo que sus ojos miran.

–Ven, manita, será mejor que te quites de aquí.

–A lo mejor quieres hacer ese viajecito del que tantas ganas tenías antes de que comprara yo la tienda.

–No te oye, manita; está muerto, está bien muerto.

–No seas ridícula, Lolo no se puede morir antes que yo, dijo que me mataría primero.

–Pues te traicionó, pa' variar.

–¿Estás muerto, Lolo?, ¿en serio estás muerto?

Es verdá eso que le dijeron, mi comandante. Me voy de esta colonia que está maldecida... maldita, pues. De un tiempecito pa'cá me pasan un resto de cosas bien macabras. Como a eso de las cuatro de la madrugada oigo unos lamentos horribles muy cerquitas de mi cabeza, se me afigura que debe ser Lolo regresando del infierno pa' reclamarme cincuenta pesos que le quedé a deber. A veces siento una mano helada que me tapa la boca como pa' que me calle el hocico; es que ronco mucho, ¿sabe usté? Y entonces me despierto como espantado y doy de manotazos al aigre tratando de alejar al espíritu de Lolo; al grado que el otro día le tiré un diente a mi hija Carmen de un puñctazo. También me jalan de los pieses justo cuando estoy soñando que me como un helado de limón. Es bien horripilante, se lo juro. Por eso decidí largarme a la Doctores, a ver si ahí los condenados espíritus no andan tan desatados porque, lo que es aquí, ya no puede uno vivir tranquilo.

¿Y por qué habría de ser mi concencia, dígame usté? Yo, ésa la tengo bien limpiecita; mi casa podrá parecer el camión de la basura pero con mi concencia no se meta. Es bien cierto que le tenía algo de resquemor a Lolo porque siempre se pasó de listo conmigo, pero tanto así como pa' andar con el alma empuercada, no.

¿Cómo de que me estoy echando de cabeza solito? Usté se está mandando conmigo, mi comandante, y eso no me gusta. Pero mire, pa' que no tenga duda de mí, hasta le voy a dar mi nueva diretción y el teléfono del jacalito que voy a alquilar. Pero en verdá usté no debe andar sospechando de mí. Si yo tengo esas etsperiencias medio fantasmales ha de ser porque a Lolo le quedaron ganas de armar bronca por lo de los pesos o por alguna otra pendejada, ya ve usté cómo se las gastaba mi querido amigo. Y que quede bien claro que no me estoy dando a la fuga como dice usté. Yo nomás me quiero alejar de los malos espíritus y de cualquier deuda que a Lolo le haiga quedado pendiente con su servidor.

¿Cómo?, ¿me lo puede volver a repetir por favor? ¿Que este desventurado mató a mi marido?, ¿que este pobre muchachito enclenque asesinó a Lolo Manón, a mi Lolo? Óigame no, ¿cómo cree usted que un miserable, un gandul, un haragán como éste, le quitó la vida a mi marido? Ésa es una insolencia para la dignidad de cualquiera. Lolo no se pudo dejar acuchillar por un desgraciado, por un pobre diablo cualquiera. Lo que pasa es que no han podido dar con el verdadero asesino y ya se hartaron de andar buscando, preguntando, enterándose de la vida íntima de medio mundo y de darse cuenta de que todos ustedes son una punta de inútiles, patanes, mediocres. Y como ya le quieren dar matarile al asunto, entonces van y agarran al primer peladito, a un desdichado sin nada que perder, que ha pasado por la vida sin pena ni gloria, y se les hace muy fácil enjaretarle el muertito, para luego encerrarlo y que termine de pudrirse en la cárcel; así, ustedes se lavan las manos y dicen: aquí se hizo justicia, cumplimos con nuestro deber y asunto arreglado. Pero esto no se va a quedar así. Me parece increíble que puedan siquiera suponer que este mequetrefe de a dos por cinco pudiera tener la hombría, la bravura, las agallas, el valor, los güevos, pues, de ir y meterle dieciocho puñaladas a Lolo como si fuera un saco de harina indefenso o, peor aún, como si fuera un trozo de res listo para destazar y venderlo por kilo. Me está usted insultando, licenciado. Ésta es una falta de respeto. Ojalá mi esposo no lo esté escuchando, de seguro le daba un infarto con una injuria de ese tamaño. Él era un cabrón, un armapleitos, un hijo de toda su santa madre; pero no era un pendejo, ni un debilucho, ni estaba manco, ni ciego, ni tullido. Estaba enterito y era bien fuerte y podía romperle el hocico a cualquier animal que se le pusiera enfrente. Y ahora, ¿usted me viene a decir a mí que este andrajo humano lo destazó como si fuera un pollito maniatado? Me han ofendido de muchas maneras, licenciado; pero ésta ha sido la peor, y eso no se lo voy a perdonar nunca.

Soy Lolo Manón aquí y en China, sí señor. Y estoy tratando de recordar mi niñez, pero ya se me olvidó, ya se me olvidó la pinche niñez, mejor, los niños son la peor peste, son odiosos, odio a los niños. Me voy a hacer un poquito para acá, a ver si así este cabrón se distrae tantito. Cómo me cuesta trabajo moverme, carajo. Ha de ser la vejez. ¿En qué estaba?, ah sí. Soy Lolo Manón y estoy casado con una especie de bestia que, por desgracia, no está en peligro de extinción; al contrario, es una plaga, como los niños; odio a los niños y a mi esposa. ¿Y si estiro un poquito la pierna a ver si ahora sí logro esquivarlo? ¡Óle, güey!, no te esperabas esa verónica, ¿verdad?, eres un pendejo, aunque eso no es novedad. De niño, mi mamá no me dejaba ver a mi papá cuando se caía por las escaleras de tan briago. No quería que me hiciera como él porque mi papá era un hijo de su tequilera madre; en cambio yo, a puro mezcal me gané el paraíso. Pobre de mi mamacita, era buena de mula. ¡Ya me volvió a atizar este pedazo de cabrón!, ¡nomás porque me agarró pedo!, que si no... A mi tía Graciana casi le da el síncope cuando se enteró de quién se convertiría en su nuera. No fue a la boda y nunca conoció a Ernestina, ¿para qué?, de todas formas ni era su nieta. Jamás recibió a Florencia en su casa y se vistió de luto de la boda pal real. Qué vergüenza cuando llegue Natalia y se encuentre todo esto mojado, de a tiro ya ni la amuelo. Pero de perdis se va a entretener un rato cuando limpie el mugrero que le estoy dejando, como debe ser. Soy un pobre diablo, pero un pobre diablo borracho y muy hombre. La vida es para vivirla, dicen; pues yo la estoy viviendo en grande. Pero de que soy un pobre diablo, no tengo la menor duda. Quise mucho a mi mamá, sí señor; y a mi papá, pues, como a todos los padres, ni mucho ni poco. El viejo se murió cuando yo todavía estaba escuincle; me alegro, los papás sirven nomás para estorbar. ¿Otra vez la burra al trigo con esa fregadera?, ¿qué no se dará cuenta de que está rete filoso el sacabuche ese de mierda? Me estoy empezando a encabronar, ¿eh? Y cuando yo estoy pedo y encabronado, hasta Natalia me respeta ¡carajo! Mi jefa no se ocupaba de nosotros porque trabajaba todo el santo día, por eso no nos pegaba de día, nomás de noche, cuando llegaba del trabajo y ya estábamos dormidos. Seguramente alguien le iba con el chisme de nuestras travesuras porque llegaba muy segura de sí misma, nos aventaba las cobijas hasta el suelo y, luego, a darle con una vara de bambú como si fuéramos piñatas. Uno, dos, tres... a veces, hasta quince nos tocaban, según lo grueso de la travesura. Ora, pa' colmo, también me está dando frío. De veras debo estar envejeciendo porque antes nunca me daba frío. Cuando ya no pueda sostener un vaso de mezcal en la mano, ¿qué voy a hacer? No creo que alguna de las gemelas quiera sostenerlo por mí y darme de beber a sorbitos. Esas mugrosas en cuanto puedan se van a acostar con el primer imbécil que se les ponga en frente. Son una calamidad; las mujeres siempre han sido unas jijas, aunque parezcan muy modositas y obedientes. Así me salió Natalia, muy tranquilita y sumisa pero, a la mera hora, buena de mandona y calzonuda. Por cierto, ojalá se apure Natalia porque ora sí este animal se está pasando de lanza con tanto piquete, está bien que haiga confianza, pero ya ni chinga, de veras... A mi hermana Gloria y a mí nos tocó más cañona la danza del bambú. Desde esa época se me quedó lo espantado y, con cualquier ruidito, me despierto de un brinco y escupiendo el corazón por la boca. ¡Híjole!, de veras estoy dando el viejazo porque tengo un resto de sueño. Los ojitos se me están cerrando y hasta se me escurre la baba. Ay, güey, pero si no es baba, ¿qué será, pues?; está caliente, qué asco. ¿No piensa largarse este pedazo de animal?, ¿acaso no se da cuenta lo gordo que me está cayendo? Un día me partí la nariz con una lata oxidada y el sangrerío que corría y corría y no me dejaba de sangrar la cochina nariz. Fui con mi mamá para que me la arreglara y, en lugar de eso, me dio tres nalgadas por andar haciendo diabluras y me mandó otra vez para la calle. Mi tía Graciana me llevó a la clínica para que me remendaran la nariz y me vacunaran otra vez contra el "tuétano". De veras que si no estuviera tan borracho y entumido, me moriría de la risa nomás de ver la cara que está haciendo este cabrón; de seguro hace poquito vio *Psicosis 3*. ¿Por qué no termina por irse a su casa y me deja tranquilo? Un día la voy a matar, pero no a la tía Graciana; ella ya está muerta, de todas formas. Sí, es buena idea. ¿Para qué quiere seguir rumiando en este jodido mundo? Hasta le voy a hacer un favor. Primero le digo una que otra cursilería como cuando recién nos casamos, luego la desvisto todita y va a pensar que le quiero hacer el favor pero ¡papas! Después, la torturo un poquito pasándole una vela prendida por sus partes hasta quemarle todos los vellitos. Por último, le aprieto el pescuezo, o la ahogo en la tina de baño, o le meto un plomazo; eso es lo de menos, lo interesante va a ser la quemada con la vela, poquito a poquito, pedacito por pedacito. ¿A qué horas piensas llegar, pinche Natalia? Nunca estás cuando te necesito, carajo. Ya se me entumió el cuerpo entero y no puedo abrir los ojos, se me quedaron pegados; lo peor de todo es que no voy a ver la clase de mezcal que me des. Oye, no me vas a hacer limpiar el mugrero este, ¿verdad? ¡Híjole!, te vas a poner furibunda cuando veas la alfombra y los cojines y los sillones y las cortinas y los muebles del comedor todos manchadotes. ¡Qué bueno que ya no puedo abrir los

ojos, ¡así no tengo que ver tanta porquería! Me dan ganas de reír nomás de imaginarme la cara que vas a poner cuando llegues...

De los hijos de Lolo, Lolito y Hortensio nunca me han caído bien y jamás haría algo por ellos, ni en un millón de años; aunque sean mis sobrinos. Se parecen mucho a su papá en muchas cosas; revoltosos,
buscapleitos, argüenderos, mujeriegos. Pero con la diferencia de que
ellos no le meten al alcohol como Lolo; Lolito y Hortensio le meten a
la mariguana y vaya usted a saber si a cosas más fuertes. En una ocasión, metieron a Lolito al tambo por traer un guatote de mariguana en
el carro. Como siempre, Natalia soltó una buena cantidad de dinero
para sacarlo del bote. El muy hipócrita juró y perjuró por la Virgen y
por su mamá y por la fregada que nunca más iba a ver un churro de
mota en toda su vida, ya no se diga fumárselo. ¿Usted cree que lo
cumplió, señor abogado?, pues no; más se tardó en jurarlo que en volver a las andadas. Esos muchachitos crecieron chuecos, y árbol que
crece torcido ni su mamá lo endereza. A Lolo no le tenían el más mínimo respeto, se le encaraban como si fueran sus iguales. Dígame
dónde se ha visto semejante cosa.

No, señor abogado, yo en ningún momento le estoy diciendo
que mis sobrinos haigan matado a Lolo; tampoco creo que llegaran a
esos extremos.

Lolito y Hortensio Manón tienen hartos amigos por la colonia; entre ellos, está el hijo del sastre; los hermanos Gutiérrez, a los
que les dicen el Marrano y el Carroña; también está el muchacho tatuado y lleno de aretes hasta los tanates; ¿ya sabe cuál le digo, verdad? Ése se salvó de puro churro porque lo dejaron como coladera,
según tengo entendido. Todos estos jovencitos son una pandilla de
holgazanes mal nacidos que les encanta andar en cosas sucias; inclui-
dos mis sobrinos. Nada más con conocer a sus amiguitos de ellos,
sabe uno que están enredados en alguna clase de lío.

Ese día de la balacera y las patrullas y los helicópteros encima
de las azoteas y las gentes corriendo de un lado para otro como hor-
migas a medio fumigar, Lolito salió pitando pa' Ciudad Juárez; de seguro, a él también le querían meter plomo y patitas pa' qué son buenas.
A mí no me consta nada, señor abogado, yo nomás digo lo que ven estos ojos.

Las gemelas son otro cuento. Ésas son tan buenas, tan buenas,
que nomás de verlas, dan ganas de bostezar. Son idénticas, supongo

que dejarían de ser gemelas si no lo fueran, ¿no?; pero me refiero a que no sólo físicamente son igualitas, sino que hablan con el mismo tono de voz y las mismas palabras; se visten y se peinan igual, se sacan las mismas calificaciones en la escuela: si una reprueba matemáticas con 5.2, la otra también. En fin, son la misma gente partida en dos. A veces pienso que son una misma persona pero que uno, de tanto chupar en la vida, ya las ve doble siempre, borracho o sobrio. No me extrañaría que cuando anden noviando, tengan un solo novio para las dos. Eso no estaría mal, ¿verdad? Nunca las puede uno distinguir, ni la misma Natalia que fue quien las parió. Cuando ha de regañar a una de las dos, lo mismo da si la cueriza se la pone a Ricarda que a Natalita; y mejor castiga a las dos porque no sabe cuál es cuál.

Yo no sé cómo se llevarían las gemelas con su papá. Lolo jamás tocaba el tema de su familia cuando nos íbamos de parranda y a nadie le permitía hablar de eso. Quizá era un tema demasiado aburrido. Según él, la cantina no es sitio para hablar de la mujer o los hijos porque es como una blasfemia; en cambio, se la pasaba hablando de sus amantes y de sus aventurillas. Y como siempre nos veíamos ahí con Lolo, pues nunca nos contaba de su vida familiar; por eso no sé muy bien cómo era la relación entre las gemelas y Lolo.

¿Que una de las gemelas estuviera involucrada con algún patán del barrio? No, señor abogado, para nada. Ellas todavía no están en edad de andar con muchachitos, de seguro han de jugar todavía a la comidita y a las muñecas. Están muy jovencillas para meterse en camisa de once varas y, de cualquier forma, no creo que Lolo las haiga dejado ni asomar las narices por la ventana de La Covadonga. A veces, cuando atendían la tienda sin Natalia para vigilarlas, Lolo se escondía en algún lugar donde ellas no lo pudieran ver para fisgonear cómo trataban a los clientes; si les sonreían con coquetería, si alguno les rozaba la mano, dizque sin querer, a la hora de pagar; o si algún desgraciado se atrevía a invitar a una de ellas a salir. Generalmente, nunca pasaba nada porque, como le digo, las gemelas son tan buenas como el pan de muerto.

🔃

Las paredes del cuarto le parecen demasiado pequeñas, blancas y agobiantes. Sobre la cama, está la maleta llena de ropa en desorden; sólo algunas playeras, un par de pantalones y ropa interior aventada con descuido. Hortensio mira el ropero viejo y desvencijado que por años guardó en su interior todas sus posesiones. No pretende llevarse demasiadas cosas, no podría cargar con tanto para ir tan lejos. Hace un par de días habló con el pollero que le pidió una cantidad descomunal por pasarlo del otro lado, pero valdrá la pena. Tiene que valer la pena dejar atrás todo: sus fantasías infantiles y estúpidas, sus deseos frustrados. No deja de maldecir a Ernestina por su maldita suerte.

Lolito despacha en La Covadonga, cobra quince pesos, da cambio de a veinte. Unas Corona para los güeritos, un litro de leche para el sastre, un kilo de arroz y un Knorr Suiza para el alemán. Ramiro se aparece en la puerta de la tienda de abarrotes con una gran sonrisa de oreja a oreja. Lolito lo saluda desde el mostrador con un gesto y se mete a la trastienda por un par de cervezas frías. Las gemelas se quedan al cargo de despachar mientras Lolito y Ramiro se toman su par de cervezas recargados en un coche.

Hortensio se sienta en la cama con la cabeza entre las manos, tratando de pensar. Por un momento quisiera dudar, pero no hay marcha atrás, sería demasiado cobarde. Necesita alejarse de su madre y su eterna expresión de amargura en la cara, de su padre asesinado, de su hermano siempre metido en problemas pero, sobre todo, necesita alejarse de ella. No puede evitar sentir un odio feroz hacia Ernestina y se alegra de saberla encerrada en ese hospitalucho para enfermos mentales. Ahí te debiste quedar desde el principio de los tiempos, Ernestina Tocino.

¿Qué hay? Nada, todo igual. Ramiro saca unos cigarros, prende uno, le ofrece la cajetilla a Lolito que acepta y fuma chupando la boquilla y disfrutando del humo como si se tratara de un churro. ¿Sabes algo del Marrano?, pregunta Lolito como no queriendo la cosa. Nel. Desde que se peló, ni sus luces. Algunos dicen que lo agarró una julia y lo metieron al campo militar número uno; otros, que anda por Guatemala. ¿Y del Carroña?, Lolito hace las preguntas sin mirar a Ramiro de frente. Me dijo el Huesitos que andaba escondido en casa de unos tíos en la Neza, responde Ramiro. A menudo hoyo se fue a meter el imbécil, dice Lolito, y fuma despreocupadamente. Pero por lo menos él se está escondiendo. Nosotros también nos deberíamos de pelar. Ramiro se termina su cerveza, deja la botella en el piso. Si supieran de nosotros, dice Lolito con cinismo, ya nos habrían agarrado; empezando por ti cuando estabas en el hospital; de ahí, te habrían mandado al tambo. Mi jefa soltó un billete, responde Ramiro, pero esos Macacos nos traen ganas y de seguro están tramando algo grueso. Nos quieren quitar de su camino.

Hortensio piensa llevarse consigo las cartas que Ernestina le escribía cuando eran niños. Después, se da cuenta de que eso sería como llevársela a ella metida en la maleta y, lo único que quiere, es dejarla donde está y no volver a pensar en su cuerpo, en sus caderas, en sus ojos, en su boca, en toda ella. Pero también sabe que jamás lo abandonará el recuerdo de Ernestina. Le dejó clavado en la memoria el olor de su cuerpo, la tibieza de su piel. Por millonésima vez, Hortensio maldice sus recuerdos.

¿Y tu mamá, cómo sigue? Ramiro hace la pregunta en un afán por cambiar de tema, por no tener nada de qué preocuparse. Si la vieras, es otra, me cae que sí, responde Lolito. Al principio estaba que se la llevaba pifas; la veías jodidísima, super deprimida; pero de un tiempo acá, haz de cuenta que acaba de nacer; al grado de que hoy se levantó temprano para ir a un gimnasio al que se inscribió hace poco. Luego se iba a ir de compras y después a la estética para hacerse no sé cuánta mariguanada. Se ha convertido en la viuda alegre, ¿cómo ves? Está bien, ¿no?, dice Ramiro. Sí, la neta, mi papá le dio vida de perro y ahora se está desquitando; mientras no le siga el ejemplo a Florencia, todo va bien. ¿Cómo crees?, tu mamá jamás podría ser así, dice Ramiro encendiendo un nuevo cigarro.

De un manotazo, Hortensio cierra la maleta; abrocha las aldabillas y revisa el ropero para cerciorarse de que nada importante se le olvide. Sobre una de las repisas esperan su destino las cartas de Tinita. Las coge con decisión y va a la cocina en donde les prende fuego con las llamas de la estufa. Las ve quemarse lenta, irremediablemente y sin sentir ninguna culpa por lo que está haciendo; al contrario, desearía que en lugar de esas cartas fuera Ernestina quien se consumiera con las llamaradas de colores azules, rojos, anaranjados.

Ricarda sale de la tienda y se acerca a su hermano Lolito. De reojo ve a Ramiro pero hace como si no lo hubiera visto. Ramiro sonríe casi sin querer, da un sorbo a una nueva cerveza como para disimular. Lolito no se da cuenta de nada. Ya casi no hay Vel Rosita ni Suavitel, ¿podrías ir a comprarlos?, dice Ricarda dirigiéndose a su hermano. ¿No te han enseñado buenos modales, niña? Lolito reprende a su hermana pero más en tono de broma que en serio. Saluda a Ramiro, escuincla. Ricarda se sonroja violentamente y hace un esfuerzo enorme por mirar a Ramiro que le extiende la mano y le ofrece una de sus mejores sonrisas. Ricarda desliza su mano diminuta y helada en la de Ramiro y siente una especie de choque eléctrico que le sube hasta la cabeza. Hola, Ricarda. ¿Cómo estás? Ricarda se turba aún más al no haber sido confundida con su hermana. El color de sus mejillas le sube hasta el cerebro y se siente como una estúpida que sólo está haciendo el ridículo. Hola. Su voz casi no se oye y retira su mano lo más rápido que puede. Él no hace un esfuerzo por retenerla pero su sonrisa se amplía aún más, mostrando sus dientes blancos y perfectos. Ricarda mira hacia el piso, hacia la calle, hacia su hermano, a cualquier lado que no sean esos ojos que la devoran y la hacen sentir demasiado insegura. Pareces india; a ver si ya dejas de morder el rebozo, pinche Ricarda. Ricarda mira a su hermano con odio, ¿no se da cuenta de que la está poniendo en evidencia delante de Ramiro? Oye, no la trates así. La defiende Ramiro y Ricarda se derrite, las piernas se le vuelven de goma, el corazón se le encoge y esboza algo parecido a una sonrisa; entonces decide actuar con agresividad. ¿Vas a ir o no? ¡Uy!, qué genio. ¿Por qué no vas tú? Porque tú no estás haciendo nada. Estoy platicando con mi cuate. Lolito sonríe y le da una cachetadita afectiva a su hermana, Ricarda rechaza el gesto y se mete muy enojada a La Covandonga. Lolito se ríe a sus espaldas. Estas escuinclas están creciendo demasiado rápido, murmura. Pero no lo suficiente, dice Ramiro. ¿Te gustan mis sisternitas, bato? Lolito lo estudia con la vista, tratando de averiguar lo que los labios de Ramiro no dicen. No son feas. ¿Qué?, ¿te quieres tirar a toda mi familia?, pregunta Lolito con sarcasmo, ¿no te conformaste con mi prima? Es diferente, muy diferente, se defiende Ramiro. ¿En dónde está lo diferente, güey? Lolito bebe cerveza y fuma un cigarro mientras interroga a su amigo divirtiéndose de lo lindo. Todas son viejas y todas sirven para lo mismo, ¿no?, dice. Cómo te empiezas a parecer a tu papá... No manches, a mí no me compares con ese gandul. ¿Tons qué?, ¿te quieres tirar a mis hermanas? ¿Cómo crees? Todavía están muy chavas, pero un día me voy a llevar a una de ellas al altar; lástima que no me las pueda llevar a las dos. Serías bienvenido a la familia, carnal. Brindan con sus cervezas y beben hasta la última gota.

Hortensio regresa a su cuarto y coge la maleta con brusquedad. Camina hacia la puerta del departamento sin voltear la mirada ni una sola vez, sin dejar un recado a su madre o hermanos. Sale al pasillo del edificio y cierra la puerta de la que fuera su casa durante veintisiete años y la que no volverá a ser más que un recuerdo angustioso. Camina hacia la calle sabiendo que no habrá regreso.

Dos patrullas llegan por ambos lados de la calle, así como dos coches particulares. Lolito y Ramiro no se dan cuenta hasta que, prácticamente, los tienen encima de ellos. Los policías y los agentes se ba-

jan de un brinco de las patrullas. Todos están armados. Lolito cree alu-
cinar. El último trago de su cerveza se le atraganta y está a punto de
escupirlo. El corazón le bombea horrorosamente. Para Ramiro, es como
si la mente se le hubiera llenado de nubes. Todo sucede demasiado
rápido. Los agentes algo dicen de que esto es un arresto, están dete-
nidos por robo de partes automotrices, venta indiscriminada de nar-
cóticos y otros delitos. Los hacen voltearse contra el coche en donde
han estado recargados todo ese tiempo y los catean. Lolito y Ramiro
no entienden nada pero lo entienden todo: la tira les cayó y los van a
meter al bote. Ya se nos jodió la pinche vida, piensa Ramiro como una
ráfaga de aire que le pasa por la cabeza. Los policías los esposan y los
hacen meterse a una de las patrullas. Las gemelas observan todo desde la puerta de La Covadonga. Están temblando de pies a cabeza. Lolito alcanza a gritarles antes de que lo acaben de meter a la fuerza en
la patrulla: Avísenle a mi mamá, chatitas. Díganle que nos llevan al
tambo. Las gemelas asienten con la cabeza pero no pueden articular
medio sonido, sólo pueden abrazarse, en un intento de protegerse la
una a la otra. Las patrullas se alejan y las banquetas vuelven a quedar
tranquilas. Las gemelas lloran. Esto es un error, piensa Natalita. Esto
es una equivocación, piensa Ricarda. Sin soltarse de la mano ni un minuto, las hermanas abandonan la tienda a su suerte, abierta a la intemperie, para que cualquiera pueda entrar y robarse todo lo que guste
y mande. Se dirigen lo más rápido posible a la estética de Valerio
Cuadra; en donde Natalia se corta el pelo, se lo tiñe de castaño claro,
se hace un permanente, se arregla las uñas y piensa en lo maravillosa
que es la vida, en lo inmensamente dichosa que es.

Hoy estoy mejor, licenciado, ya me tranquilicé, gracias a Dios, aunque
todavía no acabo de perdonarle el insulto, ¿eh?, ni crea. ¿Cómo se sentiría usted si yo le dijera que a su mujer la mató una gallina?
Muy bien, vamos a empezar desde el principio. Usted dice
que ese tal Pedro López asesinó a mi esposo. ¿Cómo le hizo para llegar a esa conclusión?... No me diga... muy interesante. Así que el tipo
está medio chalado. ¿Que le entra a... dónde?, ¿al chemo? y ¿qué diablos es eso, oiga?, ¿cemento?, ¿cómo está eso de entrarle al cemento?
No entiendo ni jota, licenciado. Hábleme en cristiano, si me hace favor. ¡Ah!, bueno, eso sí lo entiendo, eso cualquiera lo sabe. Todos sabemos que el mentado Pedrito se la pasa hasta el tope de drogas pero
¿cemento? ¿Como el que se usa para pegar tabiques? ¿De otro? Bue-

no, no importa; el caso es que el tipo es bueno de farmacocéutico. ¿Y todo eso qué diablos tiene que ver con Lolo? No me va usted a salir ahora con que se andaban endrogando juntos, ¿verdad? Porque Lolo podría ser muchas cosas: mujeriego, parrandero, borracho, mal geniudo; pero drogo, eso sí no. ¡Ah!, por ai no es el asunto, ¿entonces?

¿No fue un marido encelado, una amante frustrada, un mafioso? Un vago, un teporocho, un pobretón que vive en la calle; un día l'entra el chamuco, se mete a mi casa, saca un cuchillo, le encaja dieciocho puñaladas a mi señor mientras duerme la mona, ¿y ya? ¡Qué denigrante! ¡Ay!, Lolo Manón, si estuvieras vivo, te juro por todos los santos que te colgaba de la pistola por imbécil. ¿Cómo pudistes permitir que te escabecharan de esa manera tan poco decorosa, tan vil? Pero si siempre fuistes un zángano, ¿cómo ibas a tener una muerte mejor? Te lo ganastes Lolo Manón, te ganastes morir como cucaracha en manos de otra cucaracha. Idiota, animal; tú ya estás muerto y ya qué te importa, ¿verdad? Pero a mí me dejas en el peor de los ridículos, en el centro de todas las lenguas venenosas que se van a estar burlando y riendo a carcajadas de mí y de tus hijos. Vete al infierno, cabrón, y ojalá te rostices despacito, para toda la eternidad.

Natalia se limpia el sudor de la frente y cuello con una toalla vieja y deshilachada. Entra a los sanitarios del gimnasio y se da un delicioso baño de agua hirviendo. Al salir, se siente más ligera y joven, con una exquisita sensación de liviandad en todo el cuerpo. Regresa a su casa sólo para dejar la maletita que contiene su ajuar de los aerobics para después irse a Suburbia. Al entrar al departamento, vuelve a sentir un poco ese destello escalofriante que todavía le produce en su mente la imagen del marido muerto. Las gemelas ya están bañadas y listas para irse a abrir la tienda de abarrotes. Lolito aún no regresa de hacer las compras en la Merced. Hortensio parece un extraño que deambula por la casa en completa abstracción. ¿Vas a ir con tus hermanas a abrir la tienda? Natalia pregunta a su hijo, más por entablar comunicación con él que por enterarse de sus planes. Al rato. La respuesta de Hortensio parece venida de ultratumba. Su hijo tiene varios meses de permanecer en estado de hipnosis y eso le preocupa a Natalia que frunce el ceño pero no dice nada. Vuelve a salir a la calle en donde toma un taxi que la llevará a la tienda departamental.

Florencia Ruiseñor de Tocino da un enorme bostezo y se sienta frente a la mesa de la cocina con un café negro y bien cargado. Los ojos aún los tiene enrojecidos e hinchados y sus cabellos son una maraña de nudos revueltos. Francisco Tocino, recién afeitado y con olor a loción, entra a la cocina a prepararse algo rápido de desayuno. Sin darle los buenos días a Florencia (hace años que no se dan ese tipo de generosidades entre ellos), Francisco mete un par de rebanadas de pan Bimbo al tostador y se sirve una taza de café mientras espera. Se podría decir que Florencia ni lo ve, pareciera como si aún se encontrara sumergida entre los amantes brazos de Morfeo. Sin una sola palabra, Francisco devora sus rebanadas de pan tostado con mantequilla, su café y se va a la calle para abrir El Oso Yogui. Florencia no se toma la molestia de mirarlo. Durante toda la mañana, Florencia camina de un lado al otro de la casa en estado de somnolencia progresiva; ni siquiera se baña, sólo se viste con unos pants viejos y medio rotos y una sudadera de igual apariencia. Hace un poco de quehacer en la casa y todo el tiempo anda por aquí y por allá con la sensación de estar en donde no está. Francisco filetea los bisteces, corta chuletas de puerco, fríe dos hojas de chicharrón, atiende a la clientela en el mismo estado aletargado en que su esposa Florencia sacude cuadros, barre la cocina y lava los platos. La mañana transcurre para Francisco afilando cuchillos con la chaira; para Florencia, enjuagando trapos en el fregadero. Y el día parece estar gris y neblinoso para ambos. A las tres en punto de la tarde, Francisco cierra la carnicería y arrastra los pies y el estómago hambreado hacia su casa. Florencia tiene lista la comida y la mesa puesta; sólo espera al marido. Florencia y Francisco engullen la comida de forma mecánica, como dos robotitos cumpliendo una función previamente programada. Sin embargo, la mente de Francisco no está tan obnubilada como parece. En el interior de su cerebro se engendran pensamientos que están muy lejos de la sopa de fideo, de los tacos de pollo que truenan como pequeños relámpagos bajo sus muelas. Ya no está Lolo en este mundo; por lo tanto, ya no habrá más Cholitas ni Anitas a quienes seducir en complicidad con la muerte. Sólo está Florencia que, durante todos estos años, lo ha ignorado como a un fantasma, que no se ha cansado de humillarlo acostándose en camas ajenas. Francisco observa a su esposa desde el otro lado de la mesa.

Después de horas de indecisión, Natalia opta por comprarse dos vestidos, unos pantalones, tres blusas y un par de zapatos. Por hoy es suficiente, ya irá a Plaza Galerías a comprarse todo lo demás que tiene pensado, pues aún le hacen falta muchas cosas: por lo menos otros tres pares de zapatos, ropa interior, unos cuantos camisones, cremas para la cara, un par de vestidos más. En fin, la lista es interminable. Qué maravilloso es poder ir de compras, sin ningún remordimiento por adquirir tantas deudas con su nueva y flamante tarjeta de crédito. La vida no siempre es tan amarga, piensa al salir de Suburbia, cargada de bolsas y de sueños para el futuro. Otro taxi la regresa a la colonia Roma, a las calles de Frontera y Zacatecas.

Y ¿ora tú?, ¿qué trais? Florencia se sorprende ante la mirada de su marido y se queda con el taco de pollo suspendido en el aire. Nada, nada. Francisco clava la mirada en su plato. Florencia sigue comiendo y trata de adivinar los pensamientos de Francisco mirándolo de cuando en cuando, pero Francisco ya no voltea a ver a su esposa. Florencia termina de comer y, sin esperar a que Francisco acabe, se levanta de la mesa, recoge su plato y se mete a la cocina a guardar los restos de los guisos; a lavar ollas, sartenes, palas, cucharas de servir, platos, etcétera. Francisco lleva a la cocina su plato vacío, lo deja en el fregadero y luego se queda parado en la puerta viendo a Florencia que, de espaldas a él y de frente al fregadero, talla sartenes, friega platos, enjuaga vasos. Francisco observa la espalda de su esposa y el medio hombro que se asoma por el cuello ajado y viejo de la sudadera desteñida. A su mente llega el recuerdo de Anita y su piel tan blanca y suave, sus ojos cerrados, sus labios semiabiertos como en una invitación a besarlos. También evoca con nostalgia a Cholita y a las otras Anitas y a las otras Cholitas; ya no recuerda cuántas fueron, cuántas consiguieron robarle el corazón, el alma, los suspiros y los chorros de semen. Francisco se acerca a Florencia que está acabando de lavar los trastes. Florencia suspende su labor cuando siente las manos, de dedos largos y delgados, que se cierran alrededor de su cuello.

Valerio Cuadra la recibe con una sonrisa y la saluda de beso, como si fueran las amigas más íntimas. La ve cargada de bolsas y la ayuda a colocarlas en un rincón de la estética. Pensé en pasar primero a la casa para dejarlas pero ¿para qué dar tantas vueltas?, preferí venirme directo. Hizo usted bien doña Natalia y veo que compró muchas cosillas, dice Valerio con una sonrisita de curiosidad. Sí. Fíjate, Valerio, que no me había dado cuenta de la cantidad de cosas que me hacían falta. Natalia se deja mojar el pelo por Linda y después se sienta en uno de los sillones frente a los grandes espejos. Valerio le pone una toallita alrededor del cuello y una bata de plástico que la cubre toda. ¿El corte de siempre? No. ¿No? Ahora sí estoy decidida a cambiar mi aspecto. Ya estoy harta de siempre ver en el espejo la misma cara de ciruela a punto de pasa. Eso no es ningún problema, querida amiga; podemos hacer maravillas con este precioso pelo que tiene. ¿Qué me aconsejas, Valerio?

Francisco hace presión; al principio, suavemente. Cuando Florencia reacciona, Francisco aprieta con todas sus fuerzas. Parece increíble que su marido, tan delgado y de apariencia escuálida, tenga tanta fuerza en esos brazos del ancho de un mecate. Un destello de placer recorre la espalda de Francisco y ese mismo destello se va intensificando conforme aprieta sus dedos con mayor fuerza. Lo mismo debiste sentir al estrangular a mis queridas niñas, ¿verdad, Lolo? Los recuerdos se amontonan en el cerebro de Francisco mientras Florencia se pregunta qué carajos está pasando. Yo no me atrevía a matarlas porque ahí estabas tú y tú eras muy valiente. Siempre fuiste el más valiente de todo el barrio, ¿verdad, primo? Florencia empieza a sentir que se le corta la respiración, que no puede jalar aire para llenar sus pulmones. La tensión que ejercen los dedos de Francisco sobre su garganta le lastiman la faringe, le cierran por completo el paso del aire; intenta defenderse pero está perdiendo fuerza. Eres pan comido y chupado, mi queridísima esposa, susurra Francisco en su mente. Las manos de Florencia intentan separar los dedos alrededor de su garganta. Un millón de imágenes pasan por su mente, aunque ningún pensamiento tiene coherencia. Es una broma, piensa, debe ser una broma de muy mal gusto, pero nomás pueda deshacerme de este cabrón, me las va a pagar, vamos a ver si no. Sin embargo, cada vez le falta más la respiración; se siente ahogar sin que le pueda dar a ese imbécil, su merecido. Hijo de puta, me estás matando. Es el último pensamiento que puede venir a la mente de Florencia mientras que a la de Francisco las imágenes se suceden una detrás de la otra. Cuando éramos niños, Lolo me obligaba a mear sobre la tumba de su papá, dice Francisco en voz alta, como si Florencia estuviera de humor para oir sandeces. Yo no sé por qué odiaba tanto a su jefe si ya estaba bien muerto. A mí me hacía gracia y los dos nos reíamos mucho. A Florencia se le nubla todo entendimiento, toda razón; y su cerebro queda aletargado, en un vacío absoluto. Francisco sigue prensando la garganta de Florencia hasta sentir los dedos adormecidos. Las piernas de Florencia ya no responden y se desliza hasta el suelo con los dedos de Francisco alrededor de su cuello, pues no la ha soltado para nada, no vaya a ser que se le resucite, la muy canija. Sobre el suelo, Francisco se monta a horcajadas sobre el cuerpo cada vez más inerte de Florencia y, de esta manera, la presión que puede ejercer es mucho mayor. Estás muy pálida, Florencia; hubiera sido mejor que te maquillaras un poco; así no me gustas ni a mí, mucho menos a todos tus cabrones, incluyendo a Lolo. El cuerpo de Florencia se convulsiona en espasmos violentos al tratar de recuperar la vida que, prácticamente, se le ha ido. Francisco deja de oprimir. Florencia yace en el suelo con el semblante amoratado y los ojos abiertos que parecen mirar a Francisco con asombro y mil reproches.

Valerio Cuadra lleva toda clase de revistas a su clienta, le enseña una increíble gama de distintos cortes muy modernos y juveniles. Le enseña los diferentes tonos de tinte: rubios platino, pelirrojos color fuego, castaños más discretones y apropiados para una dama como Natalia. Se pasan cantidad de tiempo viendo las revistas, haciendo bromas: ¿Te imaginas cómo me vería con este peinado punk?, y Natalia estalla en carcajadas. Valerio piensa que, en todos los años que tiene de conocerla, nunca la había visto reír de esa manera. No cabe duda, piensa Valerio, la viudez le ha sentado de perlas. Discuten cortes muy chiquitos o un poco más largos, rizados así o asado, castaños un poco más oscuros o rayitos dorados. Nomás para taparme las canas, comenta Natalia. Valerio asiente, da consejos, hace gala de todos sus conocimientos de la moda, de lo que le queda mejor a su corte de cara, etcétera, etcétera.

Jalándola de los pies, Francisco arrastra a Florencia hasta la sala porque el piso de la cocina es muy frío y les puede dar un resfriado. Con la máxima devoción, Francisco empieza a desnudar a Florencia, pero lo hace muy despacio porque ya no hay ninguna prisa. Ante los ojos de Francisco se empiezan a asomar cada uno de los miembros del cuerpo de Florencia y, por un momento, un nudo se cierra sobre su garganta; emocionado, besa los labios de su esposa como siempre soñó que lo haría en su noche de bodas. Francisco observa con detenimiento el cuerpo desnudo. He pasado más de la mitad de mi vida esperando verte bien cachonda y ofrecida, así como estás ahorita. Francisco acaricia con rudeza los senos de su esposa. Qué chula te ves así, Florencia. No me explico por qué dejaste pasar tantos años para enseñarme tus partes; son muy bonitas, te lo digo de veras. Francisco camina hacia la cocina de donde saca un par de cervezas del refrigerador y las destapa. Regresa al lado de su mujer y brinda con ella haciendo chocar él mismo las botellas. Deja caer un chorro de líquido amarillento por la boca de Florencia que al instante se le escurre por las comisuras. A su vez, él da un trago sin dejar de ver a su esposa. ¿Sabes? Lolo era un cabrón con las mujeres, aunque eso no es ninguna novedad. A mí siempre me dio envidia y admiración, claro está. Se acostó con cuanta vieja quiso. Bueno, eso tú lo sabes mejor que nadie. Francisco suelta una pequeña risita de niño. ¿A poco crees que yo no lo sabía?

¿Sabe, querida amiga?, dice Valerio mientras corta mechones de pelo que caen al suelo uno tras otro. Muy pronto voy a salir del país. ¿Cómo está eso? Natalia lo mira asombrada a través del espejo. Verá, usted sabe que desde hace un tiempo he estado ahorrando dinero para irme a París. Resulta que ya junté lo suficiente para irme y, pues, *voilà*. ¿Y la estética? Se la voy a traspasar a Linda. Linda sonríe mientras barre los pelos de Natalia que van cayendo al suelo. Desde que ella llegó conmigo, la he estado entrenando y tiene una mano excelente. ¿Te vas para siempre? Los ojos de Valerio se entristecen un poco. No lo sé, no lo sé. ¿Y Claudio?, ¿se va contigo? Valerio guarda silencio por un momento. Con un cepillito, barre los pelos pegados al cuello de Natalia. No, entre Claudio y yo todo ha terminado. Pero ¿cómo?; quiero decir... no pretendo ser indiscreta pero es que... ustedes parecían un matrimonio muy estable, al menos por lo que siempre me contastes. Valerio enchufa la secadora y, con manos hábiles, seca el cabello de Natalia. Ambos quedan en silencio durante un rato, esperando pacientemente que el pelo empapado se seque por completo para después aplicar el tinte y los rulitos para la base.

Ahora Florencia ya no podrá volver a los brazos de otro hombre, piensa Francisco, que, emocionado por la idea, abraza el cuerpo de Florencia y la estrecha entre sus brazos tan violentamente que le truena la columna, desde el occipucio hasta el coxis. ¡Híjole!, exclama Francisco al oído de Florencia, ya hasta te enderecé el espinazo. Te quiero, murmura Francisco al tiempo que recuesta su cabeza entre los pechos de su mujer. Te quiero un montón, pero no mucho más de lo que quise a mi primo; él me llevó contigo, después de todo. ¿Qué estará pensando ahí abajo?, ¿qué estarás mascullando en esa horrible y fría tumba, primo del alma?

Yo también pensé lo mismo durante muchos años, pero cuando el amor se acaba no hay nada que hacer. Valerio recibe de manos de Linda la mezcla con el tinte; empieza a aplicarlo al cabello de Natalia separándolo por mechones muy delgados. ¡Qué tristeza!, de seguro hacían una pareja muy bonita. Natalia se queda pensativa un momento. ¿Sabes, Valerio?, te vamos a extrañar mucho. Yo también, no se crea. Pero les prometo escribir y mandar muchas tarjetas postales de la Tour Eiffel y del Are du Triomphe y de los Champs Elysées. Debe ser muy interesante ese lugar, con esos nombres tan exóticos... Natalia se rasca la cabeza, ese tinte da mucha comezón. Es una maravilla de ciudad, dice Valerio con tono de ensoñación disfrutando de su viaje aun antes de emprenderlo. La Ciudad Luz... ¿Y cuándo te vas? En una semana, dice Valerio, regresando a la realidad. ¿Tan pronto? Pues, sí, responde. Tendremos que hacerte una fiesta de despedida, dice Natalia que se emociona por la idea. No estaría mal, querida. Valerio revisa el tinte después de veinte minutos, le dice a Linda que ya puede enjuagar el cabello de Natalia. Después, Linda seca, una vez más, el pelo mojado para luego poner los tubitos de la base. Valerio, Natalia y Linda platican de trivialidades, cosas sin importancia, sin trascendencia. Linda le hace el manicure, Valerio le revisa el permanente, no vaya a ser que queden demasiado apretados los rizos. Valerio quita los tubos, peina, hace crepé, acomoda mechones, rocía de spray; el pelo queda tieso como pastel de Sanborns. Natalia admira su nueva imagen en el espejo y no puede evitar que una risa de felicidad escape de sus labios. Se levanta de la silla y abraza a Valerio sin importarle que pueda arruinarse el manicure recién terminado y fresco. Valerio corresponde al abrazo. Natalia vuelve a admirar su reflejo. No lo puede creer, no pude creer que esa persona sea ella misma, se ve y se siente tan diferente como nunca en su vida. No puedo creer lo bien que me veo, murmura Natalia, mientras, de reojo, ve a sus hijas Natalita y Ricarda que, cogidas de la mano, caminan, casi corren, hacia la estética de Valerio Cuadra. En sus ojos se leen la preocupación, la angustia, el bendito susto que los policías les han metido. Sin embargo, ya nada podrá opacar la felicidad de Natalia. Si Lolito está en el bote, allá él. Y, por mí, se pueden ir todos al infierno.

Varias botellas vacías de cerveza deambulan frente a los ojos de Francisco. Las de Florencia están intactas alrededor de su cabeza como ofrenda floral. Francisco no ha dejado de hablar, la garganta se le ha resecado de una manera horrible y aún así no deja de platicar con su esposa mientras mira sin cesar sus piernas, brazos, abdomen. Luego acaricia, a veces con rudeza y a veces no, la mejilla, los pechos, el pubis. La puerta estaba entreabierta, ¿te acuerdas, Lolo? Las llaves las dejaste ahí tiradas y yo las recogí para que no se te fueran a perder. Las puse sobre la mesita de la cocina, donde siempre las dejabas tú. Francisco besa los párpados abiertos de Florencia y recorre con sus labios el rostro helado de la muerte. Dormías a mitad del pasillo. Fue cuando te dije que en ese suelo tan frío te iba a entrar una pulmonía. Te extraño, Lolo. Te extraño un resto, cabrón. Francisco desabrocha, uno a uno, los botones de su camisa. Traté de llevarte a tu cama, ¿no te acuerdas de eso, primo?, pero nomás medio abriste los ojos y dejaste caer la cabezota al piso. ¡Qué madrazo te metiste!, de seguro hasta chichón te salió. Pero te valía madre, como todo. Por eso me enojé tanto contigo en ese momento, Lolo; porque me di cuenta de que también yo te valí madre toda la puta vida, y la locura de Tinita y Florencia y la bruta de Natalia y tus méndigos hijos. Todos valimos para un carajo en tu jodida existencia. Francisco empieza a sentir demasiado calor y unas cuantas gotas de agua salada le espejean en los labios y en la frente. Francisco desabrocha la hebilla del pantalón que segundos después aterrizará junto a la camisa y los zapatos. Su falo, antes tímido y tristón, paulatinamente reverdece como árbol extendiendo sus ramas hacia el infinito. Y también por eso me dije: ¿qué caso tiene que este güey siga así lo que le queda en este mundo? Los dedos de Francisco revolotean con ansiedad, casi desesperación, por ingles, ombligo, comisuras y dobleces. El sudor comienza a llenarle frente y axilas. Lo demás tú lo debes recordar hasta mejor que yo. Lo único malo fue haberle dado tanto dolor a Natalia, ella sí que no se lo merecía, ni las pobres gemelitas que te vieron todo despanzurrado y envuelto en tanta mierda. El pene de Francisco parece estar a punto de reventar en cientos de pedazos, su respiración se torna violenta cada vez más. Porque te cagaste, primo; y de eso sí no te debes acordar. Ahora no es cerveza lo que Francisco esparce generosamente sobre Florencia, con su propia saliva empapa de besos el cuerpo inerte y rígido de su mujer. Salí de tu casa y me fui directo a la mía con los zapatos en la mano porque la portera acababa de limpiar los pasillos y no quería volvérselos a ensuciar. Francisco siente cómo explota pero prefiere detener el tiempo en ese pequeñísimo instante único y por demás inolvidable. Al rato me salí a la cantina que tanto nos gustaba. Ahí brindé por ti yo solito y luego con Aguinaldo Misiones. Me emborraché de puro gusto. Sin soportar por más tiempo la angustia de la erección, Francisco se retuerce, presiona, tiembla, penetra. Luego se me olvidó todo y por eso me sorprendió tanto oír los gritos de las gemelas que a fuerza de desgañitarse me despertaron la mona. Me dolió un chingo saber que estabas bien muerto, Lolo; y créeme, primo del alma, nunca voy a terminar de extrañarte... y de pensar en ti.

Trajinar de un muerto,
escrito por Susana Pagano,
demuestra que algunos difuntos no
se retiran a descansar en paz, sino que
continúan entre nosotros y, en ocasiones
se portan más mal que los vivos.
La edición de esta obra fue compuesta
en fuente palatino y formada en 11:13.
Fue impresa en este mes de julio de 2001
en los talleres de Litográfica Ingramex, S.A. de C.V.,
que se localizan en la calle de Centeno 162,
colonia Granjas Esmeralda, en la ciudad de México, D.F.
La encuadernación de los ejemplares se hizo
en los talleres de Dinámica de Acabado Editorial, S.A. de C.V.,
que se localizan en la calle de Centeno 4-B,
colonia Granjas Esmeralda, en la ciudad de México, D.F.